堂場瞬一
Shunichi Doba
錯迷
Sakumei
小学館

錯迷

Book Design : Man-May Yamada
Illustration : Toshiaki Ono

第一章

1

神奈川県警本部は官庁街の外れに位置し、背後には新港地区が控えている。新港地区自体は、現代的な横浜を体現するみなとみらい21の一部になっているのだが、県警本部が位置するのは昔ながらの横浜の雰囲気を残す一角である。

県警捜査一課課長補佐の萩原哲郎《はぎわらてつろう》は、一課長の仲本一朗《なかもといちろう》に呼び出され、不安を抱えたまま県警本部の庁舎を後にした。同じ部屋にいるのに、どうしてわざわざ外へ出なければならないのか……県警本部内では話せない事情があるのか、と頭の中で疑念が渦巻く。

四月後半、季節は春ではなく既に初夏という感じだった。最近は春を飛ばして、いきなり夏になってしまう感じで、四季の情緒もクソもない。今日の最高気温は二十四度の予想だった。いや、午前十時の段階でもう、それぐらいになっているだろう。萩原は思わず上着を脱いで肩にかけ、シャツ一枚になった。陽光、それに潮の香りを全身に浴びながら、税関の前を通り過ぎ、象の鼻パークへ向かう。クラシカルな税関の庁舎が横浜の歴史のシンボルであるのと対照的に、象の鼻パークは新しい横浜の代表の一つである。開港百五十周年を記念に開園したもので、暑さを感じさせるほどの日に散策するにはいかにも相応《ふさわ》しい。ただし、会うのが捜査一課長なので、どうにも落ち着かなかった。

呼び出されたのは、昼はモニュメント、夜は照明になるスクリーンパネルの一番端だった。そこからだと、税関、県警本部、みなとみらい地区までが一望できる。すぐに仲本の姿を見つけ、萩原は早足になった。仲本も上着を脱いでおり、ハンカチで額を拭っている。ワイシャツは袖まくりしていた。

「課長」

仲本がちらりとこちらを見てうなずく。小柄だが筋肉質の男――百六十八センチ、六十五キロだ――で、首が太い。今もよほどのことがない限り、週に二回は柔道場で汗を流している。

「悪いな、ハギ。こんなところに呼び出して」

「いえ」

「悪いな」という言い方に、萩原は警戒した。普段はこんな前置きは抜きで、いきなり指示を飛ばす男なのだ。悪い話だな、とこの時点で確信する。

「非常に言いにくいことなんだが」

「はい」

「桜庭《さくらば》署長が亡くなった」

「え?」

萩原は言葉を失った。桜庭里佳子《りかこ》、五十七歳、鎌倉南署長である。赴任は一年前。県内でもまだ珍しい女性署長ということで、だいぶ大きなニュースになった。萩原にとっても無縁な人ではない。三十代の前半、警部補に昇任して所轄の刑事課に係長として赴任した時、同じ署の生活安全課係長が里佳子だったのである。課は違ったものの、少年絡みの事件で共同捜査をしたことがあった。竹のような人だ、というのがその時の印象だった。警察は未《いま》だに男社会で、女性が昇進を重ね、出世していくにはいくつも障壁がある。そういう中で頑張ろうとすると、つい突っ張って強面《こわもて》を装いがちなのだが、彼女はごく自然体だったのだ。風が吹けばたわむが、それはしなやかなせいで、決して折れることはない。

仲本は、パネルの陰にすっと身を隠した。いくつも並ぶパネルとパネルの間隔は五メートルも離れているが、こうしていれば簡単には他人に見つからない、ということだろう。萩原も横に並んだ。

「亡くなったって、どういうことですか？　何か病気でも？」

「いや」

「事故じゃないでしょうね」そんなことがあれば、とうにこちらの耳にも入っているはずだが。

「心不全だ」

「心不全」繰り返す自分の言葉が、妙に間抜けに聞こえた。

心不全というのはある意味便利な死因である。ほとんどの死者は、心臓が止まって亡くなるのだ。そこに至る理由は明らかにできなくても、「心不全で亡くなった」というのは嘘《うそ》にはならない。特に警察では、自殺を隠す時によくこの言葉が使われる。

「まさか、自殺じゃないでしょうね」柔らかく吹く風に消えそうな声で萩原は言った。

「心不全だ」仲本が言い張った。

一課長がひどく不機嫌なことに、萩原はようやく気づいた。元々饒舌《じょうぜつ》で、捜査会議でも一人暴走して独演会になってしまうことが多いのに、今日は言葉が少ない。

「課長……」

「お前、鎌倉南署へ行ってくれ」

「葬式ですか?」課を代表して参列しろ、ということだろうか。

「違う。署長になるんだ」

「いや、しかし――」萩原は言葉を失った。

「これは命令だ。警務の方から正式に話が回ってきた」

今度は萩原が口をつぐむ番だった。滅茶苦茶な……萩原は現在、捜査一課の課長補佐である。警視になって三年目だが、まだまだ駆け出しといってもいい。いずれは署長になるだろうという予感も覚悟もあったが、感覚的には数年早い。今の段階で署長就任を要請されるのは、二段飛ばしぐらいの異例の人事である。

「お前しかいないんだ」

萩原が黙っていると、仲本が説明した。ただし、普段の勢いはない。

「腰が引けるのも分かるが、これはもう決まったことだから。午後に、正式に辞令が出る。できるだけ早く赴任してくれ」

「出身地なんですけどね。問題ないんですか」

警察官は、できるだけ自分の出身地には赴任しないように配慮されている。昔からの関係を引きずり、癒着が生じるのを避けるためだ。

「今回は特例だ」

断る理由は……ない。いつかはくる話で、それが少し早まっただけではないか。いろいろやっかみを言う人がいるのは想像できるが、そういうことを気にしていては警察官はやっていられない。現場で捜査に専念する刑事も財産だが、彼らを管理し、自由に動くための裏方になる管理職も絶対に必要なのだから。だいたい、人の人事をあれこれ噂《うわさ》する人間は、自分の出世の階段が途中で途切れてしまっている中途半端な立場の者が多い。

「分かりました」

「申し訳ないとは思う。いろいろやりにくいこともあるだろうが……」

「突然の人事だから、他に動かせる人間がいなかったんですね？」

「そういうこと……もある」

またもはっきりしない口調。気になった。仲本の、ここまでもやもやした態度は初めてだった。

「課長、何か、他に仰《おっしゃ》りたいことがあるのでは？」

「俺の口からは言いにくいんだが」

まさか――萩原は目を見開いた。彼の口からこんなセリフを聞くことになるとは。

「仰っていただかないと、分かりませんよ」

「桜庭署長は自殺したらしい」

「この会合については、内密に頼む」

警務課長が頭を下げた。萩原は途端に居心地の悪さを感じ、ソファの上で座り直した。そもそも警務課長の部屋に入るのも初めてだったし、ここに揃《そろ》った面子《メンツ》が……警務課長の他に、一課長の仲本、それに監察官室長までが顔を出している。

「仲本課長から話は聞いていると思うが、三日後……四月二十日付けで、鎌倉南署長に赴任してもらう」

「分かりました」萩原としてはそう答えるしかない。勤め人に、人事を断る権利はないのだ。

「署長不在の隙間を作るわけにはいかないから、この臨時の人事についてはどうしても受け入れて欲しい」

「それは分かりました」話が遅々として進まないので、萩原はいい加減じれ始めていた。署長が自殺――面倒な話なのは理解できるが、回りくどいやり方をしていたらいつまで経《た》ってもこの会合は終わらない。「でも、それだけですか?」

「いや」警務課長が渋い表情を浮かべる。「聞いているかもしれないが、桜庭署長に関しては、自殺したという噂があるんだ。しかし、署の方では、心不全ということで報告を上げてきた」

「それが嘘だと仰るんですか」

「納得できない部分も多くてね」

「それなら――」萩原は監察官室長に視線を向けた。「監察で調べれば済む話ではないんですか」

「これは非常にデリケートな問題なんだ」監察官室長が言った。「うちがいきなり乗り出すと、摩擦が起きるし、まだはっきりした証拠もない。だから、できるだけ穏便に調査を進めたいんだ。もちろん、君が情報を探り出したら、そこから先は監察官室が責任を持って調べるから」

「最初から監察官室が調べた方が、話が早いんじゃないでしょうか――いや、やりたくないと言ってるわけじゃないんですが」

「気が乗らないのは分かる」監察官室長がうなずく。「しかしこれは、慎重にやらなければならない調査なんだよ。もしかしたら、鎌倉南署ぐるみで事実を隠蔽している可能性もある」

「まさか」萩原は即座に否定した。「そんなことができるわけないでしょう」

「できる」強張《こわば》った表情で監察官室長が答えた。「その気になれば……所轄にはそれぐらいの力はある」

「しかし、人一人の死が絡んでいることですよ？　誰が死体の検案をしたんですか」

「病院」監察官室長の口調がさらに硬くなる。「病院で死亡が確認された。だったら解剖の必要もない」

萩原は、頭の中で歯車が噛《か》み合わず、ぎしぎしと嫌な音を立てるのを聞いた。

「ちょっと待って下さい」眉根を指で押さえ、きつく押しこむ。そのまま、呻《うめ》くように質問を発した。「病院で死亡が確認されたということは、死因に不審な点はなかった、ということになりませんか」

「病院も、嘘をついているかもしれない」

「まさか」監察官室長の言葉に、萩原は思わず漏らした。そこまでするものなのか……幹部連中は、少し疑《うたぐ》り深過ぎるのではないかと思った。

萩原は顔を上げ、三人の顔を順番に見回した。どの顔からも困惑、そしてかすかな怒りが読み取れる。

「自殺と判断される根拠は何なんですか」警務課長に向かって訊《たず》ねる。この場では序列が一番上――まずトップを落とすのは当然のやり方だ。

「所轄から報告があった時、怪しいと思った」

「それだけですか」

警務課長が目を剥《む》く。髪を短く刈り上げているので、耳が真っ赤になったのがすぐに分かった。

「俺も、そういうことでは見当違いの判断はしないが」

「警務課長の勘を信頼しないわけではないですが」

「とにかく、不審点が多過ぎる。だいたい鎌倉南署の連中は、広報にも連絡せずに署長の死をマスコミに公表した」

萩原はうなずいた。実は、仲本から話を聞いた後、自分でも独自に情報を収集してみたのだが、確かに所轄の動きはあまりにも急過ぎた。

桜庭署長が意識不明の状態で発見されたのは、昨日の午後七時頃だった。昼間の勤務を終え、署の近くにある官舎に引き上げていたのだが、緊急の決裁事項があって署の幹部が官舎を訪ねたところ、玄関に入ったところで倒れているのが見つかったというのだ。すぐに病院に搬送されたが、昨日遅く——日付が変わる頃に死亡が確認された。

県警に連絡が入ってきたのは、今日の朝である。その直後——萩原が仲本から事情を聴いている頃だ——に広報県民課を通さず、いきなり地元の記者に「署長死亡」の情報を流したという。現職の署長が死亡するというのはレアケースらしく、全国紙の夕刊が一斉に書き立てた。県警内がざわつき始めるのをよそ目に、萩原は何も聞いていないふりをして昼食を摂《と》り、できるだけ同僚とも話さないようにしてきたのだが……今ようやく、事情が明かされようとしているわけだ。

「広報するかどうか、まず本部の広報県民課に話を通すのが正式なマニュアルだと思いますが」

「そのために広報県民課は存在している」萩原の質問に、警務課長がうなずいた。

「つまり、その時点で既に何か怪しかったわけですね？　広報県民課を通せば、話がややこしくなる、そうなる前に自分たちで発表してしまえ、と」

「鎌倉南署副署長の言い分は、動転していた、ということだ」言って、警務課長が鼻を鳴らす。まったく信用していないのは明らかだった。「ベテランの副署長が、たとえ署長が自殺したといって、手順を間違えることはあり得ない」

「鎌倉南署の副署長、誰でしたっけ？」

萩原は仲本に答えを求めた。この面子の中では、一応は気安く話せる相手である。しかし仲本は渋い表情で、唇を一本の線にしていた。ややあって、いかにも言いたくなさそうに言葉を押し出す。

「前島《まえじま》さんだ」

「ああ」

彼が言い渋っていた理由が、萩原には理解できた。前島は、出世のルートを中途半端なところで外れた男である。定年間際で副署長——多くの警察官が警部にもなれずに終わることを考えると、警視まで出世したのは大したことかもしれないが、実際には「ご苦労さん人事」に近い。確か、警部に昇進してから十五年以上。定年前の最後のポストとして、鎌倉南署副署長の座が与えられたはずだ。萩原から見れば、警視の肩書き——鎌倉南署の副署長は警視と決まっている——を与えるほどの仕事はしていない男である。警察は時に、こういう意味の分からない人事をするものだ。

「あの人、タヌキですよね」

萩原が指摘すると、残る三人が苦笑した。それを見届けて続ける。

「百戦錬磨ですし、腹の内を簡単に読ませないところもある。今回の件についても、裏でコントロールしているかもしれませんね」

「その可能性は大いにある」警務課長が認めた。

「だったらまず、前島副署長を呼んで事情を聴いたらどうですか？　監察官室で叩《たた》けば、喋《しゃべ》るでしょう」

「タヌキは簡単には喋らない」

監察官室長がぽつりと言った。冗談なのかどうか読み切れず、萩原は唇を噛んで無表情を装った。しかし……幹部連中も妙に弱気ではないか。こんなことは、署員を一斉に呼び出して叩けば、すぐに明らかになるはずだ。もちろん、人の死――自殺を隠蔽するには何か重大な事情があるはずだが、そこは「捜査」だと思えば何とでもなる。監察官室ができないというなら、自分が手伝ってやってもいい、と萩原は思った。

ただし次の瞬間には、それは得意技ではないのだと考え直した。調子に乗るな、と自分を戒める。萩原は、抜群に出世が早かった。二十六歳で巡査部長、三十二歳で警部補、三十七歳で警部。四十三歳で警視になった。現在四十六歳。警視になってからは、所轄の副署長、捜査一課の課長補佐などを歴任した。

その出世の早さこそが、自分にとって弱点になっていることも意識している。「現場経験」が浅いのだ。巡査から巡査部長にかけては、常に現場に出ていたからよかった。しかし警部補になると、今度は管理職として部下の行動を指揮し、勤務評定をつける立場になる。必然的に、現場で捜査の深いノウハウを身につける機会はなくなった。警部になってからは警察庁に出向し、在外公館での勤務も経験している。その辺の仕事は警察の業務とはまったく関係がない。人間として視野を広げる役にはたったが、泥臭い仕事に対する勘や経験が積み重なるわけではなかった。

故に、取り調べなどにはあまり自信がない。取調室という密室の中で容疑者と直接対峙《たいじ》し、自供を引き出す作業には、人間性と経験が要求されるのだ。特に経験。容疑者は百人いれば百通りの人生の背景と犯罪事実を持っている。通り一遍の対応では自供は引き出せない。どんな風に対応するか、その引き出しの数が多い刑事ほど、優秀な取調官になれるのだ。

萩原にはそういう経験がない。もちろん、早く出世して幹部になる候補がいないと組織は回らないのだが、何だか自分のキャリアが中途半端になってしまっているのを、この頃しばしば意識する。おそらく五十の声が聞こえてきて、最終的な着地点も意識せざるを得なくなってきたからだろう。ノンキャリアの頂点として地域部長や生活安全部長にまで昇り詰めるのか、規模の大きいA級署の署長で終わるのか。

ただ、キャリアの最後がどこになるにしても、この中途半端な気分はずっと抱えていくだろう。自分は、特定の分野のエキスパートではないのだ。幹部になるためには、多くの部署で経験を積ませるのが大事と上層部は考えたのだろうが、それ故のこの半端な立ち位置……捜査一課が一番長いのだが、それも通算では五年ほどである。所轄から捜査一課に上がってきた刑事が、やっと一人前として扱われる程度の期間に過ぎない。

そして今、そういう中途半端な自分のキャリアの真髄が問われる時がきた。初めての署長——しかしその実態は、本部のスパイだ。

「面倒な仕事なのは、重々承知している」警務課長が申し訳なさそうに言った。

「ええ」

「ただ、この件は看過しておくわけにはいかない。かといって、大々的に調査の輪を広げることもできないんだ。こういうことには、マスコミは食いついてくる。現職署長の自殺となったら、大事《おおごと》だからな」

「実際に、自殺じゃなかったらどうするんですか」

警務課長がぽかんと口を開けた。そういうことは、まったく想定していないような感じだが、それはあまりにも考えが硬直し過ぎていないだろうか。

「それはそれで……もちろん、問題はない」警務課長が咳払《せきばら》いをした。「いずれにせよ、署長の椅子を空席にしておくわけにはいかないんだから」

「分かりました」萩原は両腿《もも》を叩いた。「私には拒否権はないと思います」

「悪いな」監察官室長が、本当に申し訳なさそうに言った。「こちらで簡単に手を出せる問題でもない……ただ、何か分かったらすぐに知らせてくれ。尻拭いはこちらできちんとやるから」

うなずいたものの、監察官室長の言葉は何の励ましにもならなかった。どちらを向いて仕事をしても、嫌な思いをするのは間違いない。

しかしそれ以上に、桜庭署長の死の真相が気になった。短い時間だったが、同僚でもあった人である。女性としては異例の署長に抜擢《ばってき》され、張り切っていたはずではないか。それがどうして自殺など——自殺と決まったわけではないが、気にならないわけがない。刑事としての能力には疑問符がつくかもしれないが、好奇心は人一倍だ。

結局、今後も情報共有をしっかりとすること、本部もバックアップを惜しまないことを確認して、会合は終わった。極秘裏——内容の分からない会合であるはずだが、今日中には様々な噂が駆け回ってしまうだろう、と萩原は覚悟した。

警察というのは、こと人事に関しては、秘密保持の原則が通用しない組織なのである。


「ハギ、いろいろ申し訳なかったな」

捜査一課へ戻る途中の廊下で、仲本がいきなり頭を下げた。

「いや、とんでもないです……ちょっと動揺してはいますけど」

「そりゃそうだ。いきなりこんな話になったら、誰だって平常心ではいられない」

「課長はどうお考えなんですか」

「それは……」仲本が周囲を見回した。「ここでは話せない」

「赴任するまでに、何かヒントをいただけますかね」

「努力する」

仲本が素早くうなずいたが、果たして本当にその気があるのか、萩原には読めなかった。

先に一課へ戻る仲本を見送る。何となく、自席に戻る気になれなかった。課長補佐という立場上、噂話を図々《ずうずう》しくぶつけてくる相手もいないが、居心地が悪いのは間違いない。捜査一課の刑事というのは詮索好き、かつ妙に鋭いところがある。一挙手一投足を観察して、勝手に変な結論を出すかもしれない。そういう目に遭うのは避けたかった。

いっそ、鎌倉南署に顔を出すか。向こうにも、自分が赴任することは伝わっているはずだから、一足早く挨拶だけしておくのもいい。ついでに署内の空気を観察して……いや、それはまだ早いだろう。このタイミングで顔を出すと、何か探りに来たと疑うに決まっている。

捜査本部に顔を出すか、とも考えた。現在、県内で捜査一課が関係する捜査本部は二か所。横浜市内と相模原《さがみはら》市内だ。課長補佐が督励に訪れるのは不自然でも何でもないが、この状態だと、やはり憶測を呼ぶかもしれない。

がんじがらめじゃないか、とうんざりした。もちろん、私物をまとめ、現在の仕事の引き継ぎをしなければならないが、今日でなくてもいい気がする。他の人間に比べて異動が多かった萩原は、引っ越しには慣れている。私物もほとんどないから、半日もあれば整理が終わるだろう。

「ハギ」

声をかけられ、振り返る。同期で公安一課の係長、松坂《まつざか》がポケットに両手を突っこみ、立っていた。相変わらずの迫力……身長は百七十五センチほどで萩原とさほど変わらないのだが、肩、それに腕にみっちりと筋肉がついていて、綺麗《きれい》な逆三角形になっているのが、服を着ていてもはっきり分かる。体重は八十キロだが、そのほとんどは筋肉だ。本格的にウェイトトレーニングをやっていて、その気になればボディビルの大会にも出られそうな体を作っている。首の太さと顔の幅が同じで、鋭い顎と細い目が、顔に凶暴さをつけ加えていた。

「ああ」

「ちょっと話すか?」

「そうだな」

松坂が周囲を見渡し、階段へ向かった。庁舎内で秘密の話ができる場所もないのだが、階段の踊り場なら、取り敢《あ》えず人目につかない。

「異動の話、聞いたぞ」

「その理由はどうだ？」

松坂が無言でうなずく。公安の連中も、情報網が広いから……何となく嫌な感じがしたが、萩原はうなずき返した。

「まったく、困った」弱音を吐いて、萩原は両手で顔を擦《こす》った。

「お前みたいに出世が早いと、こういう面倒な仕事が回ってくるんだな」

「否定はできない」

「何か、手は考えたのか」

「……いや」徒手空拳で乗りこむわけにはいかないと分かっていたが、作戦はまだ思い浮かばない。

「そうか。少なくとも、情報だけは頭にインプットしておくべきだな」

「何か知ってるのか？」

「いや、俺も一報以上の情報は知らない。だけど、手はないでもない」

「鎌倉南署の警備、か」

松坂が無言でうなずいた。公安というのは特殊な部署で、所轄の警備課と本部の警備部——神奈川県警の場合、公安セクションもこの部に入る——はダイレクトにつながっている。彼らの仕事は主に情報収集だから、常に情報が行き来しているのだ。所轄の刑事課が、まず自分たちで事件解決を目指し、処理し切れない大きな事件になると本部に応援を求めてくるのとは違う。それぞれの部のやり方で、他人が口出しすべきことではないのだが……松坂が、その直通パイプを使って情報を取ろうとしているのはすぐに分かった。

「ちょっと時間をくれ。今晩遅くにでも会わないか？」

「いいけど、どうしてお前がこの件に首を突っこんでくるんだ？　公安とは関係ないだろう」

「何だよ」途端に、松坂が下唇を突き出し、情けない表情を作った。「同期のよしみじゃないか。お前が苦労するのは目に見えているから、ちょっと援護射撃しようと思っただけだ」

「それじゃ申し訳ない」

「ま、お互い様ということで」松坂が肩をすくめる。「こっちが困った時は、助けてもらうかもしれない。何しろお前も、署長だからな」

今度は萩原が顔をしかめる番だった。未だに、署長になる実感はない。署長というのは……ノンキャリアの警察官にとって、警察官人生の頂点なのだ。順調にキャリアを重ねてきた警察官が、ある程度の年齢になって先が見えてきた時に、最後の目標として頭に浮かぶのが署長である。規模の大小にかかわらず、自分がトップに立って組織の全ての責任を持つ——多かれ少なかれ、警察官はそういう状況を考えるものだ。

しかし自分は、それよりもずいぶん早く署長の座につこうとしている。これまでまったく考えなかったと言えば嘘になる……実際、キャリアデザインとしては、五十代前半で小規模な署の署長、その後さらにA級署の署長を経て、最後には部長か——などと考えていた。上層部も、自分のそういうキャリアを望んでいると思うし。

これは、躓《つまず》きになるかもしれない。

そう考えるとぞっとした。

もしも今回のミッションで重大な失敗を犯したら、先がなくなるだろう。順調に出世の階段を上がってきたものの、ここで梯子《はしご》を外される恐れもある。

それほど微妙で、かつ重大な問題なのだ。萩原は、喉の渇き、そして焦りをはっきりと意識した。

松坂と落ち合う前に、萩原は自分でも桜庭里佳子について調べてみた。とはいっても、怪しまれないで済む範囲の情報に限られた。自分が特殊な任務で鎌倉南署に赴任することは、一部の者しか知らない。特に署員が警戒しないようにするのが肝心なので、目的がばれないように細心の注意を払う必要があった。

そう考えると、松坂はどうしてこの情報を知ったのかという疑念が生じた。あの男も、県警の中に独自の情報網を張り巡らせているのだろうが、それにしても不気味ではあった。

桜庭署長——既に「前署長」と呼ぶべきだろうか——は、一貫して生活安全部、特に少年関係の部署を歩き、署長に就任する前は本部の少年育成課長を務めていた。一年前の春に署長の辞令を受けた時には「抜擢人事」と言われたものだが、実際にはそれほど大袈裟《おおげさ》なことではない。本部の課長から鎌倉南署長というのは、異動のルートとしては極めて普通である。

夫婦揃って警察官だった。夫の桜庭幹雄《みきお》は、ノンキャリアとしてはほぼ頂点の地位まで進み、関内署長を最後に退職している。その二年後に病死。死因は心筋梗塞だった。萩原は面識がなかったが——神奈川県警も大きな組織なのだ——酒好きという評判は耳に入っていた。生きていれば六十四歳。警察官一家ということで、三十歳になる独身の長男、桜庭英智《ひでとも》も警察官になり、現在機動捜査隊員だった。長女の菜穂子《なほこ》、二十七歳も警視庁で警察官になったが、既に結婚して退職し、今は大阪に住んでいる。

まあ……五十代後半の女性としては、夫を亡くしたことを除けばそれほど波乱の人生とは言えない。もちろん、女性で警察署長というのはプレッシャーも苦労もあっただろうが、逆に所轄の連中は普段以上にサポートしたのではないだろうか。何かあった時に「女性署長だから」という揶揄《やゆ》は、本人だけではなく署員にも向けられるのだ。

——いずれにせよ、表面上は何か問題があったとは思えない。ただ、気になる噂は耳に入ってきた。

飲酒。

夫婦揃って酒好きだったということだろうか、「男性以上に呑《の》んだ」という噂もあった。いや、噂ではない。萩原も一度だけ、所轄で一緒にやった仕事の打ち上げで呑んだことがあるのだが、とにかく「延々と呑んでいる人」という印象があった。午後六時から始まった打ち上げは、八時から二次会、十時からカラオケボックス、十二時には多少怪しげなバーへと店を替えて続いた。午前二時、ほぼノックダウン状態になった萩原は——一次会に参加した二十人は、その時点で五人に減っていた——酔っぱらった頭で、この人はどうやって家に帰るのだろう、とぼんやり考えたものだ。

翌日、強烈な二日酔いの状態で「昨夜はどうしたんですか」と訊ねると、にやりと笑って何も答えなかったが、明らかにアルコールが残っている様子ではなかった。途中、水割りの振りをしてウーロン茶を呑み続けたのでなければ、まさにザルである。こういう女性もいるのだと、少し情けない気分になったのを覚えている。萩原自身は、つき合いはいいがそれほど酒は強くない、というタイプである。

松坂とは、関内駅近くにあるバーで待ち合わせした。九時半の約束の少し前についた萩原は、二つあるボックス席の一つに陣取り、桜庭署長の異動を伝える一年前の新聞記事に目を通していた。

内容ではなく、写真を目に焼きつけたかったのだ。白黒の写真で見る桜庭署長の顔は、少しだけ怒っているように見える。萩原が同じ所轄にいたのは、もう十五年ほども前……その頃彼女は、四十代の前半だったわけだ。当時のイメージだと中肉中背、髪を活動的に短くカットして、いつも紺色のパンツスーツ姿だった記憶がある。自分の子どもたちは中学生、あるいは小学生だったはずで、子育てしながら所轄の係長を務めるのは相当大変だっただろう。夫に、子育ての手伝いは期待できなかったはずで……もしかしたら、どちらかの実家の近くに住んでいたのかもしれない。両親の手助けで、何とかやっていけたのではないか。

しかし、当時の事情と現在の事情はまったく異なるだろう。

自殺となると、家庭の事情をまず考えるべきである。夫が亡くなった事実は看過できない。何しろ、わずか二年前のことなのだ。その一年後には署長を拝命しているのだが、気持ちの整理はついていたのだろうか。もちろん、責任ある立場が人を支えるということもある。何もせず、ただ悲しみに耐えているだけでは、いつかは潰れてしまうものだ。仕事で忙しくしていれば気が紛れるし、周囲も何かと気を遣ってくれただろう。何だかんだ言って、警察内部の結束は固いのだ。

水割りを一口……店内は、ピアノジャズが流れるだけで静かだった。カウンターに二人連れの客がいるだけで、その会話は萩原の耳には入ってこない。この店は、松坂を始めとする同期の仲間とだけ使う店だった。神奈川県警本部では、部署によって行きつけの店がはっきりと色分けされている。捜査一課の幹部同士で呑みに行く時は、関内の「一新《いっしん》」という焼酎バー、部下を誘う時には桜木町にある少し安めの居酒屋の「松美屋《まつみや》」が定番だった。そしてこの店には、自分たち以外の県警職員が来ないことは分かっている。別に、隠れてこそこそやっているわけではないが、同期は同期で他人の目を気にせず話したいこともあるのだ。

松坂は、約束の時間に五分遅れて入って来た。「悪い」とでも言いたげに右手を軽く上げ、ボックス席に滑りこむ。

「何呑んでる？」

「水割りだ」

「もったいないことを」

皮肉っぽく笑って、松坂がグレンフィディックをストレートで頼んだ。アイスウォーターと一緒に酒が出て来るまで、松坂はスコッチ・ウィスキーの薀蓄《うんちく》を語り続けた。昔はビール一本やりだったのに、四十を過ぎる頃から、急にスコッチ・ウィスキーにはまり、それからはひたすらストレートでこの酒を呑み続けている。

松坂が、小さなグラスに鼻先を突っこんで香りを嗅いだ。呑み始める前の、いつもの儀式である。さすがに萩原は、ストレートでは呑めない。一杯目を呑んでいる途中でひっくり返ってしまうだろう。薄めの水割り、がこのバーでの定番だった。松坂は舐《な》めるように一口呑み、しばらく目を閉じていた。かすかに体を震わせると、満足そうに息を吐く。

「きつくないか？」

「上等な酒を水で薄めるのは、野暮だよ」言って、松坂が水を口に含む。ぐるりと回して呑みこんだ。

「それは、胃の中で水割りにしているようなものじゃないか？」

指摘すると、松坂が嫌そうに、細い目をさらに細めた。

「屁理屈《へりくつ》が多い男だな……それ、去年の新聞か？」

萩原は無言で記事の切り抜きを差し出した。受け取った松坂が、ぐっと顔を近づけて記事を見る。次第に眉が吊《つ》り上がってきた。何か、自分が気づかなかったことでも見つけたのだろうか、と心配になってくる。しかし、ほどなく松坂は緊張を解き、記事の切り抜きをテーブルに置こうとした。そこでテーブルが、自分のグラスのために濡《ぬ》れているのに気づき、手首のつけ根で丁寧に拭う。そこへ記事を置き、腕組みをした。

「何か、苦しそうな顔をしてるみたいに見える」

「この手の写真は、だいたい堅苦しい顔になるんじゃないか」

「いや、何かもっと苦労しているみたいな、さ」

「それは、そういう意識で見ているからじゃないか？　先入観は危険だぞ」

「この件、厄介になると思う」

いきなり指摘され、萩原は眉をひそめた。松坂は少し物言いが大袈裟な癖があるのだが、今回に限ってはそうは思えなかった。

「というと？」

「噂は――」言葉を切って周囲を見回し、声を一段低くする。「自殺だという噂は、もう結構流れている」

「まずいな」

「お前は、そこへ突っこんでいくわけだよ」

「ああ」

「どっちに転んでも、面倒なことになるんじゃないか？」

萩原は無言でうなずいた。その予感は強く、逃げ出したい気持ちも強い。ただ……自分は組織の中の人間だ。どんなに面倒な事態であっても逃げ出すのは不可能である。

逃げ出したいなら辞める――あるいは死ぬしかない。


翌日、萩原は引っ越しの準備を始めた。部下たちは何も言わなかったが、明らかに何か言いたそうに……。「声をかけるな」というオーラを身にまとい、荷物をまとめ続ける。とは言っても、私物はほとんどない。そもそも私生活がないも同然なのだ。

私物の整理は三十分で終わってしまい、引き継ぎ簿を作ろうとして、その必要もほとんどないことに気づいた。自分の補充はない。捜査一課の課長補佐は、しばらく欠員一のままなのだ。そして、課長補佐同士では常に情報を共有しているから、今更引き継ぐこともない。

となると……萩原は一課長室のガラス張りのドアをノックした。仲本は書類に視線を落としていたが、すっと顔を上げて萩原にうなずきかける。一礼してドアを開け、デスクに近づいてもう一度軽く頭を下げた。

「これから鎌倉南署へ行こうと思いますが」

仲本が目を細める。萩原の提案に賛成していいかどうか、分からない様子だった。

「正式の赴任の日でいいんじゃないかな」

「一応、事前に様子を見ておきたいので……そう言えば、官舎はどうするんですか」

「ああ、そうか……」

仲本が受話器を取り上げた。警務課へ電話をかけたようで、しばらく早口で相手と会話を交わす。次第に表情が険しくなり、最後は唇がへの字に曲がった。

「まだ空いてない」

「そうですよね」

桜庭署長が倒れているのが見つかってから、まだ四十八時間も経っていないのだ。家族が荷物を引き取り、整理する必要があるのだが、通夜も終わっていないのだから、そこまで作業は進んでいないだろう。長男は警察官とはいえ、母親が死んだ直後に冷静に作業ができるとも思えない。

「しばらく空かないかもしれないな。どうする？　いや、それは我々の方で考えておかなくてはいけないことなんだが」

「通うしかないでしょうね」一人暮らしの萩原のマンションは、ＪＲ保土ケ谷《ほどや》駅の近くにある。鎌倉南署の最寄り駅である横須賀線の鎌倉駅までは、電車で二十五分ぐらいしかかからないはずだ。

「むしろ、通いにした方がいいかもしれません。相手の懐に飛びこむと、こちらが呑みこまれる可能性もあります」

「お前に限ってそれはないだろう」

「分かりませんよ。鎌倉南署の連中が、自殺を隠蔽するようなタイプの人間ばかりだったら……」

「通いの方がいい、ということでいいんだな？」仲本が念押しした。

「ええ、当面は」

「分かった。そのように手配する。それよりお前、鎌倉の実家はどうなってるんだ？」

「もうとっくに処分しましたよ」萩原は思わず苦笑した。

両親が相次いで亡くなったのは、十年も前のことである。萩原には妹が一人いるのだが、結婚して今は札幌《さっぽろ》で暮らしている。萩原自身も異動の多い身だったから、実家の建物を残しておく意味もなく、処分してしまっていた。父親は名古屋、母親は山形の出身で、鎌倉には「たまたま家を構えた」だけだったので、面倒なことにはならなかった。これが何代も続いた家だったら、簡単には処分できなかっただろう。

もっとも今でも、十八歳まで育った七里《しちり》ガ浜《はま》を懐かしく思い出すこともある。江ノ電の線路の北側——山手の方なので、それほど海が近いわけではなかったが、それでも二階の窓からは、相模湾《さがみ》がかすかに望めた。晴れた春の日曜日など、その光景をぼんやりと見つめたまま、一時間ぐらいがあっという間に過ぎてしまったことを思い出す。どうやら相模湾の穏やかな表情には、人の神経を鎮静化させる作用があるようだった。

「それと……今夜が通夜だ」

「はい。結局、解剖は行わないわけですね」

「今のところ、解剖できる理由がない」仲本が唇を噛んだ。「だから今後は、物理的証拠ではなく、証言に頼って事実関係を確かめるしかない」

「まず、医者を締め上げてみますか」

「締め上げる、はやめてくれ」仲本の表情がまた渋くなる。「とにかく、性急な対応は避けて欲しい。あくまで極秘、だ」

「しかし、時間はかけられないわけですね」大いなる矛盾だ、と萩原は皮肉に思った。時間が経てば経つほど、事実の解明は難しくなる。

「そこは難しいところなんだが……お前の手腕に期待する」

本当は肩をすくめたいところだ。萩原は警部時代、メキシコの日本大使館で二年間、勤務していた。あの頃、ラテン系の大袈裟な身振り手振りが染みついてしまい、日本に戻ってきてからは、それを抑えるのに必死になったものである。今でも時々、ジェスチャーが大きくなってしまうのだが、それはこの場に相応しくない。

「通夜は、課長も行かれるんですか」

「ああ」

「では、ご一緒します」

「今のところはあくまで、捜査一課の課長補佐としてだ」

「次期署長、ということで行きますよ。通夜の席は、署員の様子を観察するのにいい機会だと思いますし、挨拶もできます」

「お前の観察眼に期待する」仲本が萩原の顔を指差した。「お前の目に、な」

萩原は黙ってうなずいた。刑事としての実務経験が少ないのは弱点だと自覚しているが、「目」については多少の自信がある。現場の異変、人の目の色の変化——そういうことにだけはしっかり気がつくのだ。

しかし、通夜や葬儀の席で人の顔色を窺《うかが》うのは難しい。あのような席で、仕事の関係者が思わぬ本音をこぼすようなことはまずないからだ。

予想通り、通夜は粛々と進んだ。参列者は百人以上……主に鎌倉南署の連中だが、桜庭署長自身の長いキャリアを反映して、かつて一緒に仕事をした人間も多く顔を出している。

萩原はそこで初めて、桜庭署長の子どもたちを見た。息子の英智は機動捜査隊にいるから、どこかで一緒に仕事をしていても不思議ではなかったが、初対面である。遺族席に座るのを、まず無言で観察してみる。大柄でがっしりした体型――百八十センチ、八十キロと見積もる――で、太い眉毛が目立つ。喪服の肩の辺りがきつそうだった。隣に座っているのが娘の菜穂子……こちらは英智とはまったく似ていない、百五十センチほどの小柄な女性で、化粧っ気のない顔は青ざめて見える。その隣に座っているのが、夫だろう。菜穂子にぴたりと寄り添っているが、菜穂子の方では距離を置きたがっているように見えた。こういう時ぐらい、夫に全面的に頼ればいいのにと思ったが、悲しみを一人で噛みしめることしかできないタイプの人もいる。ひたすら、内にこもってしまうのだ。

焼香が進む中、萩原は英智の「強さ」が気になった。強いというか、むしろ「怒り」を発しているのだとすぐに気づく。突然の母の死に対して、悼む感情よりも怒りを強く抱いているようだった。その理由は……自殺だから？　仮に、本当に自殺だったとして、署の連中は家族にも事実を隠すだろうか？　「病死ということにしよう」と、上手《うま》く丸めこんだのかもしれない。英智自身はそれに納得できず、爆発しそうになっているとか――そんな嘘がいつまでも続くわけがない、と萩原は思った。

焼香を終え、二人に――三人に向かって頭を下げる。英智はやはり怒っているように顔を強張らせていたが、菜穂子はグズグズに泣いていた。しゃくり上げ、鼻を赤くし、肩を小刻みに震わせる。夫が背中に手を添えていたが、何の慰めにもなっていないようだった。この場では話せない――今夜は無理だろう、と諦める。通夜の席で、「自殺だったのか」と訊ねるのは無理だ。ほのめかすだけでも。

しかし、手ぶらで帰るわけにもいかない。かといって、通夜ぶるまいの席で酒を呑みながら、署員たちに探りを入れるのも違う気がした。これは相当難しい……警察官になってから、最高に困難なミッションだと改めて意識する。こういう席でも大変なのだから、実際に赴任してからはどうなるのだろう。いわば、「敵」の檻《おり》の中に、一人で入って行くようなものである。しかもこの「敵」は慇懃《いんぎん》無礼《ぶれい》に振る舞うはずだ。想像しただけで、やりにくいことこの上ない。

会場の外へ出る。同時に二件、通夜が行われているので、葬儀場のホールはごった返していた。この状態で何かできるはずもなく、今夜は引き上げるしかないなと思い始めた瞬間、声をかけられた。

「萩原署長」

気の早い言葉で……苦笑しながら周囲を見回すと、後ろに副署長の前島が立っていた。振り返ると、素早く一礼する。

「この度はどうも、ご愁傷様でした」何となくこの挨拶は場違いに思えたのだが、萩原は一言一言をはっきり発音してから頭を下げた。前島がまた頭を下げる。

「大変なことになって申し訳ないです……私が言うのも変ですが」

「いや、実際、署内は大変でしょう」

言って、萩原は外に向けて顎をしゃくった。ここは煩《うるさ》いから、外で話したい——こちらの意図を素早く理解し、前島がうなずいて先に外へ向かって歩き出す。

駐車場に出ると、少しひんやりした空気に包まれた。今日も昼間は暑いほどだったのだが、さすがに夜になると気温はぐっと下がる。ざわつきから逃れてほっとしつつ、萩原は前島を素早く観察した。「タヌキ」と言われるのは、その態度のせいばかりではない。身長百六十五センチ、体重八十キロ、ウェストサイズは軽く九十センチを超えているだろう。人を見ると、身長体重をすぐに予想してしまうのが萩原の癖だった。実際に確かめてみると、いつもほぼ当たっている。この辺の「観察眼」は確かに鋭いと自分でも思う。

「署の方、どうなってます？　署員はだいぶ動揺してるんじゃないですか」

「それは、もう」前島が真剣な表情でうなずく。「現職の署長が亡くなるなんていうのは、レアケースですから。私も初めてですよ」

「仕事に支障は？」

「それはない……ないように気をつけていますけど、動揺しているのは仕方ないと思います。特に若い連中が、落ち着かない感じですね」

「若い連中？　何故《なぜ》ですか」

「署長は、若い署員によくつき合ってましたから。一緒に酒を呑んで悩みを聞いたり、相談に乗ったり……」

「ああ」萩原はうなずいた。「桜庭署長は、こっちも強かったですからね」口元に杯を持っていく真似《まね》をする。

「ええ。若い連中にとっては、母親代わりだったのかもしれません」

「まさか、酒が原因じゃないでしょうね」

「それは何とも」前島が眉をひそめる。「突然死というのは、理由が分からないことも多いそうですから……それより、今回はご迷惑をおかけして申し訳ないです」

「前島さんが謝ることではないですよ」やけに慇懃無礼だなと思いながら萩原は言った。「それは、今は前島さんが責任者ということでしょうけど」

「できるだけスムーズに仕事に入れるよう、準備はしておきます」

「助かります」

「こういうことは初めてなので、多少はご不便をおかけするかと思いますが」

「こちらこそ、署長は初めてで不慣れですから、いろいろ勉強させていただくことになります」

「萩原署長なら大丈夫でしょう」前島が薄い笑みを浮かべた。「出世競争のトップを行っている人ですからね。だからこそ、こういう緊急事態には白羽の矢を立てられたんでしょう」

「取り敢えず、アイドリングのような状態でしたから」前島の言い方には皮肉がある、と思いながら萩原は言った。「重要事案を抱えているわけでもなかったですし、動かしやすかったんでしょう」

「とはいえ、署長ですから」前島がかすかにうなずく。「誰でもいいという訳にはいきません。我々としても、精一杯バックアップしますので……今後の萩原さんのキャリアにも傷をつけないように気をつけます」

「それは、どういう意味ですか」

萩原の質問には答えず、前島がさっと一礼して去っていった。ある意味ふざけた態度なのだが、怒る気にもなれない。ただ不気味なだけだった。同時に、この副署長は間違いなく何か隠し事をしている、と意識した。ということは、前島は「タヌキ」というほどではないかもしれない。本当にタヌキだったら、そう簡単には本音を読ませないだろう。隠し事をしていると相手に悟られるようなへマはしないはずだ。

何とかなるのではないか、と萩原は前向きに考えようとした。必ずどこかに綻びがあるはずだ。今夜は引き上げるか――踵《きびす》を返した瞬間、誰かが自分を見ているのに気づいた。視線を巡らせると、建物の陰から一人の若い女性がこちらを窺っている。二十代半ば、というところだろうか。喪服に身を包んでいるので、通夜の参列者であるのは間違いない。身長百六十センチ、体重五十キロぐらい――すぐに身長を百五十五センチに訂正した。ヒールの分を差し引いて考えないと。

一瞬、目が合う。女性はすぐに顔を伏せ、その場を立ち去った。知り合いだっただろうか？ 記憶をひっくり返したが、その顔に見覚えはなかった。

2

「訓示」は初めてだな、と萩原は緊張した。そもそもトップに立つのも初めてだから、当然なのだが。

「敬礼！」

前島の太く低い声が響き、道場に集まった署員たちが一斉に敬礼する。敬礼を返しながら、萩原は一人一人の顔を頭に叩きこむのを取り敢えずは諦めた。百人以上の人間が集まっているのだから、一気に、というのは無理がある。

マイクはなし。この規模の集まりだと、生の声で喋らなければならないのだ……萩原は一度深呼吸し、咳払いした。

「休め！」

前島の号令がタイミングになり、署員たちの体から力が抜けた。しかしどの顔にも、緊張の色が浮かんでいる。

「萩原哲郎です。捜査一課から本日赴任しました」一礼。久しぶりの制服は、非常に着心地が悪い。「今回、残念なことに桜庭署長が急に亡くなられ、本職が急遽《きゆうきよ》鎌倉南署長を拝命しました。署長職は初めてであります。不慣れ故、何かとご面倒をおかけするとは思いますが、ご指導ご鞭撻《べんたつ》のほど、よろしくお願いします」言葉を切って、また一礼。署員たちの緊張感は抜ける気配がない。「実は私、鎌倉市の出身であります。今は実家もなくなりましたが、馴染《なじ》みの土地でもありますので、その辺については心配しておりません。鎌倉南署が、観光客対策で季節を問わずに大変だということも承知しております。亡くなった桜庭署長の遺志を継ぎ、皆さんと一緒に、治安維持に全力を尽くしていく所存です。どうぞよろしくお願いします」

一礼して、さらに敬礼。前島がまた「敬礼！」の号令をかけると、衣擦《きぬず》れの音が意外に大きく響く。百人からの人間が一斉に同じ動きをすれば、どんなに無駄がなくとも音はするものだ。

訓示はそれで終わりになった。こういう時は……署長が先に退出するのだな、と過去の経験から思い出す。実際、前島が素早く動いて、道場の前側のドアを開けてくれた。前島にうなずきかけて、ゆっくりと出て行く。慌てるとみっともないことになるから……出る瞬間、後ろを振り向いて署員たちの顔をさっと眺め渡した。不審なところは――この状態で見極めはできない。

しかし、意外な人間の顔に気づいた。あの女性は……前から五列目の廊下側に立っているのは、通夜の会場で萩原の顔を凝視していた女性ではないか。ここの署員だったのか。制服ではなく私服のスーツなので、交通課や警務課ではないと分かる。同時に、身長百五十五センチという読みは当たった、と確信した。今は靴を脱いでいるから、かさ上げがない。

しかし……通夜の後のあれは何だったのだろう。いかにも、何か言いたいことがあるような感じだった。自分を新署長だと知っていて、何かを訴えようとしていた?

まあ、いい。署員なら、後で確認する手はあるだろう。言いたいことがあるなら、向こうから接触してくるはずだし。時間があるわけではないが焦ってはいけない、と自分に言い聞かせる。

「お疲れ様でした」廊下に出ると、すぐに前島が如才なく声をかけてきた。

「緊張しますね」

「初訓示は、誰でもそうですよ」

「何かミスはありませんでしたか?」

「無難でした」

馬鹿にされた気分になり、萩原は一瞬むっとした。だが、「上出来だ」と言われれば、それはそれで白けた気分になっただろう。特に感銘を与えるような内容でなかったのは間違いないのだから。こういうのが——人前で話すのが得意な人間もいるだろうが、自分がそういうタイプでないのは自覚している。

一階の署長室に入ったが、やはり落ち着かない。亡くなった桜庭署長が、数日前までここに座っていたのだと思うと、デスクについているのが嫌になる。いや、別に彼女はここで亡くなったわけではないのだが……それでも仕事はこなさなければならない。取り敢えず急ぎの決裁書類に目を通し終えると、もう十一時。やるべきことは山積みで、時間が過ぎるのが早い。

署長室を出て、すぐ外にある副署長席に「決裁済」のボックスを置く。

「お疲れ様でした」前島が淡々と言った。

「書類仕事は面倒ですね」

「これでお手空きになったら、課長会議を開こうと思いますが」

「そうですね」左手を上げて腕時計を見る。「よければ昼飯前に片づけましょうか。まずは、課長の顔を全部覚えないと」

「午後から管内視察、と考えていたんですが、どうしましょうか」

「後回しにしましょう」反射的に萩原は言った。「管内の様子なら、だいたい頭に入っています。それは明日以降でいいですから、まず署内を回りますよ。署員全員と、まず話をしておきたいので」

「分かりました。では、管内視察と交番への顔見せは、明日の予定に組みこみます。詳しくは警務課長が仕切りますので」

前島が、大判のノートのようなスケジュール帳を広げる。毎日の予定欄は、ボールペンの細い字でびっしりと埋まっていた。どうやらこの副署長は、メモ魔でもあるようだ。あるいは、自分一人でこの署を完全に回していると自負しているのか。

課長連中を集めた会議は、二階の会議室で行われた。集まったのは警務、会計、生活安全、地域、刑事、警備、交通の七課長と前島。この面子が、鎌倉南署のコントロールタワーだ。一人一人の顔を眺め渡す。座っているので身長は分からないが、体重は標準を超えているのが三人ほど……事前に調べて、生活安全課長と交通課長が自分より年下なのは分かっている。この二人は出世が早いだろうな、と予想した。今回の一件が、重大なトラブルに発展しなければ、の話だが。

顔見知りは、刑事課長の徳本《とくもと》だけだ。四歳ほど年長で、萩原が最初に所轄で刑事課の係長になった時に、同じ係長として席を並べていた。この人は要注意だな、と肝に銘じる。仕事は普通にできる人なのだが、突然激昂《げっこう》することがあるのと、少しだけしつこいのが難点だ。自分を追い抜いた後輩に対しては、含むところがあるかもしれない。

しかし徳本は、目が合うと、すっと自然に頭を下げた。特に敵愾心《てきがいしん》を感じさせる仕草ではなく、「こんなところで会うとは」とでも言いたそうな気配を漂わせている。後で個人的に挨拶をしよう、と萩原は決めた。

前島が司会役を務め、各課長から管内情勢の報告が行われた。ここへ来た重大な使命の一つは、前署長の死の真相を探ることだが、当然署長としての通常業務も果たさなければならない。そのためにも、署内の情勢を知るのは最低限必要なことだ。

基本的に鎌倉は、静かで平和な街である。最大の観光資源は鶴岡八幡宮《つるがおかはちまんぐう》で、正月三が日の人出は二百五十万人にも達する。ただ、四月の今、それを心配する必要はないだろう。海岸沿いではサーファーの事故もあるし、観光客が多い故に交通事故も後を絶たないが、これらに関しては、地道に啓発活動に取り組む以外に対策はない。あとは、置き引きやスリなどが頭の痛いところだが、予防に関して警察にできることには限りがある。

喫緊の課題はなし。殺人事件は去年一年間は発生もなかった。一昨年に一件発生しているが、これは酔っ払い同士の喧嘩《けんか》がエスカレートしたもので、犯人はその場で取り押さえられ、捜査本部事件にもならなかった。刑事課としては、腕の振るいがいのない街、ということだろう。忙しいのは盗犯担当ばかりではないか。

　ということは、自分にはある程度時間の余裕があるはずだ。普段の仕事に忙殺されることもないだろうから、前任者の死の謎を追える。

　依然として気が重い使命ではあったが、萩原は少しずつ気持ちを持ち直していた。謎解きが嫌いな警察官はいない。目の前に訳の分からないことがあれば、取り敢えず頭を突っこんで調べてみたくなるのが習い性だ。

　管内事情の説明を受け終えると、既に昼になっていた。さて、どうしたものか……署長室に戻りながら考える。鎌倉南署は、「一の鳥居」のすぐ近くにあるのだが、この辺りには気楽に食事ができる店は少ないはずだ。それに鎌倉駅までは、歩いて十分ほどもかかる。江ノ電の和田塚駅の方が近いのだが、そちらは駅前からいきなり住宅街が広がっており、萩原の記憶では、飲食店はほとんどなかった。そもそも、署長の昼飯はどうしているのだろう。今まで多くの署長の下で働いてきたが、その辺の記憶はすっぽり抜け落ちてしまっている。もしかしたら、弁当持参だったのでは……もっと田舎の警察署だったら、そういうこともありかもしれない。ただし、そもそも独身の自分には、弁当を作ってくれる人はいないし、当然自分で作る気にもなれない。

　署長室に入り――ドアは開け放しておく――何となく落ち着かない気分のまま窓の前に立った。目の前は学校で、外を見ても面白いことは何もないのだが……ふと、よく署長になれたな、と思う。独り身の署長というのも、前代未聞とは言わないが珍しい存在ではないだろうか。

　正確に言えば、萩原は完全に独身を貫き通してきたわけではなく、一度結婚している。二十五歳の時で、相手は三歳年下、大学を卒業したばかりの女性だった。交番勤務時代に地元のボランティア活動で知り合って、彼女が大学を卒業するのを待って結婚したのだが……あれは早過ぎる判断だったと、今でも後悔している。何というか、お互いの本性を見極めないうちに、勢いで結婚してしまったのだ。さらに言えば、自分も彼女もまだ子どもで、我慢して相手に合わせることができなかった。価値観の違いというより、それぞれまだ人間として成熟していなかった、ということだろう。結局、萩原が巡査部長に昇任してしばらくしてから、別れた。子どもはない。その後二度と会っていないが、風の便りで聞いたところによると、田舎の岐阜に戻って、地元の市役所に勤める男と結婚したらしい。その話を聞いた時には、結局相手はまた公務員なのか、と苦笑してしまったものだ。

以来、ずっと独り身を通している。女性の影がなかったわけではないが、結婚まで考えるような相手には巡り合わなかった。一度失敗しているから臆病になっていたことも、今では素直に認められる。この年になってもまだ、結婚を勧めてくれる先輩もいるのだが、今さら……という気持ちもあった。五十の声が聞こえるようになって結婚しても、将来の展望は見えない。気楽な一人暮らしが性に合っていることもあった。

しかし……これが、上司から勧められての見合い結婚だったりしたら、大変なことになっていたと思う。今時警察でも、「結婚しない」「離婚した」ということで致命的なマイナス評価を受けるわけではないが、「上司が勧めた相手と離婚した」となったら、目をつけられてしまう。実際には、「勝手に結婚して勝手に離婚したんだから、プラスもマイナスもないな」と皮肉る先輩もいた。

もっとも今では、そういうことを気軽に言ってくれる先輩も少なくなった。上から数えた方が早いポジションにいるのを意識させられることが多い。

ノック。ドアは開けてあるのだが……振り向くと、警務課長の岩永《いわなが》が立っていた。身長百七十センチ、体重六十三キロというところか。定年間近で、短く刈りそろえた髪には白いものが目立つ。

「署長、お昼はどうされますか」

「どうしましょうか」ほとんどの課長に敬語を使わなくてはいけないのだと思いながら、できるだけ愛想よく答える。

「外へ行かれないなら、食堂でも……」

その手があったか。当直で泊まりこむ職員もいるので、警察署には小さいながらも食堂があることが多い。

「ああ、そうします」

「おつき合いしますが」

一瞬、真意を読みかねた。もしかしたら、監視？　そうかもしれない。だが、結局昼食は食べなければならないのだ。逆に、誰かを味方につけられるかもしれない、という気持ちもある。署内は、必ずしも一枚岩ではないはずだ。

「お願いできますか。何か、お勧めは」

「今日はしらす丼が出てますよ」

しらす丼か……湘南では定番のメニューなのだが、萩原はどうにも好きになれない。栄養価が高いのは分かっているのだが、何だか食べた気になれないのだ。まあ、しかしつき合いだから仕方ないか。

食堂は地下一階にあるのだが、上手く光が入る作りになっており、それほど暗い感じはしない。三十人ほどが同時に食事できる程度の広さで、今は八割が埋まっていた。

今日のランチ――しらす丼に食堂手作りのさつま揚げだった――のトレイを持って空席を探していると、あちこちのテーブルから会釈される。いちいちそれに応えているうちに、味噌汁《みそしる》を少しトレイにこぼしてしまった。まったく、署長というのも面倒なものだ……虚礼廃止の方針でもぶち上げようか、と真面目に考える。

署の食堂なので味は期待していなかったが、まあまあ食べられる味だった。しらす自体は少し細く、塩気も足りないものの、飯が上手く炊けている。飯さえ美味《うま》ければ、大抵の食事は満足のうちに終えることができるのだ。それに、つけ合わせの揚げたての熱いさつま揚げがいいアクセントになった。

「いかがですか」目の前に座る岩永が、探るように訊ねた。

「なかなか……上出来じゃないですか。ひどい食堂もありますからね」

「まあ、この辺だと食べるところには困りませんから、大抵は外へ出るんですけどね。しかし我々制服組は……」

さすがにこのまま、食事には出かけられない。いちいち着替えるのも面倒臭いから、署内で済ませてしまう、ということなのだろう。見ると、食堂のメニューではなく、弁当を広げている署員もいた。その中に……また彼女の姿を見つける。署員なのだからここにいてもおかしくないのは当然だが、妙に気になる。何となく、自分の後をついて回っているような感じでは――いや、それは考え過ぎか。

早々に食事を終え、薄い番茶を飲みながら萩原は探りを入れ始めた。岩永は一見、人の良さそうな初老の男である。上手く揺さぶれば、重大な情報をぽろりと漏らしそうなタイプに見えた。

「今回はいろいろ、大変でしたね」

「ええ、まったく」爪楊枝《つまようじ》に手を伸ばしかけたが、署長の前で歯の掃除をするのは失礼だと思ったのか、すぐに引っこめてしまう。

「お通夜と葬儀もご苦労様でした」

「警務としては経験がないわけでもないんですが、現職の署長というのは……」皺《しわ》の目立つ顔を擦る。

「そうですよね。署員は、相当動揺してませんか？」萩原は声を潜めて訊ねた。

「それは、もう……呆然《ぼうぜん》としている感じですね。署長、人望が厚かったですから」

そこはそう言うしかないだろうと思いながら、萩原はうなずいた。亡くなった直後なのだ。本当はどんな人間であったにしても、「最低な人だった」と口にする人間はいないだろう。その辺は、これから時間が経つに連れて明らかになってくるかもしれないが……もしも桜庭署長が、本当に最低な人だったら、だ。そういうイメージは、萩原が知っている彼女と合わない。

「桜庭さん、相変わらず呑んでたんですか」

「ああ、まあ」岩永の表情がわずかに緩んだ。

「昔、同じ所轄で一緒に仕事をした時がありましてね。打ち上げで、私は途中で潰れて何とか家に帰ったんですけど、桜庭さんは次の日も平然としてて……強かったですね」

「それは今も同じでしたよ。特に、若い連中とよく呑みに行ってました」

例えば彼女のように——と思って、まだ名前も知らない女性署員がいた方に視線を向けたが、彼女は既に姿を消していた。どうにも気になる……まあ、彼女のことを調べるのは難しくないだろう。今は自分の部下なのだから。

「若い人を教育しようとしてたんですかね」

「何とか胸襟を開いてつき合おうと思われていたんじゃないですかね。最近は、警官でも若い連中は『ゆとり世代』ですから……本当は、酒なんか呑みたくもない、ましてや上司なんかとつき合いたくないっていうのが本音じゃないですか」

「でしょうねえ」萩原も苦笑せざるを得なかった。現在、捜査一課に上がってきている若い刑事にも、ゆとり世代に属する人間はいる。そういう連中は、仕事はきっちりこなすのだが、夜のつき合いは悪い、という印象は確かにあった。刑事にはプライベートな生活などあってないようなものだが、そのわずかなプライベートだけは守ろうと必死になっている感じだった。馬鹿馬鹿しい……そのうち仕事に慣れれば余裕ができて、プライベートな時間も増えてくるのに。

「桜庭署長は、腹を割って話せば理解し合えるからっていうのが持論でしたから……少年関係が長かったでしょう？　それに若い連中は、ご自分の子どもと言ってもいいような年齢だから、慣れたものだったのかもしれません」

「そんなに面倒見のいい人だったんだ」萩原は腕を組んだ。仕事はきっちりやる人、というイメージがあったが、面倒見がいいという印象はない。もっとも萩原は、実際の彼女の署長ぶりを見たことがないから何とも言えない。署長、あるいはここの前任の少年育成課長になった時に、いろいろ考えたのかもしれない。一つの組織のトップに立つ立場として、若い連中をどう育てていくか——

自分が好きな酒を、その手段に使おうと考えてもおかしくはない。懐かしの「呑みニケーション」というやつだ。最近は、そういうのはすっかり下火になったが。

「酒のせいで体調が悪かった、ということはないですか」

「それは……ないと思いますけどね」岩永が番茶をすする。「いくら呑んでも、翌朝はけろりとされてましたから。何でも、呑んだ日は、帰ってから特製のスムージーを飲まれて……それで絶対に、二日酔いにならないとおっしゃってましたよ」

「スムージー、ねえ」何となく疑わしい。二日酔いに効くスムージーなどあるのだろうか。

「パセリと人参が入るのが特徴だそうですが」

「そんなもの、飲めるんですか」思わず顔をしかめてしまった。人参はともかく、パセリなど入れたら、青臭くてとても飲めないのではないだろうか。

「私も怖いですが」岩永が軽く笑った。「とにかく、ご本人はそれで好調だとおっしゃってましたからね」

「ということは、酒のせいで亡くなったわけではない……そうなんでしょうね？」

「いや、まあ……詳しいことは、分かりかねますよ。医者も原因不明と判断しましたから」

「死因不明なら、解剖すべきでしたけどね」今や手遅れ——火葬は済んでしまっている。

「いや、突然死の原因は分からない、ということですから」慌てた調子で岩永が説明する。「医学的にも、はっきりしないことが多いんだそうです。だからこそ、突然死ですしね」

「心筋梗塞とか脳梗塞なら、むしろ分かりやすいですけどね」

「まあ、そうです」岩永が湯呑みをきつく握った。プラスティック製なので、少したわんだようにも見える。

明らかに何かを隠しているのだが、ここでのさらなる追及はストップすることにした。あまり性急に追いこんでも、後になって皺寄せがくる。焦らず、徐々に情報を集めていけばいいのだ。

「ところで、官舎の方、どうなってますか」

「ああ、はい」岩永が急にぴしりと背筋を伸ばした。「娘さんが片づけに入るそうですが、まだ手をつけていません」

「じゃあ、まだ入れそうにないですね」

「そうですね、そんなに急には……署長にはご迷惑をかけて、まことに申し訳なく思いますが」

「いや、それはいいんですよ」実際、官舎にはあまり入りたくなかった。誰かが亡くなった家に──事故か自殺かは分からないが──住むのは気が進まなかったし、職場に近過ぎるのもどうかと思う。実際、徒歩五分なのだ。もちろん、何かあったら署長は真っ先に署へ駆けつけて陣頭指揮を執らなければならないが、鎌倉南署では、そんな緊急事態はそうそうあるものでもあるまい。気ままな一人暮らしの保土ケ谷のマンションが心地好《よ》い、という個人的な事情もある。

「少し、時間をいただけますか。娘さんの気持ちの問題だけなので、やると決めたら若い署員にも手伝わせますので」

「桜庭さん、元々の家は、戸塚でしたよね」

「ええ」

「荷物はそちらに送り返すことになるんでしょうか」

「たぶん、そうなるでしょうが、その辺は娘さんの気持ち次第で」

「息子さんはどうしたんですか？　今、機動捜査隊にいるはずですよね」

「よく事情は分かりませんが、我々に対しては娘さんが窓口になっていまして」

萩原は番茶を一口飲んだ。少し妙だ……英智は長男なのだし、桜庭署長から見れば警察の同僚――後輩でもある。後始末をするのに、わざわざ大阪に住む娘が先に立たなくてもいいのではないか。不審気な表情をしているのに気づいたのか、岩永が言い訳するように言った。

「息子さんの方は……かなり怒ってましたね」

「どうしてですか？」

「いや、我々の責任ではないかと」

「それは――」声を張り上げかけ、萩原ははっと言葉を呑んだ。赴任初日から警務課長と怒鳴り合いをしていた、などという評判が立ったらたまらない。「官舎にいる時の話ですから、こちらのせいにされてもたまらない」

「それはそうなんですが……」

「だいたい、警察官なんだし、その辺の事情は分かるでしょう」

「今は、家族としての気持ちが前に出ているんじゃないですか」

そう言われると、反論の言葉もない。英智が仕事と家族の板挟みになっているのは、容易に想像できる。どちらを優先するかは、それこそ個人的な事情であり、他人がとやかく言うことではないだろう。萩原の感覚では、「公的な立場優先」なのだが、自分はこのような状況に追いこまれたことがないから、そんな風に考えるのかもしれない。

「今日の午後、ちょっと官舎を見てみてもいいですか？　自分が引っ越すことになる場所ですからね」

「ええ、では、誰か警務の若い奴をつけますから」

結構だ、と断ろうとしたが、慌てて無言で首を縦に振る。ここで拒否すると、むしろ怪しまれるかもしれない。いや、岩永は既に疑っているだろう。何かと噂が流れているのは知っているはずだし、新しい署長の態度に用心するのは当然だ。

「じゃあ、空いた時間に行ってみますよ」

「分かりました」

岩永が素早くうなずく——顔を上げた瞬間、上目遣いにこちらの様子を窺っていることに、萩原は気づいた。


外から見た鎌倉南署は、なかなかモダンな建物だ。三階建てでそれほど大きくはないのだが、県道に面した正面側一面に、細い木の枠——板というべきか——が垂直に立っているのがデザイン上の特徴である。コンクリート打ちっ放しの庁舎に、どこか和風の面影を加える作りだ。何となくだが、昭和四十年代の建築風の面影もある。

県道を鎌倉駅方向に向かい、最初に交差点を右折して、中高一貫の女子校を通り過ぎた先に、署長官舎はある。ごく地味な二階建てで、一見したところでは普通の民家にしか見えない。今は……家の前に「なにわ」ナンバーの車が停《と》まっていた。夫婦は大阪から、わざわざ車を飛ばしてきたということか。倒れているのが発見されたのが夜だったから、連絡次第では夜中に向こうを出発してきたことも考えられる。娘の方はともかく、夫の仕事は平気なのだろうか、と心配になった。思わず、同行してきた若い警務課の職員に訊ねてしまう。

「桜庭署長の娘さん……その旦那さんが何の仕事をしているか、知ってるか？」

「いえ、それは――すみません、存じていません」慌てて携帯電話を取り出す。「確認しますか？」

「いや、いいよ」萩原は苦笑した。「本人に確かめればいい。多分、ここにいるだろうし。ちょっとインタフォンを鳴らして呼び出してくれないか？」

「分かりました」

若い署員が慌ててドアの前に立つ。腕を伸ばしてインタフォンのボタンを押そうとした瞬間、ドアが開いた。よほど驚いたのか、ジャンプするような勢いで後ろにどいてしまう。

菜穂子が、怪訝《けげん》そうな表情を浮かべて立っていた。手はドアにかけたままである。地味なグレーの長袖カットソーにジーンズという格好で、化粧っ気はまったくなかった。むしろ顔色が悪く、唇もほぼ肌色である。長い髪は後ろで緩く縛っていた。通夜の席では喪服だったのだが、こういうカジュアルな格好をしていると、幼くさえ見える。

「失礼ですが、川田《かわだ》菜穂子さんですね？」結婚後の名字を記憶から引っ張り出して萩原は訊ねた。

「はい……失礼ですが」

「お母さんのお通夜でお会いしました。鎌倉南署長に新しく就任しました、萩原哲郎と申します」

いっそ制服のまま来るべきだっただろうか、と萩原は思った。それならすぐに警察官と分かるわけで、彼女の怪訝そうな表情も薄れたかもしれない。「ちょっとご挨拶に来ました」

「はい、でも……」菜穂子が戸惑う。「家の中、片づけ始めてしまったので。中へお入りいただくのはちょっと……」

「ああ、ここで構いませんよ」萩原は愛想のいい笑みを浮かべた。もう片づけに入っているのか……意外に立ち直りが早いのだろうか。通夜での萎《しお》れた様子を思い出すと、そう簡単にはこういう事務的な作業を始められそうになかったが。

「すみません、ここへ引っ越してくるんですよね」

「その予定ですけど、そんなに急いでませんよ。家は保土ヶ谷なので、近いですし」

「ああ……」菜穂子の緊張がわずかに解けた。「うちは戸塚です」

「荷物は、戸塚のご実家に運ぶんですか？」

「そうですね。他に持っていく場所もないので」

菜穂子が両腕で自分の体を抱いた。今日は、カットソー一枚では涼しい陽気なのだと気づく。しかし、家の中に入って話をするわけにもいくまい……中がどうなっているかはまったく見えなかった。菜穂子は相変わらず、ドアの隙間に挟まるように立っており、玄関の様子すら窺えないのだ。

「昔、あなたのお母さんと一緒の署にいたことがあるんですよ。十五年ぐらい前ですけど。あなたが中学生か……まだ小学生だったかな？」

「そうかもしれません」

「大変だったと思いますよ。署では管理職で、家ではお母さんで」

「はい、そう……ですね」

どうにも歯切れが悪い。どうも、自分の質問は彼女を萎縮させてしまっているようだと気づいた。かといって、リラックスさせられるような言葉も思い浮かばないのだが。

「ちょっと立ち入ったことを聴いてもいいですか」

「ええ……はい」

嫌なのだ。口調にそれが明確に表れている。しかし「はい」という言葉を聞いてしまった以上、こちらも引き下がれない。

「あなたは、以前警視庁にお勤めだったんですよね」

「ええ」

「いつ結婚したんですか？」

「二年前ですけど……」それが何か、とでも言いたげな口調だった。

「その時から大阪に？」

「いえ、大阪は一年前からです。主人の転勤で」

「最近は、お母さんに会いましたか？」

「お正月ですね。その時会ったきりで」

いきなり、菜穂子の目に涙が溢《あふ》れた。慌てて指先で目元を押さえたが、間に合わずにこぼれた涙が頬を伝う。

「……ごめんなさい。何だか急に泣けてくる時があって。自分でもコントロールできないんです」

「誰でもそうですよ」母親が亡くなった時の妹がそうだった、と思い出す。普段は気丈に振る舞っていたのだが、何の前触れもなしに、いきなり涙が流れ出した。

「すみません」菜穂子がどこからかハンカチを取り出し、目元を押さえた。はあ、と溜息《ためいき》をついてから、両目をハンカチで丁寧に拭う。まだ目は赤かったが、口調はしっかりしていた。「こういうのって、自分の意思ではどうにもならないんですよね」

「それはそうです」俳優じゃないんだから、という台詞《せりふ》を呑みこむ。この場ではいかにも場違いな感じだった。「正月に会った時、体調はどうでしたか？　どこか、調子が悪そうだったとか」

「それは、全然ないです。昔から体が強い人で、病気なんかしたこと、なかったし。健康診断もきちんと受けて、何の異常もないって、いつも自慢してました」

「だったら今回は……本当に突然だったんですね」

「……はい」

萩原は、それ以上突っこむのを諦めた。本職の刑事だったら、ここで立ち止まらずにさらに質問をぶつけていただろうが、自分はそこまで図々しくなれない。

「こちらにはいつまで？」

「ちょっと、まだ分かりません。何とか荷物を片づけたいんですけど」

「ご主人は？」

「ええ、もうそろそろ戻らないと……いつまでも会社を休めないので」

配偶者の親の忌引きは何日ぐらいなのか……一週間ということはあるまい。おそらく二日か三日だ。もしかしたら菜穂子の夫は、もう忌引きを使い果たして、有給休暇を取っているかもしれない。だとしても、妻に付き添っていないといけない、と考えているのではないか。新婚だし、仕事より妻優先になるのも当然だろう。

「何か困ったことがあったら、すぐ署の方に言って下さい。荷物の片づけも、若い連中を寄越して手伝わせますから」

「いえ……もう、ご迷惑をおかけしているので、そんなことは……」

「警察は、家族も同然なんですよ。あなたも警視庁にいたんだから、そういうことはご存じでしょう。家族が困っていたら、助けるのは当然です」

「……ありがとうございます」

菜穂子が頭を下げたが、その目に一瞬、怒りのような色が走るのを見て取った。警察に対して、何か怒るようなことがあるのか？　やはり自殺だと思っている？　これは、別の機会にもう一度話を聴かなければならない、と萩原は決めた。少なくとも、他の署員がいない時に。

しかし今は、これぐらいが限界だ。物事には何でも、「塩梅《あんばい》」というものがある。

辞去して、署に戻ることにした。歩き出し、学校の角を曲がった瞬間、菜穂子の夫がこちらに向かって歩いて来るのに気づいた。両手に巨大なビニール袋をぶら下げている。部屋を片づけるために、何か掃除道具を買ってきたのかもしれない。萩原は、同行してきた警務課員に、「先に戻っていてくれ」と命じた。何か不満そうな顔を見て、やはり「お目つけ役」を命じられていたのだと確信する。

「ちょっと買い物があるから……個人的な用事だ」

依然として不満そうながら、警務課員が一礼して去って行った。ほっとしてその場でしばらく待ち、菜穂子の夫が近づいて来るのを待つ。ビニール袋は結構重いようで、途中で何度か持ち直した。「失礼ですが」五メートルまで迫ったところで、萩原は声をかけた。「川田さんですね」

「はい」

「鎌倉南署の萩原です……署長です。葬儀でお会いしました」後からつけ加える格好になってしまい、我ながらひどく間抜けに聞こえる。こういう場合、どう名乗るのが普通なのだろう。

「ああ、どうも……」どう反応していいか分からないようで、川田が戸惑いの表情を浮かべる。

「買い物ですか？」軽い調子で訊ねながら、素早く相手を観察する。身長百七十五センチ、体重七十五キロと予測する。片づけをするためだろう、トレーナー一枚という軽装なので、少し出ている腹が目だつ。

「掃除もしなくちゃいけないんですけど、自分たちのやり方があるので」

「一つ、持ちましょうか？　重そうだ」

「とんでもない」驚いたように、川田が首を横に振った。「署長さんに、そんなことをしてもらうわけにはいきませんよ」

「別に構いませんけどね」肩をすくめる。また大袈裟になっていないだろうな、と少し心配になった。こういう癖は、そろそろ直しておいてもいい。「それより、ちょっとお話しさせていただいていいですか？　荷物が重いのに申し訳ないですけど」

「ああ、いいですよ」川田が気楽な調子で言った。さすがに菜穂子と違い、ショックはそれほど大きくないらしい。

川田がいきなり、地面にビニール袋を置いた。こういうことを汚いとは思わないタイプなのか……と思ったが、そこがゴミ捨て場だと気づいて萩原は顔をしかめた。しかし、余計なことは言うべきではあるまい。

「桜庭署長が倒れたと連絡を受けたのは、いつ頃ですか？」

「夜――ほとんど夜中でした。もう、東京行きの最終の新幹線は出てしまっていて、慌てて車を飛ばしてきたんですよ」

「大変だったでしょう」

「六時間でした」思い出したのか、川田がげっそりした表情を浮かべる。「こっちに着いた時には、もう夜が明けてましたからね。でも、始発で来るよりは、何時間か早く着けたので……こういう時ですしね」

「奥さん、かなりショックを受けてますね」

「それはそうです。何しろ、いきなりですから」

「結婚されたの、二年前でしたよね？　頻繁に会っていましたか？」

「いや、それほどは……一年前に大阪に転勤になったので。最後に会ったのは、今年の正月でした」

その辺の話は、菜穂子の証言と一致する。萩原は立て続けに質問をぶつけた。何か病気で苦しんでいなかったか、疲れてはいなかったか——川田は、曖昧な答えを返した。

「そんなに頻繁に会っていたわけではないので、よく分からないんですよ」

「ちょっと時間軸を整理させてもらっていいですか？」

「ええ」

本当は手帳を広げたいところだが、さすがにそれは遠慮することにした。いかにも雑談の雰囲気で進めないと、川田を警戒させてしまうだろう。

「結婚されたのが二年前……桜庭幹雄氏、というかお義父《とう》さんが亡くなられたのはその後ですか？」

「三か月後ですね」川田の顔が暗くなる。「ばたばたでした」

「それは分かります。ご家族は、ショックだったでしょうね」

「それは、もう。まだ六十二歳でしたからねえ」

それを言えば、桜庭署長はまだ五十七歳だ。夫婦揃って、若くして病死とは……。

「その二年後に母親も亡くなるというのは、菜穂子さんも大変でしたね……もちろん、あなたも」

「菜穂子は元々しっかりしているんですけど、さすがに二年のうちに両親とも亡くなるというのは、耐え難いでしょうね」

「私も、二年のうちに立て続けに両親を亡くしたんですよ」これは事実だ。

「そうなんですか」

「きついですよね。精神的にもそうだし、色々と雑務も出てくるし」

「ええ、そっちの方が心配です。後始末と言いますか……私は仕事があるので、あまり長くこっちにいられないんですよ。菜穂子に任せるしかないんですけど、そう簡単には……」

「お義兄《にい》さんはどうしてるんですか？　手伝ってくれないんですか」

「ちょっと、精神的に参ってしまっていて」川田が首を横に振った。「今は、お願いできる状態じゃないですね。我々でできることは、何とかします」

「お義母《かあ》さん……何か悩んでいる様子はなかったですか？　ご主人を亡くされたわけだし」

「その件はショックだったと思いますけど、仕事もありましたから。署長さんの仕事って、大変なんでしょう？」

「一応、百人からの署員を預かってますし、管内の治安に責任を持たなければいけませんからね」

「そういう感じだとは思わなかったんですよね……結婚する時、ご両親とも警察官でしょう？　どれだけ怖いかと思って、びくびくしてたんですけど」

「警察官なんて、そんなに怖いものじゃありません」

「実際、そうでした。家にいる時は、普通のお父さん、お母さんという感じだったんですよ。でも、お義父さんが亡くなってからは、何だか以前よりもずっと厳しい感じになって」

仕事に逃げたのだ、と萩原は想像した。勤め人――特にハードに働く勤め人にとって、仕事はストレスの元でもあるが、他に辛《つら》いことがあった時は、逆に仕事に打ちこむことがガス抜きになる。ましてや桜庭前署長は、そろそろ定年も意識する年齢だった。最後のご奉公と考え、それまで以上に仕事に打ちこんでいたとしてもおかしくはない。これまで聞いた署員の評価も、決して大袈裟なものではないだろう。もしかしたら、若手署員と酒を呑むのも、彼らの話を聴くだけではなく、自分にとってのストレス解消法になっていたのかもしれない。酒に逃げるにしても、鬱々と一人で呑むタイプと、大勢で騒ぐタイプの二つに分かれる。

「追いこまれていた感じはありませんでしたか?」

「忙しそうではありましたよ。去年の夏休みに里帰りした時には、会えませんでしたし」

「仕事で?」

「仕事だと思います」

「はっきり覚えていない?」

「そんなに簡単に聞けませんよ。警察の仕事は、秘密も多いんでしょう?」

「まあ、そうですね」うなずき、萩原は認めた。しかし、鎌倉南署がそれほど忙しいとも思えない。突発的な事件でもあれば、署長が陣頭指揮を執らなくてはならないが、ここではそれほどの大事件はなかったはずだ。内偵捜査や警備事案で署員が忙しくしていて、署長がそれに巻きこまれることもないのだし。

「正月にお会いになった時の様子はどうだったんですか」

「それは……普通でしたね。お義父さんの一周忌も終わって、普通にお正月をやりましたよ」

「ショックは大きかったんでしょうね」萩原は、頭の中でぼんやりとストーリーを描き出していた。娘の結婚。退職してわずか二年での夫の死。署長就任によるプレッシャー。短い間に苦労が押し寄せ、精神的に不安定になっていた可能性が高い。そこへ酒の問題が絡み——追いこまれて自殺。

自然な流れだ。桜庭前署長の行動や会話を細かく分析していれば、自殺の動機はこのような線で浮かび上がるかもしれない。

ただ、「その後」については不自然な部分が残る。

個人的な問題や悩みが原因で自殺したなら、署が隠すほどのことではない。もちろん、世間的な体面の問題はあるが、わざわざ危険を冒してまで隠蔽するほどとは思えない。

だとしたら、もっと深い理由があるか、あるいは——本当に単なる病死だ。

「体調はどうだったんですか?」

「正月に会った時は、元気そうでしたけどね」

「お酒が過ぎるとかいうことは?」

「呑んでましたけど、普通でしたよ……あの」遠慮がちに言って、川田がビニール袋を取り上げる。

「はい?」

「何か、気になることでもあるんですか?」

「それは気になりますよ」萩原は両手を広げた。これもメキシコ流の大袈裟なジェスチャー……。

「自分の前任者がいきなり亡くなるなんて、私も初体験ですから。それに、昔一緒に仕事をしたこともある人ですからね」

「そうなんですか……」

「病気は怖いですね」萩原は話を打ち切りにかかった。あまり長くなると、後々問題が生じる。

「気をつけてるつもりでも、頭や心臓は……急に襲ってきますから」

「ええ」川田がぼんやりした表情でうなずく。

「こちらにはいつまで？」

「私は……明日には戻らないと。菜穂子はもう少しいると思います」

「何か困ったことがあったら、署の方に連絡して下さい。力仕事が必要なら、若い連中がいくらでもいますから」

「お手数おかけします」

川田がさっと頭を下げ、歩き出した。聴きたいことはいくらでもある――しかし萩原は言葉を呑みこみ、彼の後ろ姿を見送った。

先ほど、強引に官舎に入らなかったのは失敗だったと悔いる。桜庭前署長が倒れていた場所――まさに現場だ。どんな事件でも、現場には必ず一番大きな手がかりがある。そこを最初に覗《のぞ》いておくべきだったが、上がりこむ上手い理由も見つからなかった。そうこうするうちに片づけが終わってしまうだろう。菜穂子が証拠を隠滅する動機は思い浮かばなかったが、意識するしないにかかわらず、そうなってしまう恐れもある。

参ったな……萩原は頭を掻《か》きながら歩き出した。いくら現場経験が少ないと言っても、これでは駆け出しの若い刑事以下ではないか。

勤務時間が終わる頃、前島が署長室に入って来て、「歓迎会はどうしましょうか」と相談してきた。萩原は即座に「自粛しましょう」と答えた。その言葉が重く響いたのか、前島はすぐに納得して引き下がった。今回の異動は、あくまで緊急のものである。前署長が亡くなった直後に、顔合わせとはいえ新署長と署員が酒を呑むのはいかがなものか——「歓迎会なし」の方針は、ここへ来る前から決めていた。署員と変に馴れ合わないように、という狙いもある。一緒に酒を呑んで、砕けた雰囲気で話をすれば、どうしても親密になってしまうのだ。そうしたら、後々問題が起きた時に、追及し辛くなる。

明らかに自分は浮くな、と考えながら、萩原は荷物をまとめた。立ち上がって署長室の中を見回す。それほど整理の必要はなく、普通に仕事ができる状態になっている。

実際、整理され過ぎているようにも思えた。この部屋は公のもので、いつでも後任に引き継げるようにしておくのが暗黙のルールだが、それにしても私物がほとんどないのが妙な感じではあった。普通、多少はそのようなものが置いてある。読みかけの本とか——警察官の読書はビジネス書と歴史小説が定番だ——個人的に作ったスクラップブックとか。何となく、片づき過ぎている、という感じだった。まるで自分の死を予想していたかのように。

疑いは別の疑いを呼ぶ。「自殺だ」という前提で物事を見ると、全ての痕跡が自殺を指しているように見えてくるものだ。

勤務時間を三十分だけ過ぎてから、署長室を出る。疲れた——朝の訓示から、当直への引き継ぎまで、初体験のことばかりである。仕事についてはそれほど時間がかからずに慣れると思うが、疑念があるせいで疲れるのだ。署員一人一人を疑いの目で見てしまう。

仕方ないことだが、ここには長くいられないだろう。もしも不正が発覚したら、後始末をつけてさっさと異動——長く居座りたくはなかった。署長としての仕事が「署員の処分」だけで終わってしまうことになるにしても。自分のキャリアの中では黒い歴史になるだろうが、長居は禁物だ。

家族もいない。人生の楽しみもない。そんな萩原にとっては、仕事が全てだった。これから先、県警の中でどこまで上に行けるか——野心ではない。どこか自分を客観的に見ている部分があり、純粋に行く末に興味があるのだが、この一件で失敗すれば、大きな躓きになるだろう。どうしても引き受けざるを得なかった弱みもあるのだが、これまでで一番難しい仕事になるのは間違いない。

疲れた……自宅へ戻るのに公用車を出してもらう手もあるのだが、敢えて断った。一刻も早く一人になって、じっくり考える時間が欲しかったのだ。

鎌倉駅まで歩いて十分。平日の夕方とあって、街はサラリーマンや主婦で賑《にぎ》わう「普通の顔」を見せている。これが週末ともなれば、観光客で埋まって、歩くのもままならない様相を呈するのだが。敢えてペースを落とし、周囲を観察しながら歩いた。

観光客がいないと、鎌倉はごく地味な、コンパクトな街である。高い建物がないのと、駅近くの沿道の並木が松のせいだ。この辺りにはそれほど古い建物があるわけではないが、どことなく時代に取り残された地方都市、という感じがしている。これが、駅の北側、小町《こまち》通りに行くと、ぐっと賑わいも増すのだが。

県道二十一号線を「鎌倉駅入口」の交差点で左折すると、バスターミナルの向こうに駅舎が姿を現す。クラシカルな駅舎は昔ながらのもので、一気に、高校時代に引き戻された——当時は江ノ電、横須賀線と乗り換えて通学していたから、毎日のようにここを通ったのだ。

このバスターミナルを大きく迂回《うかい》していかなければならないから、ちょっと面倒臭いんだよな、と思いながら歩を進める。そう言えば駅前には交番があるから、ちょっと顔を出していくか。少しは署長らしいことをしてもいい——そう考えた瞬間、後ろから声をかけられた。

「署長」

足を止めて振り向くと、意外な人物が目の前にいた。あの女性——署員。地味な黒のパンツスーツ姿で、わずかに肩を上下させているのが分かる。いかにも慌てて追いかけてきた雰囲気だ。

「ああ、君は——」

「刑事課の小関《おぜき》——小関夏美《なつみ》です」

「お通夜の時にもいたね」

「はい」真剣な表情でうなずく。

その表情が、萩原には少し病的にも思えた。あまりにも緊張し過ぎていて、今にも倒れてしまいそうである。

「ちょっとお時間いただけますか？」

反射的に左腕を上げて時計を見たが、そんなことをする必要はなかった、と苦笑してしまう。家に戻っても何があるわけでもないのだ。それに今は、この小関夏美という刑事の話を聴く方がよほど大事である。署内ではなく、わざわざ追いかけてきてまで外で話をしようとしているのだから——スパイに使えるかもしれない、と期待した。

あるいは逆スパイかもしれないが。刑事課長に命じられて、こちらの動きを探りに来たとか。それならそれでいい。スパイだと分かれば、署の連中が何か隠し事をしている証拠にもなる。

「お茶でも飲もうか」萩原は軽い調子で言った。「食事には少し早い」

「よろしいですか?」

「ああ。お茶ぐらい奢《おご》るよ」

「西口の方へ行きませんか? 東口は、署の人も多いので」

「つまり、署員に聞かれたくない話がある?」

一瞬沈黙した夏美が、素早くうなずいた。耳が赤く染まっており、自分が真実を突いたことを萩原は確信した。西口への連絡地下道を歩きながら、萩原は敢えて無言を貫いた。人通りも多く、どこで誰が見ているか分からない。そう考えると急に落ち着かなくなり、背中にざわざわとした緊張感を覚えた。

この署には、どんな秘密があるんだ?

3

鎌倉駅の西口に出ると、にわかに住宅街の雰囲気が濃くなる。萩原は過去の記憶をひっくり返しながら――実に三十年も前の記憶だ――ゆっくり話ができる喫茶店はないかと探し続けた。だが、街の様子はずいぶん変わってしまい、なかなか適当な店が見つからない。御成《おなり》通りの入り口にある

「銀座アスター」は昔からあったように思うが、中華レストランだし……終《しま》いにはギブアップして、夏美に助けを求めた。

「それでしたら、すぐ近くに」短く言って、夏美が先に立って歩き出す。ほどなく、一軒の喫茶店に萩原を案内した。

ここか――店に入った瞬間、三十年前の記憶が蘇《よみがえ》る。この店には確か、何度か入ったことがあるのだ。高校生の頃は、結構モダンな印象を持っていたのだが、そこから三十年の歳月は、渋い方向に店を変えていた。店内は薄暗く、煙草《タバコ》とコーヒーの臭いが籠っている。客は他に誰もいない。少なくとも、観光客が喉の渇きを癒すために来る店ではないな、と萩原は判断した。ブレンドもアメリカンも三百五十円、スパゲッティ――たぶんナポリタンだった――が七百円と、明らかに「鎌倉価格」ではない。

奥の席に腰を下ろすと、萩原は夏美に訊ねた。

「よく来る店なのか？」

「ええ。一人でちょっと息抜きしたい時に」

「ここで息抜きできるのか？」萩原は声を潜めた。「ちょっと……君の年齢では渋過ぎると思うけど。もっと明るいカフェなんかの方がいいんじゃないか」そういう店は、鎌倉にはいくらでもある。あるいは、作り物っぽい古さを売りにする店も。

「ここだと、署の人も来ませんから。ぼんやりするにはいいんです」

「なるほど」

萩原はブレンドコーヒーを注文すると、改めて彼女を観察した。丸顔に、ボブカット。快活そうな印象はあるのだが、何となく表情が暗い。悩み事があるせいではないか、と想像した。それも個人的な問題ではなく、もっと大きな――署全体の問題とか。

コーヒーはすぐに運ばれてきた。ということは、新しく淹《い》れたわけではなく、作り置きである。飲んでみると想像通りで、少し焦げ臭く、酸味も強い。長いこと、コーヒーポットで保管されていた味だった。通い慣れている夏美は、当然それが分かっているようで、最初から砂糖とミルクを加えた。萩原もそれに倣う――何とか飲める感じになった。

「それで――何か相談でも？」

「署長は、どうしてこちらに来られたんですか」

「それは、人事だから」何を言い出すんだと思いながら萩原は答えた。まるで小学生のような質問ではないか。

「桜庭署長とはお知り合いだったんですか」

「昔は一緒に仕事をしたこともあったよ。もう、ずいぶん前だけど」

「そうですか……」

コーヒーを一口飲んで黙りこむ。話していいかどうか、判断しかねている様子だった。萩原は逆に訊ねた。

「君から見て、桜庭署長はどんな人だった」

「私たちの味方ですね」急にはっきりした口調になって、夏美が言った。「女性署長なので、いろいろ話を聞いてもらえましたし」

「女子会、か」

「そういうこともありました」薄《うっす》らと笑みが浮かぶ。笑えば愛嬌《あいきょう》がありそうな顔立ちだったが、そういう顔を忘れている感じである。

「鎌倉南署、今女性は何人ぐらいいるんだ？」

「七人です」

「少ないな」

「そうですね……でも、だいたいこんなものじゃないですか」

「意識的に女性は増やしているんだけどね」

警務部の幹部のようなことを言ってしまった……しかし、女性警察官を増やすことは、警察では急務になっている。社会構造も変化している、ということだ。萩原が警察官になった頃は、女性は結婚したら辞める、というのが暗黙の了解になっていたのだが。そういう意味では、桜庭前署長は先駆者的な存在である。後進に道を開く意味でも、頑張ってもらわなくてはいけなかったのだが、それが逆にプレッシャーになったかもしれない、と萩原は想像した。夫を亡くして一年も経たないうちに、署長の要職を任されたのだから、重圧を感じなかったはずがない。もちろん、心に空いた穴を仕事で埋めた、ということもあったはずだが。

「何か問題があるなら、率直に言ってもらえると助かる。私の場合は、女子会とはいかないけど」

気の利いた台詞のつもりだったが、夏美の表情は変わらなかった。どうも、部下と上手く接するのは難しい。先日まで籍を置いていた捜査一課では、部下はほとんどが男、それも「猛者」と言っていい連中だった。仕事の面でも、一緒に酒を呑んでも、「乱暴だな」と感じることこそあったものの、気は楽ではあった。しかし署長ともなると、若い女性署員と短い距離で接することにもなる。

距離感の取り方は、これから学ばなければなるまい。

「ところで」コーヒーを一口飲んでから切り出した。「君もなかなか大胆だね」

「はい？」夏美がわずかに顔を赤らめた。

「わざわざ私の後をつけて、声をかけてきた。そういうことだね？」

「いえ、それは……」

「署内では話せないことがある。違うか？」

無言で夏美がうつむいてしまう。声をかけてはみたものの、喋るだけの勇気はなし、か。尾行するぐらいの勇気があるなら、話すのは簡単だと思えるが。

話せないこと……異動の際に話を聞いた限りでは、鎌倉南署は何の問題も抱えていないはずだ。唯一の問題が、桜庭前署長の死。夏美は何か、秘密を握っているというのか？　萩原は急に、腹の底にしこりの存在を意識した。

「せっかくこうやって会ってるんだから、気になることがあったら話してくれないか？　桜庭さんのことじゃないのか」

夏美の耳が赤くなる。当たりだ、と萩原は一人うなずいた。

「桜庭さんが亡くなったことに関しては、県警本部の中でもいろいろ噂になっている。何か知ってるなら、教えて欲しいな」

「……いえ」

「だったら別の問題か？　セクハラの被害に遭っているとか」

「それはないです」夏美が顔を上げる。無表情で、顔色も普通に戻っていた。

「だったら――」

「署長は、どうしてこちらに来られたんですか」

繰り返された質問に、萩原は一瞬、言葉を失った。あっという間に、頭の中に疑いが広がる。この娘《こ》はスパイではないのか？　続いて、刑事課長の徳本の顔が脳裏を過《よぎ》る。何となく、あの人ならこういうことをやりそうな感じがしていた。

「人事のことは、私にも分からないな」萩原は顎を撫《な》でた。「こういうのは、上が勝手に決めることだから。打診も何もなしで、いきなりなんだ。君も、交番勤務から刑事課に上がる時は、そうだったんじゃないか？」

「そう……ですね」

「署長だって同じだよ。特に今回は、緊急事態だから」

「緊急事態なんですか」夏美が深刻な表情で訊ねる。

「いや、それは……」萩原は思わず苦笑いしてしまった。どうも彼女は、すぐに前のめりになる癖があるようだ。「現職の署長が亡くなるなんてことは、滅多にないんだ。それに、春の大規模人事が終わった直後だから、動かせる人は限られていたんだろう。だから私に、白羽の矢が立ったんだと思うけどね」

「そういうものなんですか？」

「かなり異例だけど……それで？　君はどうして私に会おうと思った？」

「それは……」

「誰かに、会いに行けと言われたのか」

「違います」

夏美は即座に否定したが、萩原はすぐには信じられなかった。自らの意思で、何らかの目的があって会いに来たなら、さっさと用件を話しているはずである。

「だったら、君の方の話を早く聞きたいな」萩原はわざとらしく左手を持ち上げた。「誰かが家で待ってるわけじゃないけど、それほど暇なわけでもないんだ」

「すみません」夏美がいきなり頭を下げた。「今はまだちょっと……気持ちが固まりません」

「でも、言いたいことはあるわけだ」

「あります。でも、もう少し待っていただけますか」

「重要な話なんだね？」

「そう、だと思います」言葉には自信が感じられなかった。「もう少しだけ、時間が欲しいです」

「誰かに言われてここに来たわけじゃないんだね？」萩原は念押しした。

「違います。誰がそんなことを言うんですか？　何のために？」畳みかけるように夏美が訊ねる。眼差《まなざ》しはひどく真剣だった。

「誰が命令したか、何のためかは分からない。ただ、どうなんだ？　私がここへ署長として来たことで、署内ではいろいろ噂も流れているんじゃないか」

「それは……」

「そうなんだね」萩原は笑みを浮かべてみせた。「まあ、異動に関しては噂話もつき物だとは思うよ。ただし今回は、タイミングがタイミングだからね」

「桜庭署長のことですか」夏美が遠慮がちに訊ねる。前髪が垂れて左目を隠し、表情が曖昧になった。

「それも、何とも言えないけどね」

「私のようなただの巡査には言えない、ということですか」

「相手が誰でも、だ」萩原はまた一口、コーヒーを飲んだ。「そうだね……。私の異動に何か特別な意味があるのかないのか、そういうこともひっくるめて何も言えない。君に命令した人には、そういう風に伝えてもらえればいいよ」

「誰の命令も受けていません」

「それならそれでいい」萩原は右手を伸ばして伝票を掴《つか》んだ。「コーヒーぐらい、奢ろう」

「でも……」

「部下に金を使わせたくないんだよ。もっと高い物だったら考えるが」

夏美の口の端が引き攣《つ》った。どうも、冗談が通じにくいタイプのようである。そう言えば、店に入ってからずっと、肩が盛り上がったままだ。いかり肩というわけではなさそうだが。

「少し、深呼吸しないか?」

「はい?」

「君は、緊張し過ぎだ」

「してませんよ」

「それならいいけど」

しかし、見ていると夏美の肩が少しだけ落ちた。やはり緊張していたのだ、と悟る。

「言いたくなったら、いつでも言ってくれ。基本的に私は、オープンで行くつもりだから」

「はい……すみません、中途半端で」

「容疑者を相手にする時にも、そういうことを考えた方がいい」

「そうなんですか?」

「相手が、完全に話す気になっているかどうか……その見極めは大事だ。完全に仏になっていないのに、無理に突っこんでも話がこじれるだけだから。世間話でも何でもいい、相手の気持ちを緩くして、信頼関係を築く。そして、自然に話せるようになるタイミングを待つんだ」

「私は容疑者ではないんですが……」どこか不満そうに、夏美が唇を尖《とが》らせる。

「もちろん」萩原はうなずいた。「ただ、容疑者の気持ち——立場が分からないと、いい刑事にはなれないんじゃないかな。君が、将来的に刑事を目指すかどうかは分からないけど」

「そのつもりです。せっかくのチャンスですから」

「それは生かした方がいいね……とにかく、刑事は接客業だと考えた方がいい。相手が被害者であろうが容疑者だろうが、リラックスさせて、喋りやすい環境を作るのが第一なんだ」

「はい……勉強になります」

俺の言うことが参考になるとは思えないが。刑事としての経験が短いことは、自分の中でははっきりとした負い目なのだ。彼女もいずれは、それを知ることになるだろう。実経験から出た言葉ではなく、先輩から教わったノウハウをただ繰り返しているだけ——それを悟られるのは怖い。かといって、今さら経験の積みようもないのだが。

署長には、こういう面倒臭いこともあるのか……二日目、萩原は早くも面喰《めんくら》っていた。もしもこれが普通の異動だったら、これほど戸惑わなかったかもしれないが。赴任直後にはこういうことがある、と前任者から教えてもらえたはずだ。

「面倒臭いこと」は、朝から相次ぐ訪問客との面会だった。新署長への挨拶。交通安全協会、防犯協会、暴排協議会……警察は、多くの関連団体によって支えられているのだと実感する。しかも、これら関連団体の幹部は、多くが地域の有力者だ。商工会議所の主要メンバーだったり、市議会関係者がいたりと、無視はできない。むしろこちらから挨拶に出向き、頭を下げておくのが、今後の関係を円滑に進めるコツかもしれない。

愛想良く会話を交わしながら、萩原は「若輩者」などという言葉を思い出していた。四十六歳にしては顔が若い……普段はむしろ嬉《うれ》しく思うのだが、署長ともなるとこれがマイナスに働くのではないか、と心配になった。抑えが利かないというか、貫禄《かんろく》がないというか。それを言ったら、若いキャリアはどうなるのかという問題もあるが。彼らは二十代のうちに、署長を経験したりする。

「そうですか、メキシコに」

「そうなんです。二年だけでしたが、いろいろ勉強になりましたね」萩原は愛想良く答えた。

今、相手にしているのは、防犯協会の永池《ながいけ》会長だった。元々中学校の教師で、在職中から防犯活動に積極的に取り組み、退職してからは地元の鎌倉市で協会の活動に専念してきた。六十八歳。身長百七十センチ、体重六十キロぐらいか……そろそろ体が萎《しぼ》み始める年齢だが、顔に皺は目立たない。

「警察の人も、海外で勤務したりするんですね」

「役所同士の人事交流もありますから」

「メキシコは……スペイン語ですか？」

「ええ」

「話せるんですか？」

「いやいや」萩原は苦笑した。「英語をほんの少し、です。結局、スペイン語はほとんど身につきませんでしたね。食事に行って、注文に困らないぐらいで」

「そう言えば、私の教え子もメキシコにいたことがありますよ。自動車メーカーに勤務していて」

「ああ、大きな工場がありますね」

この手の会話なら、いくらでも続けていける。多彩な——まとまりのないキャリアのせいで、雑談の材料には事欠かないのだ。しかし、時間が空《むな》しく過ぎるようにしか思えない。こういう「外交」も署長の大事な仕事だとは分かっているが、こればかりが続くようだと、早々ギブアップすることになるだろう。

それに、どうにも気にくわないことがあった。客が来る度に、警務課長の岩永が必ず同席するのだ。署長室へ案内するだけで十分なのに、必ずソファに座る……考え過ぎかもしれないが、監視されているような気がしてならなかった。

ちょっと試してみるか。

萩原は、お茶を飲み干した。少し喋り過ぎた、といった体で——ちらりと永池を見ると、彼の湯呑みも既に空になっていた。

「岩永さん、申し訳ないんですが、お茶を新しく淹れてもらえませんか」

「失礼しました。気づかずに……」岩永が苦笑しながら立ち上がる。

「お願いします」

岩永が署長室を出て行くと、萩原はソファに座り直した。時間はあまりない。

「ところで、桜庭署長なんですが……」

「ああ、残念なことをしました」

「最後にお会いになったのはいつですか？」

「そうですね……一月ほど前かな」永池がすかさず手帳を広げる。この年齢になってもあれこれ忙しいのか、毎日の予定はびっしりと埋まっていた。「防犯協会の会合があって、顔を出していただきました」

「ずいぶん熱心にやっていたそうですが」

「そうですね、特に、少年問題が専門でしょう？　鎌倉では、そんなに悪い子はいないんですけど、目をかけていた子もいましてね」

「そうなんですか？」

「高校生でね……警察のお世話になるようなことはなかったんだけど、まあ、いろいろと。何とか更生させようとして、頑張っておられましたよ」

「そういうのは、少年係の人間がしっかりやらないといけないんですけどね」

「専門家の意地もあったんじゃないですか。以前、『少年係は、私の直轄にしています』と仰ってましたから」

「それは、かなり熱心な感じですね……何か、変わった様子はなかったですか」

「いや、特には」永池が怪訝そうな表情を浮かべる。「どうしてそんなことを気にされるんですか？」

「いや、体のことは他人事《ひとごと》じゃないですから」

「何を仰る」永池が豪快に笑った。「あなたのように若い人が、体のことを心配するのは変ですよ」

「いやあ」萩原は頭を掻いた。「四十を過ぎれば、いろいろありますよ」

「心配なら、とにかく医者に行くことですな。署長さんは重責なんだから、迂闊《うかつ》に病気にもなれないでしょう」

「そう、重責ですね……桜庭署長も、重責を感じていた様子ですか？」

「それはそうでしょうけど、表に出すような人ではなかったですよ。何というか……壁はありましたね。別に悪い壁じゃないんですけど」

「どういうことでしょう？」

「女性で署長となると、いろいろ大変じゃないですか。男性でも大変でしょうに」

そういうことか……いずれにせよ、これ以上突っこんでは聞けないし、永池は桜庭前署長とそれほど親しくはつき合っていなかったようだ。

話を聴くべき相手とも思えない。

岩永が戻って来たので、この話題は中断した。萩原は管内の防犯情勢について話し、今後の協力をお願いして、永池との面談を終えた。

「なかなかの人物ですね」

岩永と二人、署の出入り口まで永池を送った後、萩原は言った。

「まあ、いかにも学校の先生という感じですよね」岩永が同調する。「ずっと生徒指導をされていたそうですから、少年問題には特に関心が高いんです」

「だったら、桜庭さんとも話が合ったんじゃないですかね」

「お二人とも熱心ですから」

さて、今日も昼飯の時間か。また署内の食堂というのも味気ないし、岩永と二人きりというのも気が進まない。ふと思いついて、「刑事課長と飯を食いに行こうと思うんですが」と言った。

「そうなされますか？」

「徳本さんは先輩ですからね。いろいろ教えていただきたいこともあるし。いずれ、全署員と昼食を食べますが、まず徳本さんからにします」

「予定を確認しましょうか？」

「いや、電話ぐらい、自分でかけますよ」

先回りして、二人で密談でもされたらたまらないと思いながら萩原は言った。署長室に戻り、立ったまま受話器を取り上げる。できれば午後は、来客なしでお願いしたいものだ、と思った。署長室をもう少し調べたいのだ。桜庭前署長が何か隠していないか……彼女の死につながる材料が出てこないかと期待している。

徳本は、一緒に昼食に行くのを了承した。急いで制服から私服のスーツに着替えながら、どうやって話を切り出すか、考える。刑事課と警務課は、前署長の死を直接担当した部署である。上手く話を運ばないと。

二人揃って署を出たものの、何となく落ち着かない。この男はかつては「猛者」で知られていた。しかもねちっこい。それだけなら——単純に相手の方が年齢も階級も上なら、上手くあしらうノウハウは萩原も身につけている。しかし今や、階級だけが逆転した。警察ではよくあることなのだが、署長と署の課長でこういう立場になると、いろいろ厄介になる。

「この辺で、どこか美味い店はあるんですか」

「それは署長の方がよくご存じでしょう」

敬語で喋られると、背中がむずむずする。立場上仕方ないのかもしれないが、この辺はどう調整していけばいいのだろう。

「鎌倉を離れてずいぶん経ちますからね。私が通っていた店は、結構なくなっていると思いますよ」

「魚は？」

「結構ですね」

食べる物にはあまり気を遣ってこなかったのだが、四十五歳になった時に、さすがにこのままではまずいと思い直した。体形はまったく変わっていないにもかかわらず、健康診断でコレステロール値が上がっているのが分かったのだ。それで、せめて昼飯には魚や野菜を積極的に食べるようにしている。今のところ、数値の上昇は止まっていた。

徳本は、鎌倉駅ではなく反対側、海の方へ向かって歩き始めた。一の鳥居を過ぎてすぐ左側に、回転寿司《ずし》の店がある。こんな店、昔はなかったな……と思っていると、徳本は迷わず入って行った。回転寿司か、と苦笑してしまう。考えてみれば、ほとんど入ったことがないのだ。こういう店は、ファミリー向けというイメージがある。

一階が駐車場、二階が店舗で、徳本は慣れているのか、迷わずに階段を上がって店に入った。十二時過ぎだが、何とか空いている席に滑りこむ。

「回転寿司だが、昼間はランチを頼んだ方が得なんだ……」さらさらと説明した徳本が、はっと息を呑んだ。照れたような笑みを浮かべ、「申し訳ない。年下の署長というのも初めてなんだ」と言い訳した。

「二人きりの時は、昔のように行きませんか？　こっちもやりづらくてかなわないんですよ。年下の課長も二人だけですからね」

「お前は優秀だから」徳本は早くも、かつてのペースを取り戻したようだ。「こういうことにも、早く慣れてもらわないと」

「根が控えめな人間なんで」

「よく言うよ」徳本が鼻を鳴らす。「ま、とにかくランチでどうだ？」

メニューを見ると、握りのランチは三種類。普通の「日替わり」はかっぱ巻きで増量している感じだが、その上の九百円の「上」はかっぱ巻きがネギトロ巻きに代わり、好物の穴子もついている。一番高い「特」は千三百円もしたので、却下した。署長の給料は、同年代の公務員に比べて悪くはないが、昼食で贅沢《ぜいたく》するのも馬鹿馬鹿しい。

「上握りにします」

「無難だな。俺も同じにするよ」

寿司を待つ間、萩原は会話の糸口を探した。目の前に座るこの男が、情報の中心にいる気がしてならない。

「いろいろ大変だったでしょう」

「まあな」

徳本がおしぼりで顔を拭った。まだ午前中が終わったばかりなのに、既に一日分の疲労を身にまとってしまったようだ。何となく同情を感じ、萩原はお茶を作ってやった。湯呑みに湯を入れるだけだが。

「お、悪いな」

「まさか、こういう形で徳本さんとまた一緒になるとは思いませんでした」

「それは、俺もだ。いきなりで大変だったんじゃないか」

「それはそうです……家族持ちだったら、躊躇《ちゅうちょ》したかもしれませんね。もちろん、断れない話ですけど」

「それを言えばお前、いい加減再婚しないのか？」

「いやあ、それは……残念ながら、予定はないですよ」

「署長なんだから、家族がいないと格好がつかないけどな」

「それはよく言われるんですけど、これぱかりは縁ですから」

「何だったら、俺が紹介してやってもいいぞ」テーブルに肘をつき、徳本が身を乗り出した。「これでも顔だけは広いからな」

「いやいや……」苦笑せざるを得なかった。こんな話で押し切られても困る。「その気になったら、自分で何とかしますよ」

「ということは、その気はないわけか」

「今のところは」肩をすくめる。さて、前置きはこれぐらいでいいだろう。「桜庭署長、いったいどうしたんですか？　本部でもいろいろ噂になってましたよ」

「現場にいない連中は、無責任なことを言うからな」徳本が肩をすくめる。「亡くなった人に対して、失礼な話は出てないだろうな」

「ずいぶん桜庭さんに肩入れするんですね」

「そりゃあ、一年も一緒に仕事をしていれば、肩入れもするさ。署長としてはなかなか優秀だったんだぜ、桜庭さんは」

「評判は聞いてますよ」

「たぶん、お前が聞いてるよりもずっと、優秀だった。女性だから、ということを差っ引いても、やっぱり署長にまでなる人は違うんだよ。お前も、だけどな」

「私の場合は運もありましたから」今、この立場にいるのが「運」だとは思えなかったが。むしろ「悪運」という感じか。

「県警期待の星だからな、お前は。昔からそうだった。しかし、これからは立小便もできなくなるぞ」

「立小便なんかしませんよ」

「真面目だからな」

寿司が運ばれてきて、会話は一時中断した。鎌倉だから回転寿司でも上レベル……と期待もしていたのだが、チェーン店故の味しか感じられなかった。まあ、こんなものだろうと、淡々と食事を進める。小さなサラダがついているのが救いだった。これで魚も野菜も摂れたことになる。

「鎌倉は、意外に食事に苦労するんだ」

「そうですか?」

「観光客向けの店が多いからな。高いし、混んでる」

「ああ、それは昔からですね」

「結局、署の食堂で食べていることが多いんだ」

「あそこ、まあまあじゃないですか。昨日、食べました」

「署長が食堂に居座ってると、署員もやりにくいんじゃないかな。できるだけ外で食べた方がいいよ。管内巡視の意味も含めて……お前は、よく分かってるか」

「いや、だいぶ変わりましたね。浦島太郎の気分です」

「そんなものか」

「そんなものです」さて、話を引き戻さないと。しかし、できるだけ慎重にことを運ぶ必要がある。

「桜庭署長、肝臓が悪かったんですか? 酒は滅茶苦茶強い人でしたけど」

「まあ、つき合いはよかったね。特に若い連中の面倒をよく見てくれた」

「女性署員だけではなく?」

「男もだよ」徳本が笑い飛ばした。「最近の若い奴らは、女よりも男の方がずっとだらしないじゃないか。覇気がないって言うか、言われたことはやるけど、自分から進んで何かをやるようなことはない。ゆとり世代っていうやつか?」

「そうなんでしょうね」

「さすがに捜査一課は、そういうことはないだろうけど」

「一応、選抜された人間が集まってますからね」萩原はうなずいた。実際、下らないことで弱音を吐いたり、ただ指示を待っているだけという刑事はいなかったと思う。「しかし、桜庭さん、そんなに面倒見がいい人だったんですね」

「署長になって張り切ってたせいもあるだろうけど。結構無理していた感じはあったな」

「そうなんですか？」今度は萩原が身を乗り出す番だった。「ストレスがひどくなるぐらいに？」

「だってお前、ご主人が亡くなってから二年も経ってないんだぞ。あのダメージ、結構大きかったと思う。俺は葬式にも出たんだけど、桜庭署長、人目もはばからず泣いてたからな……その後鎌倉南署で一緒になった時に、そのことを思い出して、何だか居心地が悪くなったよ」

「配偶者を亡くしたショックは、大きいそうですからね」そのストレスが尾を引いて、自殺に追いこまれたのだろうか……それは不自然でも何でもない。萩原も何件かの自殺を取り扱ったことがあるが、配偶者に先立たれたのが動機というケースもあった。むしろ、自殺の動機としてはポピュラーな部類かもしれない。

恥ずべきことではない。警察官が全て、鉄の魂を持っているわけではないのだから。問題は、何故その事実が隠蔽される必要があるか、だ。極めて個人的な動機であり、社会的な問題はない。マスコミも、しつこく突っこんではこないだろう。

「しかし、何で本部でいろいろ噂が出るんだ？」むっつりした表情を浮かべ、徳本が言った。「何も知らないで、適当な噂を流されたら困るな」

「本当は自殺じゃないんですか」思い切ってぶつけてみた――自分がここに遣わされた理由。

「まさか」徳本が笑い飛ばした。「何でそんな話になるんだ。自殺であっても、隠す必要がないじゃないか。もちろん、マスコミなんかには伏せるかもしれないけど、本部に報告しない理由はない」

「そうですよね」萩原はうなずき、彼の言い分を認める振りをした。同時に、今までの会話を瞬時に振り返る。彼の言葉に矛盾は……ない。本部に対する反発も、所轄の課長としてはごく自然なものだろう。「いきなりでしたから、いろいろ言う人もいるんですよ」

「それでお前が、調査のために送りこまれてきたのか」

「それはないです」嘘をつくのも気が引けたが、彼に本音を明かすわけにもいかない。「もしも何か疑っているなら、監察官室が直接乗り出してくるでしょう」

「それはそうだがな」徳本が腕組みをした。何となく不満そうではあるが、追及できる材料もないのだろう。

「いきなり署長が亡くなれば、誰でもショックを受けるでしょう。変なことを言い出す人間もいますよ。私も、赴任前にばたばた健康診断を受けさせられましたから」

「いきなり死なれたら困る、ということか」

「そうなんでしょうね」

「今さら、という感じだけどな」徳本が皮肉に笑う。「ま、まだ署内はばたついてるけど、すぐに落ち着くよ。警察の仕事に、休みは許されないんだから」

そして自分に課された使命も「警察の仕事」なのか。萩原は早くも、やりきれない思いを抱いていた。

午後も来客が相次いだが、その合間を縫って、萩原は生活安全課に足を運んだ。特に用事もないが、自分より年下のこの課長なら、何か弱点を見つけて攻められるのではないか……と計算したのだ。

部屋に入って行くと、課長の三田《みた》がすぐに立ち上がる。刑事たちは現場に散っているのか、部屋の中に人は少なかった。女性が一人……夏美が言っていた「女性七人」のうちの一人だろう。

三田は身長百七十八センチ、体重は六十五キロぐらいのほっそりとした筋肉質の体形で、贅肉《ぜいにく》は一切ついていないようだった。髪を綺麗に七三に分け、すっきりした顔立ちである。長年麻薬関係の捜査をしていたのが信じられないような、爽やかな雰囲気だ。あの仕事を続けていると、多くの麻薬中毒者や売人に会い、人生の暗い面ばかりを見るようになるのだが。中毒者は、自ら人生を捨てたような人間ばかりなのだ。

女性刑事が、お茶を用意しようとしたので、萩原はすかさずそれを止めた。来客が多かったせいか、今日はお茶を飲み過ぎている。萩原は、課長席の脇にあるソファに座った。

「外回りに熱心なようですね」

「昼間は、ここにいても仕事になりませんから」

「昨日、ナイジェリア人の話が出ましたね。鎌倉には、そんなに多いんですか？」

「神奈川県内だと、大部分が横浜在住なんですけど、一部が鎌倉に流れてきているようです。今のところは特に問題はないんですが、引き続き警戒中です」

だいぶ喋り方が硬い……緊張しているのか、元々真面目な性格なのかは分からなかったが。

「まあ、あまり無理をしないように。在留外国人の問題は難しいところがあります」

「そうですね。とにかく、観察中ということで」

二人はその後もしばらく、管内情勢について雑談を交わした。話の途中から、ゆっくりと桜庭前署長の件に持っていく。

「少年問題をずいぶん熱心にやられていたそうですけど」

「ご自分の専門でしたからね」三田がうなずく。「この辺、そんなに少年問題が表沙汰になることはないんですけど、予《あらかじ》め手を打っていうか」

「問題は隠れているわけだ」

萩原が指摘すると、三田が素早くうなずいた。

「管内の学校にも、頻繁に足を運んでいました……学校って、警察が来ると嫌がるじゃないですか」

「それは、事件に関わりたくはないし」

「防犯指導とか、生活指導とか言っても、やっぱり嫌な顔をされるものです。特に、学校の方で何も問題を把握していなければ。でも、桜庭署長は嫌がられませんでしたね。やっぱり女性だからかな」

「当たりは柔らかい人だし」酒呑みではあるが、それはあくまで夜の顔だ。

「そうなんですよ」三田がまたうなずく。「実際それで、学校側も把握していなかった問題を掘り起こしたこともありましたしね」

「それは――」萩原は身を乗り出した。署長にしては「やり過ぎ」ではないだろうか。

「そんなに大した問題じゃないですよ」三田が慌てて否定した。「どこにでも、ちょっと悪い子はいるじゃないですか。そういう子が非行に走るのを、未然に防いだというか。ただ、ですね……」

「何か問題でも?」

「ちょっと身を入れ過ぎたというか。我々に任せてもらえば何とでもしたんですけど、署長がご自身で首を突っこみ過ぎましてねえ」

「それは……」萩原は苦笑してみせた。猛烈タイプの署長に翻弄された課長に対する、同情の笑み。

「別に問題ではないんですが」三田が慌てて言い訳するように言った。「ただ、官舎にまで高校生を入れたりするのはどうかと思います」

「それは、ちょっとやり過ぎかな」萩原も顔をしかめざるを得なかった。子どもたちを指導するのに、署に呼ぶのは当然のことである。あるいは現場の人間なら、親身になるあまり自宅に招くこともあるだろう。不良少年たちと熱心な警官の交流話は、枚挙に暇《いとま》がない。しかしこれが、署長官舎となると話は別だ。

「もちろん、署長お一人ではなかったですけどね。我々としては、ちょっとやりにくかったと言うか……高浜《たかはま》部長」

呼ばれて、自席についていた女性巡査部長が立ち上がる。ちらりと見た萩原は、身長百六十センチ、体重は……まあ、いいか。白いブラウスに濃紺のパンツスーツという、女性刑事に標準的な格好をしている。ソファの横に立ったところで、三田が紹介した。

「高浜未映《みえ》部長です。うちの期待の星ですよ」

「高浜です」未映がすっと頭を下げた。笑顔はなく、やや緊張しているのが見て取れた。

「座って下さい」

萩原の指示に、戸惑いの表情が広がる。萩原はわざと気さくな調子で話しかけた。

「何も、シビアな仕事の話をしているわけじゃないから。雑談ですよ、雑談」

それを聞いて、未映が萩原の向かい——三田の脇に腰を下ろした。しかし、尻をソファの端に引っかける浅い座り方で、すぐにでも逃げ出せるような体勢を保っている。

「高浜部長は、その子たちの問題に関しては、署長直結で動いていたんですよ」三田がすかさず説明した。

「その、官舎に子どもたちを呼んだという話ですけど、どういう具合だったんですか」萩原は未映に真っすぐ視線を向けて訊ねた。

「元々、そんなに大した問題じゃなかったんです。深夜徘徊《はいかい》ですね」

「高校生？」

「高校生のグループ四人です。全員女の子で」

「鎌倉駅周辺だと、徘徊する場所もないでしょう」

「ええ……駅にたむろして、というのが正解でした。深夜の補導に署長がつき合って下さったことがあって、その時に署長が声をかけたのがきっかけでした」

「非行事実は？」

「煙草の問題はありましたけど、その他には特には……」

未映は、どこか喋りにくそうだった。距離が近過ぎるのかもしれないと思い、萩原はソファに背中を強く押しつけ、少しだけ距離を広げた。

「桜庭さんは、どうしてその子たちが気になったんだろう」

「勘だ、と仰ってました」

「なるほど……少年事件に関してはベテランだからね」

「こういうのが懐かしい、とも」

「分かるよ」

桜庭前署長は、順調に出世の道を歩んだ。それは現場から離れるのと同義であり、本部の課長時代には、滅多に街に出る機会もなかったであろうことは容易に想像できる。本部の少年育成課の仕事は、どちらかというと「企画・立案」なのだ。現場の仕事は、ほぼ所轄に任される。桜庭前署長が現場を愛し、署長という立場を利用して、積極的に街へ出ていたことは想像に難くない。どっしりと署長室に構えて、部下の報告を待つタイプの署長もいるが、自ら現場を踏みたがるタイプの署長もいる。後者の方が、現場の人間には煙たがられるのだが……。

「四人のグループで、そのうちの中心の一人が母子家庭だったんです。母親は昼も夜も働いていて、しかも一人っ子でしたから、家にいるのが嫌だったようですね。それで、桜庭署長がその子に目をつけて。頻繁に話して、夜遊びをやめさせたんです」

「官舎にも呼んだわけだ」

「女子会、と仰って」未映の顔に、ようやく笑みが広がった。「私たちもつき合いました。なかなか楽しかったですよ」

そういうことなら、それほど問題視することもないか……適切な指導の範囲は超えているかもしれないが、マニュアル通りにやるだけが警察の仕事ではない。

「ところで、その子たちのフォローはしていますか？」

「フォローと仰いますと？」未映の顔にまた緊張が走る。

「桜庭さんが亡くなって、それで野放しにしてしまったら、元の木阿弥になるかもしれません。あなたが少年係として面会していたなら、たまには話をする必要がありますよ」

「ええ……そうするつもりでした。でも、署長のお通夜にも来ていたぐらいですから、もう立ち直っていたとは思います」

「ああ、それぐらい親しく感じていたんだね」萩原はうなずいた。

「そうですね。桜庭署長、彼女たちにとって母親というにはちょっと年齢が上でしたけど、同じようなものでしょう？」

これは女性にしかできないことだと思う。そう考えると、桜庭前署長は、まさに少年事件のスペシャリストだったと言っていい。鎌倉市南部における非行の芽を、事前に一つ摘み取ることに成功したわけだ。

「その子たちの名前、後で教えて下さい」

「え？」未映の顔に戸惑いが広がる。「署長、お会いになるんですか？」

「そうするかもしれません。桜庭さんのこと、彼女たちからも聞いておきたいですからね」

「あの、何か問題でもあるんでしょうか」三田が遠慮がちに割って入った。

「あなたたちの目から見てどうでしたか？」萩原は逆に訊ねた。「桜庭署長に、何か普段と違うような点はありましたか」

「すみません、それはどういう意味でしょうか」三田の表情が強張る。

「言った通りの意味ですが」萩原は一歩突っこむことにした。「亡くなる直前に、普段と違う様子はありませんでしたか」

「まさか、自殺されたとでも――」

「どうなんですか?」三田の質問に質問で返す。

「それはないでしょう。病死だと聞いています」

「聞いただけ、ですね?」三田の顔を真っすぐ見据えながら確認する。「つまり三田課長は、直接遺体や現場を確認したわけではない」

「それはまあ……担当でもありませんから」

「だったら、断定はできませんね」萩原は膝を叩いた。「警察官は、自分が見たものだけを信用するようにしないといけませんよ。伝聞は危険だ――伝言ゲームをやっているうちに、情報が歪《ゆが》んでしまうこともありますからね」

「しかし、問題は何もなかったはずです」三田が苦しそうな口調で言った。

「いや、署長が現職のまま亡くなっているんですから、それだけで問題なんですよ」

萩原は立ち上がった。楔《くさび》は打ちこんだ、と思う。後は、この楔によって入った割れ目が、どんな方向に広がって行くか、見極めなければならない。


夕方、署長室の整理に入った。残されたファイルを読み、何か手がかりがないかと捜す……ほどなく萩原は、かすかな違和感を覚えた。

全てが整理され過ぎている。

桜庭前署長が、整理整頓好きな性格だったのは間違いない。警察官の中には度を超した整理魔もいて、仕事用のファイルなどを、誰が見ても一発で分かるように並べ変えるのを趣味にしている人もいる。本当にそういうタイプかどうかは、パソコンを見ると分かることが多い。デスクトップに、最小限のアイコンしかないのだ。別に、デスクトップが散らかっていても仕事に差し障りはないのだが、データを保存するにしても、フォルダ内に見事にツリー構造を作って、デスクトップの入り口は一か所だけにとどめている人も多い。

しかし、引き継いだ署長用のパソコンは……萩原はそこでも違和感を覚えた。

デスクトップにはソフトへのショートカットがいくつかあるだけで――いずれも定番のものだった――ファイルがない。共用のネットワークストレージに保存しているのかと思ったが、それらしいものもなかった……まるで、このパソコンを使っていなかったかのようだ。

あり得ない。警察ではまだ、多くの書類が紙で決裁されているが、それでも個人で使うパソコンには様々なデータが残されているものだ。

それだけではない。ブラウザーの「お気に入り」は空だし、メーラーにもメールは一通も残っていなかった。誰かが初期化した？　いや、そういうわけでもない。桜庭の「個性」が表れるようなデータだけを急いで削除したような感じがする。

やけに広く感じられるデスクトップを見ながら、萩原は腕組みした。いったいどういうことか……分からなければ聞いてみるしかない。署長室を出て、岩永に声をかけた。

「桜庭さんが使っていたパソコンなんですが」

「何か問題でもありましたでしょうか」岩永が慌てて立ち上がる。

「いや、問題があるわけじゃないけど……誰か、パソコンを初期化しましたか？」

「いや、手はつけていないはずですが」岩永が、課員たちの顔を見回す。「そこまで手が回りませんでしたから」

だろうな……ＯＳの入れ替えまで行うとなると、そこそこ時間がかかる。しかし、個人情報――仕事も含む――を察知させるようなファイルなどを消すのに、それほど時間はかからないのではないか。いかにも慌ててやったような感じも……。

「パソコンの方、何か不具合でもありますか？　それなら、交換するように本部の方に言っておきますが」

「いや、大丈夫です」

緩い笑みを浮かべて、萩原は署長室に戻った。ドアは開け放しにしておいたので、何人かがこちらを覗きこんでいる様子が感じられた。まさか、監視カメラなどはないだろうなと心配になり、書棚などを調べてみる。さすがにそこまではやっていないようだ。見つかったら大事になるわけだし。

椅子に腰を下ろし、肘かけに両腕を預けて、椅子を左右に揺らす。この椅子を最終目標にして頑張る人もいるんだろうな――とぼんやりと考えた。萩原の場合は、予期せずして手に入れた立場なのだが。

しかし、気になる。パソコンだけではなく、他の部分もそうだ。個人を感じさせるものが何もない署長室。桜庭前署長の死後、慌ててこの中を片づけたようにしか思えない。そういえば、書棚に空きがあるのが引っかかった。問題のありそうな書類や本を抜いて、空白がそのままになっているとか……いかんな、と萩原は首を振った。疑い出せばきりがない。できるだけ虚心坦懐《たんかい》、先入観なしで調査を進めないと。確かにこの部屋には個人情報につながる材料はないのだが、それはどの署の署長室でも同じはずだ。自分の事を考える。ここでは客を迎えることもあるし、署の幹部が集まって打ち合わせをすることもあるだろう。そこに個人的な趣味のものが置いてあったりしたら、示しがつかないのではないだろうか。今までいろいろな署の署長室に足を踏み入れてきたが、個性的な部屋は一つもなかった。

しかし、絵の一つもかかっていないのも不思議だ。絵画を趣味にしている人は意外に多く、巧拙はともかく、署に寄贈する人も少なくない。特に警察ＯＢが、自分が加入する「警親会」を通じて送ってくるケースはよくある。そういう絵の一枚や二枚、署長室にはたいていかかっているものだ。

立ち上がり、壁を仔細《しさい》に観察してみる。あちこちに、画鋲《がびょう》を刺した跡はあるのだが……いくら何でも疑り深過ぎないか、と萩原は自嘲的に思った。もちろん、署の連中が短い時間でこの部屋を徹底的にクリーニングした可能性はあるのだが、それにしたって絵は何も関係ないではないか。まさか、額縁の裏に何か秘密の書類が隠してあって——萩原は首を振った。これは想像どころではなく、妄想の世界だ。

席につき、携帯電話を取り出す。この部屋にいつまでもいると、調子が狂ってしまいそうだ。やはり、誰かに話を聴くやり方が手っ取り早いだろう。そして鎌倉南署には、萩原が話を聴ける相手がいる——少なくとも萩原は、話が聴けると信じている。

相手は、呼び出し音が五回鳴った後で出た。こちらの名前は登録しているはずで、すぐに出なかったのは、警戒しているからか。

疑心暗鬼にもほどがある。とにもかくにも、相手は電話に出たのだから。

「ああ、俺だ。萩原だ」相手の声に耳を傾ける。特に用心している様子もなかった。「そう、いろいろと、な。それより今晩、空いてるか？　そうか。だったら保土ケ谷で会わないか？　そう、俺たちの縄張りで。鎌倉で、署の連中に見られると、やっかまれるかもしれないからな。もちろん、奢るよ」

　相手は軽く乗ってきた。これは吉兆なのだろうか……どうもそうは思えない。自分はいつの間に、これほど疑りぶかく、悲観的な人間になったのだろうと萩原は驚いた。

4

　保土ヶ谷というのは、何とも微妙な街だ。JRの駅の東側には東海道が走り、そこを越えるといきなり住宅街が広がる。食事をしたり酒を呑んだりするには西側なのだが、そこも「繁華街」とは言い難い。駅舎も地味だし……住むには悪くない。むしろ環境はいいのだが、酒食の楽しみは期待しないというのが、萩原の出した結論だった。

　とはいえ今回は、この街にせざるを得ない。電話をかけた相手──北川《きたがわ》も保土ヶ谷の住人だし、鎌倉南署の近くで会っているのを他の署員に見られたくなかったから。

　北川をスパイに仕立て上げたいのだ。

　北川はほとんど酒を呑まない。完全に呑まないわけではないのだが、宴席でも乾杯のビールを干してからは、すぐにウーロン茶に切り替えるタイプだ。そういう人間と話し合うには、居酒屋はNG、バーも駄目……必然的に店は限られる。萩原は、「一緒に食事をして大丈夫か」と確認し──北川は既婚者だ──了解を取りつけてから、安いイタリア料理店を会合場所に選んだ。ワインを呑みながら食べ物をつまむのが本当だろうが、ジンジャーエールでも問題ないだろう。

「ハギさん——署長がイタリアンは意外ですね」

席につくなり、北川が言った。百七十二センチの身長はともかく、体重は七十五キロから七十七キロほどに増えたようだ。捜査一課から所轄に出てわずか一か月、もうたるんでいるのかと萩原は呆《あき》れた。

「ハギさんでいいよ。署長は慣れないし、こういう場所では特に、な」

「そりゃそうですね」北川が納得したようにうなずいた。赤白チェックのテーブルクロス、薄い黄色の壁、そしてあちこちにかかったイタリアの写真と地図——こういう店では、すべからくカジュアルにいきたい。態度も、言葉遣いも。

「最初はビールにするか？」

「うーん……ウーロン茶でもいいですか」

「別にいいけど、どうした」

「いや、最近娘がうるさくてですね」

「夏菜子《かなこ》ちゃん？　うるさいって何だ？」

「アルコール過敏症っていいますかね。ちょっとでも呑んで帰ると、騒ぐんですよ。こっちはいつも、コップ一杯のビールしか呑まないし、酔いが覚めてから帰るようにしてるんですけどね」

「夏菜子ちゃん、何歳だっけ？」

「十二歳。小六です」

「じゃあ、いちいち父親に逆らいたくなる年齢だろう」

「それもそうなんですけど」不満気に、北川が下唇を突き出した。「反抗期なんて、たまったもんじゃないですよ。そのうち、ゴミ扱いされるんじゃないかな」

「だから、独身の方がいいんだよ」

萩原はからかったが、北川も負けなかった。

「でも、真冬の夜中に帰って、家に誰もいないのは辛くないですか」

「お前ね、一番痛いところを突くなよ」

にやりと笑って、北川がメニューに目を通し始めた。生ハム、真鯛《まだい》のカルパッチョ、ブルスケッタ。パスタを二種類。メーンは必要ない、と二人はすぐに結論に達した。メニューに添えられた写真を見る限り、パスタ一皿でも十分満腹になりそうである。

萩原は結局ビールを頼み、ウーロン茶の北川と乾杯した。

「それで？　どうして急に俺を呼び出したんですか」ウーロン茶を一口飲んだ北川が、探るように切り出す。

「お前をスパイにしたくてね」

「スパイ」低い声で言って、北川がグラスをテーブルに置く。「スパイしなくちゃいけないようなことでもあるんですか」

いきなり切り出すわけにはいかない……萩原はゆっくり話を進めることにした。どうせ後は家に帰るだけだし、北川も急いではいないだろう。

「俺も、こんなに急に署長になるとは思ってなかったんだよ」

「非常事態でしたからね」納得したように北川がうなずく。「やっぱり、心構えもなしにいきなりは大変ですか」

「そりゃそうだ」萩原はビールを一口呑んだ。「署長って言えば、一国一城の主《あるじ》だから。鎌倉南署も小さいとは言え、それに変わりはない。来たばかりで何だけど、肩が凝って仕方がないよ。引き継ぎもできなかったし」

「ああ、それは……」北川の顔が暗くなった。「異例ですからね」

「署内の様子、どうなんだよ。あんなことがあった後だと、相当ばたついたんじゃないか」

「ばたついてはいませんよ。大変なのは警務課だけじゃないですかね。お通夜とか、いろいろありましたから」

「署員は動揺してないのか」

「まあ、多少は……」北川がグリッシーニを手にした。端をくわえ、もう片方の端をもってしならせると、ちょうど真ん中でぽきりと折れる。そのまま食べ切ることはできず——折れた半分も十五センチはあるのだ——さらに半分に折って口に押しこんだ。「こんなこと、あまりないですから」

「そうか。俺は、かなりざわついているように見えた。あくまで印象だけどな」

「用心し過ぎじゃないですか？　前の署長のことを、ハギさんが心配してもしょうがないでしょう……でも、損な役回りですよね。後始末みたいな感じで」

「後始末しなくちゃいけないことがあるのか？」萩原は北川の目を覗きこんだ。

「いや、別に」少しだけ慌てた調子で北川が言った。「一般論です。こういうことがあった後は、いろいろ大変じゃないですか」

お前はさっき、「ばたついてはいませんよ」と言ったではないか……指摘しようとしたが、揚げ足取りの発言になると思って控える。ここは「循環作戦」でいこう。置き去りにした質問、気づいた矛盾点を、後で繰り返しぶつける。そこで答えが毎回違ったりすれば、相手が嘘をついている証拠だ。ただしこれをやるためには、自分は素面《しらふ》で集中している状態を保たなければならない。まあ、ビール一杯呑んだぐらいでは、集中力が切れることもないだろうが。

「署内の雰囲気は、元々どんな感じなんだ？」

「のんびりしてますよ。最初、こんな感じでいいのかと面喰らいましたから」

「まあ、捜査一課から出た身としては、そう感じるだろうな」

萩原はうなずいて同意した。北川は三月の異動まで、長年捜査一課に籍を置いていた。警部補の試験に合格し、それに伴う異動で鎌倉南署の刑事課に赴任してきたのだ。忙しさの度合いでいくと、百から二十ぐらいまで落ちた感じではないだろうか。

「俺が来てから一か月で、緊急出動は三回しかなかったですからね。それも傷害事件が二件、窃盗が一件……管内がのんびりした雰囲気だから、こんなものでしょう」

「思い切って、経済事件の捜査にでも手を出してみたらどうだ」

「金の計算は苦手なんですよ」北川が頭を掻いた。それは分かっている……この男の得意技は取り調べである。ねちっこいやり取りを続け、容疑者をゆるゆると締め上げるのだ。声を荒らげることもないのに、結局容疑者は最後には根負けして喋ってしまう。所轄で、管理職として取り敢えずの経験を積んだら、また本部の捜査一課に戻っていくだろう。取り調べのエキスパートは、いつでも貴重な存在なのだ。

「暇な時に、いろいろやってみるのは手だと思うけどな」

「むしろ、取り調べの技術が落ちないか、心配ですよ」本当に深刻そうに北川が言った。「何か、あっという間に錆《さ》びついて、いろいろなことを忘れそうで」

「お前の取り調べは天下一品だからな」持ち上げておいて、萩原はビールを一口呑んだ。

「いやあ……恐縮です」北川が照れ笑いを浮かべる。

「渡《わたり》事件の時は見事だったよ。本部長賞も当然だな」

あれは一年前……渡康太《こうた》という二十五歳の男が、知り合いを殺したとして逮捕された。しかし最初に容疑を頑強に否認した後は、完全黙秘を始めてしまった。業を煮やした捜査一課の上層部は、途中から取り調べ担当を替えるという、あまり賢明ではない作戦に出た。取調官は容疑者と時間をかけて信頼関係を築いていくもので、途中での交代はまずあり得ない。それに、交代させるということは、元々の取調官に「お前は駄目だ」と烙印《らくいん》を押すようなものである。しかし、事件を仕上げるのが先決……抜擢された北川は、わずか二日で渡を全面自供に追いこんだ。

警部補の試験に受かったのは昨年夏。普通はこの段階で、一度所轄に出るのだが、北川の腕を惜しんだ捜査一課上層部の判断で、この春まで異動が遅れていたのだ。既に、「北川メソッド」をマニュアルとして残すべき、という声も出ているほどだが、本人曰《いわ》く、「決まった方法はない」。相手の出方によって柔軟に態度を変えるのが自分の取り調べの肝であり、それは他人に教えることができないのだ、というのが北川の弁だった。

いかにも職人っぽい感じだが、プライベートではかなりボケたところがある。妻と娘に気を遣い過ぎて頭が上がらないところもそうだし、そもそも取り調べ以外の捜査では、必ずしも有能とは言えない。張り込みや尾行でポカをしたことも何度かあった。

ただし、愛すべき人間でもある。どんなに失敗しても、何となく憎めないのだ。萩原にすれば、気の合う部下でもあった。家が近くなので、捜査一課時代にも帰りに一杯——ということが何度かあった。

「しかし、ハギさんでも大変な感じはあるんですか」

「そりゃあるさ。何しろ初めてだからな。今までの仕事と署長の仕事では、重みが違う」

「ハギさんだったら、何でも軽々とこなしそうに見えますけどね」どこか羨ましげに北川が言った。

「そうかもしれないけど、そういうのは器用貧乏って言うんだよ」

「でも、そういう人の方が出世するでしょう?」

「何だ、お前も早く署長になりたいのか」

「そういうわけじゃないですけど」

北川も四十歳になった。そろそろ将来のことを真剣に考え始めてもおかしくはない。ただ情熱と勢いに任せて突っ走っていける年齢は過ぎているのだ。

「いずれにせよ、早く仕事を軌道に乗せたいんで、お前の手を借りたいんだ」

「署長なんですから、何でも命令すればいいじゃないですか。分からないことがあれば、課長連中を呼べばすっ飛んできますよ」

「そういうの、何だか格好悪いじゃないか……いや、仕事のことは知らなければ素直に聞くけど、問題は人間関係だ」

「ああ」北川がうなずく。「そういうの、すぐには分かりませんよね」

「お前の方が、この署では一か月先輩なんだし、その手の情報収集は得意じゃないか。誰と誰が仲が悪いか、逆に仲がいいのは誰か、そういうことをちょっと耳打ちしてもらえると助かるんだけどな。お礼に、たまに飯を奢るよ」

「そんな気を遣ってもらわなくていいですけど……今は、変な派閥とかはないですよ」

「そうなのか?」どの署でも、派閥はできがちだ。というより、派閥のない署はないだろう。警察では出身地、出身校、以前の勤務地などによって、様々なグループができて、複雑に絡み合っている。これは別に悪いことばかりではなく、濃密な人間関係が、仕事を円滑に進める潤滑油になることも多い。「所轄で派閥がないのも珍しいな」

「桜庭署長のおかげじゃないですかね。俺はよく知らないんですけど、桜庭さん、相当オープンな感じでやってたそうですよ」

「若い連中や女子署員に対して気を遣ってた話は聞いたけど」

「それだけじゃないですよ。とにかく酒が強かったですから、若い奴らや幹部連中とも毎日のように呑んでました。今時そういうの、流行《はや》らないかもしれませんけど、やっぱり効果はあるんじゃないですか」

「俺は、そこまでつき合い切れないけどな」萩原はまだコップに半分残ったビールをちらりと見た。

「だいたい、そんなに酒は強くないし」

「毎晩だときついかもしれませんよね。でも桜庭署長は、たすきがけで呑み会をよくやってました」

「たすきがけ?」

「こう……」北川が、胸の前で両腕を交差させた。「生活安全課と刑事課とか、交通と警備とか、普段一緒に仕事をしない課の人間同士を誘って呑みに行ってました」

「なるほどね」納得して、萩原はビールを一口呑んだ。桜庭前署長の「外交」は、自分にはとても真似できそうにない。

「普通、課の枠を超えてつき合うことはあまりないでしょう？　それこそ元々の先輩後輩だったりしないと」

「だろうな」

課同士が協力して捜査――というのもほとんどない。唯一、課に関係なくつき合いができるのは、当直においてだろうか。当直班は基本的に同じメンバーで回るので、自然に仲が良くなることも多い。特に鎌倉南署のように暇な署では、長い夜を無駄話で潰すこともあるだろう。

「桜庭さんは、その辺の枠を壊そうとしてたんじゃないですかね」

「実際に、仕事に結びつくかどうかはともかくとして」

「そもそも暇な署だって言ったじゃないですか」北川が苦笑する。「でも、悪いことじゃないですよね。今後の仕事に生きてくるかもしれないし」

「そう考えると、桜庭署長はずいぶん頑張ってきたんだな」

前菜が運ばれてきて、萩原は早速手をつけた。生ハムもカルパッチョも……まあ、ファミレスレベルだと思えば納得できる。少し前にオープンしたこの店には目をつけていたのだが――保土ケ谷にはイタリアンレストランが少ない――贔屓《ひいき》にする必要はないだろう。

「少し頑張り過ぎたのかな」

「どういう意味ですか？」北川の目つきが急に鋭くなった。

「酒も呑みすぎると、薬じゃなくて毒薬になる」

「それは……どうなんですかね。自分には分からないですけど」

「お前、現場は見てないのか」

「ええ。もう家に帰ってましたから。次の日の朝、出勤したら大騒ぎになっていて、それでびっくりですよ」

「何か、前兆みたいなことはなかったのか？　時々苦しそうにしてたとか、左の肩だけ肩凝りとか」

「心筋梗塞の前触れですか？　いや、自分はそういうのは知らないですけど……何かあっても、分からなかったでしょうね」

「精神的に追いこまれていたとか？」

「ハギさん……」北川がナイフとフォークを置いた。「何が仰りたいんですか」

「自殺したんじゃないのか」萩原はいきなり本題を切り出した。

「自殺って……いや、まさか」北川の頰が引き攣る。耳も赤くなっていた。「それ、さすがにちょっと失礼だと思いますけど」

「どうして」努めて涼しい表情を作り、萩原は続けた。「否定できるだけの材料はあるのか？」

「だって、心不全でしょう？　医者もそういう診断で――」

「お前が自分で確認したわけじゃないよな」

指摘すると、北川が黙りこむ。もしかしたら北川は、まだ署内に完全に溶けこんでいないのではないか、と萩原は想像していた。警察に異動はつきもので、三年か四年も経つと、所轄のある課のメンバーは全員入れ替わってしまったりする。しかし、ある人間が課長でいる間は、課員が変わっても特有の「色」がつくものだ。今なら、鎌倉南署の刑事課は「徳本一家」としてまとまっているだろう。新入りの署員がそこに馴染むには――仕事に関してはすぐに馴染むだろうが――それなりの時間がかかるはずだ。北川は人懐っこいタイプではあるが、一か月という短い時間で十分に馴染めたかどうかは分からない。

「お前みたいないい刑事に言う必要はないと思うけど、伝聞は決定的な証拠にはならない。自分の目で見て、耳で聞いたことだけを信じるべきじゃないかな」

「でも自分は、そういう場にいなかったわけで――」

北川が声を張り上げる。萩原が唇の前で人差し指を立てると、北川の耳はさらに赤く染まった。

「……すみません。でも、考えてもいなかったことなので」

「本部では、自殺を疑う声があるんだよ」

「まさか」

「いや、本当に。ただそれも、無責任な噂なんだけどな。どこから話が出たのかは分からない」

「こういうことがあると、無責任に噂話をする人もいるんじゃないですか」北川がウーロン茶を一気に飲み干した。「警察官は、噂話が好きですから。考えてみれば悪質ですよね」

「まあな……それこそ、単なる伝聞をちゃんとした証拠として人に話してしまう。褒められた話じゃないよ。でも、火のないところに煙は立たないっていうじゃないか」

そして……夏美の態度が気になっている。彼女は何かを自分に打ち明けたいのだ。踏ん切りがつかないだけで、もしもその気になったら、現状をひっくり返す爆弾発言をぶちまける可能性もある。

ただし彼女に関しても、焦りは禁物だ。

「まさかハギさん、それを探るためにここへ来たんじゃないでしょうね」

萩原は無言で素早くうなずいた。途端に北川の顔から血の気が引き、耳も白くなる。

「署の連中は、それを知ってるんですか」

「まさか」

「俺をスパイにっていうのは……」

「そういうことだ」

北川が唇を引き結ぶ。完全に白くなるほどきつかった。目は細まり、握りしめた拳も白くなる。

「何というか……それは屈辱じゃないですか」

「だったら、真相がこのまま葬られてもいいのか」

「自殺だという証拠もないんですよね」北川が食い下がる。

「自殺じゃないという証拠もない」

「でも、医者が……」

「医者も丸めこまれていたとしたらどうだ」

「それは、さすがにあり得ないでしょう」即座に否定したものの、北川は自分の言葉にすがっているようにしか見えなかった。

萩原は両手を組み合わせ、そこに顎を乗せた。こいつも何か隠しているのか、あるいは本当に何も知らないのか……後者だろう、と思った。後者だろうと信じたかった。北川は信頼できる男である。もしも署全体で自殺の隠蔽工作があったとしても、この男だけは救いだしてやらなければならない。取り調べの名人として、捜査一課の本道を歩いてもらわねばならないのだ。

「ハギさんはどう見てるんですか」

「まだフラットだな。何とも言えない」

「疑ってるわけじゃないんですね？」

「俺は、自分の目で見たものしか信じないんだ」手を解《ほど》き、萩原は自分の両目を指さした。「今はまだ、何も見えていない」

「きつくないですか、そういう仕事」

「きついね」萩原は認めた。きついというか、未体験の仕事……人は誰でも、新しい仕事を目の前にした時、戸惑い、悩む。特にこの件は、どちらに転んでも自分に傷を残しそうな予感がしていた。

「とにかく、少し情報を探ってくれ」

「それは……ちょっと……即答しなくていいですか」

「俺が頼んでも駄目か」最低の台詞だな、と思いながら萩原は言った。これは一種のパワハラではないか。

「ハギさんの頼みは断れないですけど……俺にも立場がありますし」

「徳本さんに気を遣ってるのか？　確かに上司は怖いかもしれないけど――」

「というか、いきなりそんなことを言われても信じられませんよ」

「そうか……」萩原は顎を撫でた。これも「自分の目で見たものしか信じない」ということだろう。あまり追いこみ過ぎてもいけない、と萩原は一歩引くことにした。「ところで、刑事課の小関夏美はどうだ？」

「どうって、どういう意味ですか」いきなり話題が変わって驚いたのか、北川が目を瞬《しばた》いた。

「いや、女性の部下は久しぶりだからさ。特に刑事課は激務だから、いろいろ気を遣ってやらなくちゃいけない……桜庭さんは、女性署員にだいぶ配慮していたみたいだし」

「それは、女性は女性同士でいろいろあるでしょう。何も俺たちが、桜庭さんみたいに気を遣ってやらなくてもいいんじゃないですか」

「そうなんだけど、署長ともなるとそうはいかないんだよ」

「いろいろ大変ですね」北川が苦笑した。手を挙げてウーロン茶のお代りを頼んでから、身を乗り出して小声で話し出す。「まあ、見どころはある奴ですよ。まだ経験は少ないですけどね」

「今のところ、ミスは？」

「大きなミスはないです。でも、まだ駆け出しですから、これからですね」

「ちゃんと見守ってやってくれ。女性を上手く活用するのは、これからの警察にとって大きなテーマなんだ」

「何だか、本当に管理職って感じですね」

萩原は言葉に詰まった。何というか……上から目線で、署長らしく語ろうとしたわけではない。立場が人を作るということか──赴任二日目で、早くも自分の意識はそちらへ向かいかけているのかもしれない。

「実際、管理職だから。ちなみに、どんな性格の子だ？」

「そんなに明るい感じじゃないですね。ちょっと壁があるというか。でもそれも、まだ慣れていないせいだと思いますよ。何しろ刑事課に、女性は彼女一人ですし」

「ライオンの檻に羊一匹か」

「俺も、ライオンとは言えませんけどね」北川が苦笑した。「牙は抜かれてますよ」

「まだ爪ぐらいはあるだろう」萩原はぐっとビールを呑んだ。少し苦みが強く感じられる。小関夏美……彼女はいったい、何を隠しているのだ？


自宅へ戻り、手早くシャワーを浴びた。その間、窓は開けっぱなしにして空気を入れ替えたのだが、四月も後半とは思えない寒さに思わず震えがくる。窓を閉め、冷蔵庫から缶ビールを取り出して、CDをセットした。寝る前に、気に入りの音楽を聴いて気持ちを休めるのは、昔ながらの習慣である。特に好みはオールディーズ……コンピレーション物のアルバムをかけると、一曲目がザ・プラターズの「煙が目にしみる」だった。いきなり気分が沈静化する。続いて「オンリー・ユー」。ずいぶん大人しめだと思って確認すると、CDは『オールディーズ・バラード・コレクション』だった。ずっとこの調子か……まあ、苛《いら》つく夜にはこういうラインナップがいいだろう。

ソファに腰かけ、ビールを一口呑んだところで携帯が鳴った。反射的に壁の時計を見ると、十時二十分。何か事件でも……と緊張しながら電話を見ると、本部の警務課長だった。調査を急《せ》かすつもりだろうか、と少し嫌な気分になりながら電話に出る。

「今、話して大丈夫かな」

「ええ」あまり大丈夫ではない。風呂上がり、好きなオールディーズを聴きながらビールを一杯というリラックスの時間……邪魔されたくないというのが正直なところだ。しかし、警務課長からの電話を無下にはできない。

「赴任二日目か。どうだ？」

「まだ手探り状態ですよ」萩原は正直に答えた。「でも、署内にスパイを作ろうと思います」

「スパイ？」警務課長が怪訝そうな声を上げた。

「三月に捜査一課から鎌倉南署へ異動した、北川という男がいるんですが」

「ああ、分かる」

「仮に鎌倉南署の連中が何か隠しているとしても、北川はまだその色に染まっていないんじゃないかと思いましてね」

「なるほど。信用できる人間なのか？」なるほどと言いながら、警務課長は疑わしげだった。

「捜査一課で私の下にいました。信用はできますよ。よく知った仲ですし」言いながら萩原は、今夜のどこか気まずい別れを思い出していた。あれでは信頼関係も崩れてしまうのではないか。

「そうか……あまり性急に動かさない方がいいな。彼の立場もあるだろう」

「それは了解しています」

「他にはどうだ？　署内の雰囲気は」

「監視されている感じがしますね」

「監視？」

警務課長が眉をひそめる姿が目に浮かんだ。署長を監視……あり得ない状況を疑っているようだった。

「そんなに露骨なものじゃないですけど、外の人と会う時にも、常に誰かが同席してくるんですよ。これは、普通じゃあり得ないですよね」

「確かにな……こちらの狙いも読まれているかもしれない」

「本当に自殺を隠蔽しようとしているなら、それを疑うでしょうね……いずれにせよ今のところは、孤立無援の状態ですよ」北川も信じられるかどうか分からない。ここで人間関係が崩れてしまうのは嫌だったが、今の流れからすると仕方がない。信頼できる部下を一人失う覚悟をしておいた方がいいかもしれない。

「娘さんには会いましたよ。官舎の片づけをしていました」

「どんな具合だった?」

「一応、病死という説明を受け入れているようです。それはそうでしょうね……死に際に会えたわけでもないですし。ただ、ショックから立ち直るには時間がかかりそうです。何か疑い始めるとしても、その後でしょうね」

「息子……機動捜査隊の桜庭巡査長には、こちらで接触した」

「課長がご自身で、ですか?」萩原は思わずビールの缶を強く握り締めた。そんなことをされると、話が大袈裟になるばかりだ。

「まさか」警務課長が即座に否定した。「若い奴を動かして、だよ」

「どんな具合でした? 通夜の席で見た時は、かなりぴりぴりしてましたけど」

「それをさらに悪化させてしまってね」警務課長が申し訳なさそうに言った。「実は今夜、捜査二課にいる彼の同期の人間に接触してもらったんだ。ただ……酒に誘ったのが失敗だったな」

「まさか、大暴れでも……」

「そこまではいかない。ただ、誘った奴が殴られた。さっき、直接連絡を受けたよ」

「まずいですね」萩原は思わず舌打ちした。彼の同期といえば三十歳か……微妙な疑問を、相手を傷つけずに確認するほどの経験は積んでいないだろう。こういうのはもっとベテランの、温厚な刑事にでもやらせるべきだったのだ。あるいは、絶対に頭が上がらないかつての上司とか。

「まずいが……まあ、問題にはしない。怪我《けが》はなかったしな」

「不幸中の幸いでしたね。でも、どうしてそんなことになったんですか?」自分が見た限りでも、桜庭巡査長は誰かに殴りかかってもおかしくないように見えた。ただそれは、母親の突然の死という事実を受け入れられないからだと解釈していた。ショックに対処するために、怒りの感情を露《あら》わにする人間は少なくない。普通は、その怒りは特定の人間に向くものではないのだが、桜庭巡査長の場合は、目の前に失礼なことを言う相手がいた、ということなのだろう。殴られた同期の男に、萩原は同情した。何も彼が悪いわけではないだろうに。

「自殺じゃないのか、とダイレクトに聞いたそうだ」

「それは本人のヘマですよ。もっと聞きようもあったはずだ……」

「経験が少ないんだから、仕方ない。ただ、桜庭巡査長は明確に否定したそうだ」

「根拠があっての否定なんでしょうか」

「どういう意味だ?」

自分の目で直接見たかどうか——桜庭巡査長は、いつ母親の遺体に対面したのだろう。前署長は、病院で死亡を確認された。ということは、病院に着いた時には、既に心肺停止状態だったはずである。そういう状態の母親と対面しても、「どうして亡くなったか」は分からないだろう。そう自説を展開すると、警務課長が渋い声で「確かにな」と認めた。

「署の連中か、病院側から説明を受けただけでしょう。それを信じこんでいるのか、あるいは真相を知っていて、病死ということにする、と丸めこまれたのか……」

「どちらの可能性もある」

「一つ、お願いしていいでしょうか」警務課長に頼めるような立場ではないのだが、と思いながら萩原は言った。

「ああ」

「病院の方に探りを入れてもらえないでしょうか。さすがに私も、そこまでは余裕がないです。署内の調査に専念したいので」

「そうだな。署長が勝手に外に出て調べ回っていると、まずいだろう」

「お願いします……とにかくまだ二日目ですから。調査はこれからです」

できるだけ前向きに聞こえるようにと、萩原はわざと明るい声を出した。警務課長がそれで納得したかどうか、自信はなかったが。


交通課長の奥田《おくだ》は、小柄で痩せ形の男だった。身長百六十五センチ、体重五十八キロは、本人に聞いたのだから間違いない。これでかつては白バイ隊員だったというのだから驚く。

「よく、あんなでかいバイクを乗り回せたな」萩原は正直に驚いた。

「バイクは力じゃないですからね。バランス感覚の問題です」

「それにしても、だ」白バイ隊員が使っているのは、時には排気量千ccを超える巨大なバイクである。自分の体重の何倍も重いバイクを自在に乗りこなすには、それなりの筋力も必要だとは思うが。

小町通りにある、小さな居酒屋。各個撃破でいくしかないと決めた萩原は、奥田をこの店に誘っていた。まずは各課の課長に一通り話を聴いて、それから徐々に下に下ろしていく……もちろん、どこかでおかしな話が出てきたら、そこから一気に攻めていくつもりだったが。

「箱根の先導とか、やったのか？」

「一度、やりました。あれ、面倒なんですけどね」

「白バイ隊員としては栄誉じゃないのか」

「でも、余計な仕事なんですよ。本来業務は、ああいうことじゃないですから」

どうやら頭の固い男らしい、と判断する。ランナーを先導する仕事は、白バイ警官にとって一世一代の晴れ舞台だと萩原は考えていた。ずっとテレビに映るわけで、地方出身の隊員はわざわざ実家にそのことを教える、とも聞いていた——そう思いながら、奥田に話を合わせる。

「まあ、あくまでイベントだからな」

「それに、時速二十キロぐらいで延々と走るのは、結構疲れるんです」

「でかいバイクにとっては、巡航速度ではないわけだ」

「そうなんです。宝の持ち腐れですよ。あれだったら、原付バイクで十分だ」

「かなり滑稽な光景になると思うけどね」

奥田が軽く笑った。冗談に反応するぐらいの頭の柔らかさはあるわけだ、と判断する。

生ビールを互いに一杯ずつ空けたところで、萩原は本題に入った。

「桜庭署長なんだけど、残念だったね」

「ええ。お世話になりましたから。うちは女性が三人いるんですけど、ずいぶんケアしてもらいましたよ」

「その辺は、女性署長ならではだね」

「とにかく、忙しくされてましたよ」

「少年事件で、自分も現場に出ていた話は聞いた。やっぱり、自分の専門についてはいろいろ気になるんだろうね」

「担当はたまらないかもしれませんが」奥田が苦笑する。「本当は、現場のことは現場に任せて欲しいですよね。署長も、督励に来るぐらいならいいですけど、直接首を突っこまれると……すみません」言い過ぎたと思ったのか、奥田がさっと頭を下げる。

「いや、いいんだ。ありがたいアドバイスとして受け取っておくよ……しかし、桜庭さんは、そんなにいろいろ首を突っこんでいたのか」

「交通課に対しては、それほどでもなかったですけど、刑事課は大変だったみたいですね」

「生活安全課ではなく?」少年係を「直轄」としていただけではないのか?

「ええ。刑事課長もだいぶ零《こぼ》されてましたよ。署長の要求はいろいろ厳しいって」

「何か、刑事課でそんなに大変な事件があったかな」萩原は首を捻《ひね》った。少し大袈裟に見えるかもしれないと思ったが、実際にそんな話を聞くのは初めてだった。「比較的暇な署だと思ってたけど」

「その辺の事情は、よく分からないんですけどね。他の課のことですし。何か、内偵捜査でもしていたんじゃないですか」

「刑事課で内偵捜査っていうと……経済事案ぐらいしか思い浮かばないけどな」鎌倉市の汚職でも探っていた? そういう極秘の捜査が、他の課に漏れるわけもないのだが。ただ徳本も、そういう大きな事件に手をつけているなら、署長の自分には喋ったはずだ。何も隠すことではないのだし……内偵していて立件できなかったら恥ずかしいことではあるが、その辺には運不運もある。容疑を固め切れない、というのは珍しくはないのだ。

「それはないいんじゃないですかね。鎌倉市でそういう変な事案があったら、さすがに漏れ伝わってきそうですけど」

「まあ、そうだな」萩原は顎を撫で、愚痴を零してみせた。「徳本さんも、何かあるなら言ってくれればいいのに」

「刑事課長は、結構秘密主義なところがありますからね。でも、内偵中だったら口外しないのは普通じゃないでしょうか」

「それを、桜庭さんが陣頭指揮していたのかな」基本的に桜庭前署長は「刑事」ではなかった。専門外のことに首を突っこまれたら……徳本なら、文句の一つぐらいは言っていたはずだ。「署長は黙って見ていて下さい」とか。「他に、何か懸案事項でもあったかな。未解決の殺人事件とか」

「そういえば、一件ありますね。五年前の殺人事件」

「ああ、あれは確かに……しかし、実質的に捜査本部も動いていない」看板はかかっているのだが、発生から五年も経つと、捜査は完全に「冷めて」しまうのだ。

「署長に赴任した時に、そのことを考えたかもしれませんよ。異動があると、昔の事件を掘り返したくなるっていうのもよくあるでしょう」

自分はそれをまったく考えていなかった。突然の異動だし、本来の目的が違うせいもあるが、これは捜査一課にいた人間としては問題だ、と反省する。未解決事件の一つとして、鎌倉の事件も頭に入ってはいたのだ。ただし……萩原は本来、現場の刑事ではない。事件に対する執念のようなものが今一つ足りないのは、自分でも自覚していた。

時に、底知れぬ不安に陥ることがある。

警察というのは実に複雑な組織だ。現場に強い刑事がいくらたくさんいても、彼らを取りまとめるリーダーがいないと、組織として力を発揮できない。ただし、トップに立つ人間は、必ずしも捜査員として優秀なわけではないのだ。むしろ、リーダーの資質を買われて出世していくのだが……人一倍出世が早かった萩原は、周りから白い目で見られているのでは、と常に不安だった。被害妄想かもしれないが、「容疑者をろくに落としたこともない人間が、なんで俺たちの上にいるんだ」と陰で悪口を言われている気がしてならない。もっとも、現場でどれだけできる刑事でも、人の上に立つととんでもない上司になったりするのだが。スポーツの世界でよく言う、「名選手必ずしも名監督ならず」というのは、どの世界でも共通することかもしれない。大リーグの監督のようなものだ、と考えるようにしている。大リーグの監督には、選手時代の実績がほとんどない人も珍しくない。ただし、早い時期から将来の指導者候補とみなされ、選手とは別の道を歩む。

要するに、別の仕事だと考えればいい。

そうやって自分に言い聞かせても、簡単には安心できないのだが。

「桜庭さんは、あの件を掘り起こしていたのかな」

「いや、それは分かりませんけど……刑事課の案件ですし」

「そりゃそうだな」うなずき、萩原はグラスを口に運んだ。ビールの後は、焼酎のお湯割り。ずっとビールでは飽きがくるし、酒を替える方がまだしも体にいいような気がしている……しかし、こういうやり方は長くは続かないだろう。自分は桜庭前署長ではないのだ。肝臓に自信があるわけではないし、その前にアルコール依存症になってしまうかもしれない。何か、別の上手い方法を考えないと。「桜庭さん、やっぱり酒は強かったんだな」

「そうですね」奥田が苦笑する。「休肝日なんか、ほとんどなかったんじゃないかな」

「好きなのも好きだったんだろうけど」

「でも、酒はコミュニケーションツールと割り切っていたみたいですよ」

「どっちにしろ、肝臓が強くないとどうしようもないやり方だ」

署長としてどうあるべきか——前任者の真似をするだけが能ではない。ただ自分には、本来の署長の任務を果たす前にやるべきことがあるのだ。ろくでもない例外……毎日三度は、捜査一課長や警務課長の顔を思い浮かべ、恨み節を心の中で唸《うな》る。

奥田と別れた後、萩原は署に戻った。特に用事があったわけではなく……何となく、夜の署内の様子を見ておきたかったのだ。呑んだとはいっても、それほど酒に強くない萩原でも、顔が赤くなるほどでもない。まあ、ちょっと署員を督励して、さっさと帰ろう。署長がいつまでも居座っているとやりにくいだろうし。

その前に——またも完全に気まぐれで、官舎の方へ向かった。桜庭署長の娘の菜穂子からは、署を通じて、今週末には荷物の搬出を終えるという連絡が入っていた。わずか一週間ほどで片づけるのが相当大変だったのは想像に難くない。しかし、官舎が空けば自分の引っ越しを考えねばならなくなるわけだ。最低、布団と冷蔵庫、オーディオセットがあれば何とかなるだろうが。服は、徐々にこちらに移してもいいし。

官舎の窓からは明かりが漏れていた。家の前に、「なにわ」ナンバーの車は既にない。夫は予定通り大阪へ帰り、菜穂子一人が残ったということか……英智はまったく手伝っていないのだろうか、と萩原は訝《いぶか》った。もちろん仕事もあるのだろうが、そもそも親が亡くなったのだから忌引きも取れる。体力に自信のあるはずの機動捜査隊員が手伝えば、片づけももっと早く終わるはずなのに。よほど精神状態が悪いのだろうか、と萩原は心配になった。

玄関の前に立つ。菜穂子に会うべきかどうか、判断がつかなかった。忙しく片づけをしているなら邪魔になるし、まだ精神的に落ち着いていない可能性もある。もう一度話を聴く必要はあると思っていたが、それは少し先延ばしにした方がいいはずだ。

やめておくか……署に立ち寄ってからさっさと帰ろうと踵《きびす》を返した時、一人の少女が目の前に立っているのに気づいた。向こうは驚いたように目を見開いている。明らかに痩せ過ぎ……そして近くの女子高の制服を着ている。カーディガンの袖は長く、手の甲がほとんど隠れて指先だけが覗いていた。最近の高校生の例に漏れず、スカートは極めて短め。直立していると、腿の間の隙間が目立つ。体形が気になる年頃だろうが、いくら何でももう少しちゃんと食べないと。

何か言いたそうに萩原の顔を凝視する。その瞬間、萩原は少女の正体に気づいた——名前は分からないが。

「もしかしたら、桜庭さんに会いに来たのかな」萩原は先に切り出した。

「はい、あの、会いに来たわけじゃなくて……」

「お線香を上げに来た?」

彼女が無言でうなずく。少し脱色した長い髪がぱさりと揺れた。

「たぶん、ここではお線香は上げられないんじゃないかな。実家の方じゃないと」

「そうなんですか……」

「ところで君は？　桜庭さんの知り合いだね？」

「そうですけど」どこか不満そうに、萩原を見つめる。しっかり化粧しているのも、最近の高校生なら当たり前か。

「私は、桜庭さんの後任の署長なんだ」

「あ……はい」どう反応していいか分からないようで、両手で持った鞄《かばん》のハンドルをいじる。

「お線香を上げたいという気持ちはありがたいんだけど、時間も時間だよ」萩原は左腕を突き出し、時計を見た。九時過ぎ——出歩いて悪い時間というわけではないが、ここは少し釘《くぎ》を刺しておかないと。せっかく桜庭前署長が更生させたのだから。「どこでお線香を上げられるか、後で調べて教えてあげるから。今夜はもう帰りなさい」

「でも……」

「家までとは言わないけど、駅まで送るから。私もちょうど、帰るところなんだ」

「分かりました」

素直にうなずく。どうやら、自分でもどうしていいか分からなかった様子である。家まで来たものの、ノックする勇気が湧かなかったのかもしれない。

並んで歩き出す。うつむきがちで、猫背なのが分かった。身長も、最初に見積もった百六十センチよりも、数センチ高いかもしれない——きっちり背中を伸ばせば。

「名前は？」

「平井真美《ひらいまみ》です」

「何年生？」

「高校二年ですけど……」

「桜庭さんとは会ってるんだよね。というより、あの家に行ったこともある」

「はい」こうやって話している分には素直な感じだった。

「それでわざわざ、お線香を上げに来てくれたわけだ……もしかしたら、お通夜にも参列してくれたのかな？」

「はい、お焼香だけして」

「ありがとう」

真美が、はっと顔を上げる気配がした。ちらりと横を見ると、まともに視線が合う。

「桜庭さんには、だいぶきつく言われたんじゃないか？」

「そんなこと、ないですよ」

「ちょっと変なこと、聞いていいかな」

「何ですか？」

「君たちのことは、知ってる。桜庭さんから聞いたわけじゃないけど、桜庭さんと一緒に仕事をしている人から聞いた。何というか……もうちょっと不良っぽい感じかと思ってたんだ」

「ああ」どこか馬鹿にしたように真美が言った。「そういうこともありました……とにかく家にいたくなくて、友だちとつるんで遊んでいる方が良かったから。遊んでるだけなのに、お巡りさんに声をかけられて、ふざけるなって思ったんですけど」

「今も？」

「今は……そうじゃないですね。桜庭さんには感謝してます。あのままぶらぶらしてたら、今頃どうなっていたか分からないし」

「桜庭さんは、君たちみたいに若い子の相手が得意なんだ」真美がどれぐらい悪かったのかは知らないが、今の状態を見ると桜庭前署長の「腕前」は相当なものだったと分かる。ほとんど人格を改造するぐらいの影響を及ぼしたのではないか？

「学校の先生みたいな感じでした」

「確かに、似たようなものかもしれないな」

「あ、でも、本当の先生じゃなくて……こういう先生がいてくれたらいいなっていう感じの先生。分かります？」

「理想の先生ってことか」いろいろと難しい高校生の女の子にここまで評価されるのは大したものだ、と素直に感心する。この年代だと、大人は誰でも鬱陶しく思えて仕方ないはずなのに。

「何でも簡単に見透かされちゃって……家に居着かないのは、家でやりたいことがないからだろうって。それでいろいろ相談に乗ってもらって、やりたいことができました」

「それは？」

「管理栄養士。大学とか短大に行って、まず栄養士の免許を取って、それからですね」

「じゃあ、本格的に受験勉強もするわけだ」

「大変です。頭が悪いから」

話している限りでは、そんな印象は受けない。学校の勉強はどうか分からないが、頭の回転は速そうだ。こういうタイプは、要領よく受験を切り抜けることができる。

「いずれにせよ、桜庭さんは恩人だね」

「ちゃんと接してくれる人なんか、いなかったんで……母親もそうですけど」

「お母さんはお母さんで大変なんだろう」

「そうかもしれませんけど」ちらりと横を見ると、真美は頬を膨らませていた。そうすると、年相応の幼い感じになる。

「残念だったね、桜庭さんのことは」

「ホントに……人って、いきなり死んじゃうんですね」

「そうなんだよな……」高校生との会話らしくはないが、萩原はしみじみと言った。「死ぬ時は、本当にあっという間だ」

「でも、仕事が大変だと、やっぱり……ストレスとかで病気になったりするんですか?」

「よく、そういう風に言うね」

「桜庭さんも大変そうだったし」

「君が見ても分かるぐらいに?」

「一か月ぐらい前に……家に遊びに行く約束をしていたんです。別に、大したことはないんですよ? 一緒に鍋を作って食べるぐらいで。でも急に、キャンセルになっちゃったんです」

「桜庭さんの都合で?」

「いきなり電話がかかってきて。今までそんなこと、一度もなかったからびっくりしたんですけど、急にどうしても外せない用事ができたからって」

事件だろうか……そんなはずはない、と思い直した。一か月前――いや、もっと遡っても、鎌倉南署で署長がばたつくような事件はなかったはずだ。となると、私生活で問題でもあったのか。そういうトラブルが自殺に結びついた？　あり得ない話ではない。一方で、多忙によるストレスのために、知らぬ間に病魔に蝕《むしば》まれる、ということもある。

「何か、大事な捜査があるからって言ってたんですけど」

「その内容は？」

「そんなこと、高校生に言うわけないじゃないですか」

内偵。桜庭前署長は極秘で何かに必死に取りくんでいた。それは間違いなさそうだ。

第二章

1

署長就任から二週間後の日曜日、萩原はようやく引っ越しを終えた。といっても、保土ケ谷のマンションから持ってきたのは最低限必要なものだけである。午後六時、それらの荷物をほぼ片づけ終え、夕飯をどうするかと考え始めて悩む。少し歩いて駅前に出て、一人の夕飯にするか……何しろ冷蔵庫の中は空っぽである。手伝いの署員でもいれば——普通は手伝いに来るそうだが、萩原は荷物が少ないので断っていた——奢《おご》る名目で一緒に食事に行けるのだが。

一人きりでの食事には慣れているのだが、何となく気が進まない。

肩書きが邪魔をしているのだ、と意識していた。県警本部の「捜査一課課長補佐」の肩書きなど、外では何の意味も持たない。よほど悪酔いしない限り、外で一人酒を呑《の》んでくだを巻いても、問題になることもないのだ。しかし署長となると話が別である。地域の名士——それが一人侘《わび》しく夕飯を摂《と》っているのを見られたら、変な噂《うわさ》が流れるかもしれない。再婚しなかったことを後悔する。

とはいえ、何か食べなければならない。駅の近くへ行けばスーパーもあるのだが、これから飯を炊いて……と考えると面倒臭くなった。構うものか、どこかで外食にしよう、と決める。変な噂を流したい奴には、そうさせておけばいい。

官舎を出て、ぶらぶらと駅の方へ歩いて行く。夕方の散歩にもちょうどいい季節だ。風はやや冷たいが、荷物の片づけで少し汗をかいた体にはむしろ心地好《よ》い。駅前に出る頃には汗もひき、ひたすら空腹を意識するだけだった。一日体を動かし続けたから、今夜はしっかりしたものが食べたい。気取ったカフェや、酒を呑みながらつまみで腹を膨らませる居酒屋ではなく……あれこれ考えながら、横須賀線の高架にぶつかる手前で左に折れ、江ノ電の踏切を渡る。御成通りに出てそのまま江ノ電の駅の方へ歩いて行った。駅を通り過ぎて、何となく左折する。とすぐに、ビルに入ったトンカツ屋を見つけた。横浜が誇る名店の支店だ。ちょうどいい。今日の疲れた体にぴったりなのはトンカツだ。

日曜の夜、老舗の蕎麦《そば》屋のような雰囲気の店内は、そこそこ賑《にぎ》わっている。知った顔がいないかどうか、つい探してしまった……誰もいない。少しだけほっとしてメニューに目を通す。大勝烈定食もいけるのでは、と一瞬考えたが、自粛する。もう、何でも好き勝手に食べていい年でもないのだ。結局ロースかつ定食、それにビールの中瓶を頼む。当然つけ合わせのキャベツはあるのだが、栄養バランスも考えてなめこおろしを追加し、こちらをビールのつまみにする。

なめこおろしとビールは、何となく合わなかったか……と苦笑いしながら呑んでいるうちに、ロースかつ定食が登場した。何というか、横浜暮らしが長い萩原にすれば、ここのトンカツがトンカツの基本である。馬車道の総本店には、かなりの頻度で通った。

これが大勝烈になると、肉はなぜか四角く揃《そろ》えられ、十二等分されているのだが、ロースかつ定食は、非常にオーソドックスだ。衣のパン粉は少し粗めだが、それが生み出すザクザクとした食感が萩原の好みだった。キャベツはいかにも手切りらしく太さが不揃いなのが、いかにも昔からあるトンカツ屋の流儀、という感じだった。

馴染《なじ》みのある味で、食べ進んでいくうちに緊張が緩んでくる。シジミの赤だしも、大根を細切りにした漬物も、全てが美味《うま》い。食べ終える頃にはすっかり満足して、明日以降も何とかやっていける、という気になった。トンカツ一皿で幸せになれるのだから、自分は安い人間だな、と皮肉に考える。

さて、後は少し冷蔵庫を満たす買い物をして帰ることにしよう。腹は膨れていたが、明日の朝の食事も心配しなくてはいけない。長い独身生活を続けるうちに、朝飯だけはきちんと食べる習慣が身についた。バナナ一本、あるいはヨーグルトだけのことも、流しこむようにシリアルのみで済ませることもあるが、よほどのことがない限り抜かない。

そういえばこの先に、紀ノ国屋《きのくにや》があった。そこで買い物を済ませていこう。

ぶらぶらと歩き出し、萩原が子どもの頃からあるスーパーに入る。閉店間際だったが、まだ店内は賑わっていて……値段の高さに度肝を抜かれる。鎌倉価格、というわけではあるまいが、この高級スーパーは、いかにも鎌倉の店という感じだ。シリアルに牛乳、バナナ、それにヨーグルトを次々と籠に放りこみ、店を出て午後八時。気温がぐっと下がっているようで、身震いした。重たい紙袋をぶら下げたまま、家路につく。

署に寄っていこうか、と一瞬考えた。特に用事があるわけではないが、どうせ家に帰っても何もすることがないわけで……若い署員を督励していくのも悪くないだろう。だが、買い物袋をぶら下げたままというのは、いかにも格好が悪い。

ふと、家にいたままでもできることがあると気づいた。電話作戦。何も直接会うだけが手ではない。むしろ、電話の方が向こうも話しやすかったりするのだ。

よし、今夜はこれだな。何か言うべきことがあり、打ち明けるタイミングを待っているだけに見える夏美に、第二波の攻撃をしかけよう。駅前の喫茶店で話をしてから、だいぶ間が空いている。そろそろ向こうも、気持ちを固めたかもしれない。

ゆっくり家に戻り、シャワーだけ浴びる。体を洗うと、もう仕事は終わりという感じになってしまうのだが、電話するだけなら何も問題ない。

九時。テレビはつけたまま、ボリュームを絞った。ステレオにCDをセットし、低い音量で流す。フォー・トップスの『グレーテスト・ヒッツ』。一曲目に、軽やかな「ベイビー・アイ・ニード・ユア・ラビング」が流れてきたところで、携帯を取り上げた。夏美は、呼び出し音が一回鳴っただけで出た。刑事の鑑《かがみ》。枕元に置いておく——さすがにまだ寝ていないだろうが——だけではなく、できるだけ早く電話に出る。

「萩原です」

「署長……」

夏美の声には戸惑いがあった。さすがに、こんな時間に電話がかかってくると、警戒するのだろうか。だいたいこれは、彼女の本来の業務には関係のない話だし。

「今、話していて大丈夫だろうか」

「はい」

「日曜の夜に申し訳ない」あまりに下手に出るのも情けないのだが、と思いながら萩原は続けた。パワハラには十分気をつけねばならないが、舐《な》められたら本末転倒である。この問題に関しては、真摯にいくしかない。「先日の話なんだが、何か言うべきことはできたかな？」

夏美が沈黙する。気まずい雰囲気が、冷たい水のように頭に流れこんできた。気が変わったのだろうか……ほんの少しでもきっかけが掴《つか》めれば、喋《しゃべ》らせることができるはずなのだが。

「焦ることはないんだが、私は真相を知りたいんだ」

「ええ……」

「無理に喋ってもらうつもりはない。ただ、警察官として、桜庭署長の元部下として、君には何か果たすべき義務があると思う」抽象的な台詞《せりふ》に説得力はない……それは分かっていたが、今のところ、他に言葉もなかった。

「その件なんですが……私の口からは言いにくいんです」

「分かるよ」

「ですから、せっかく電話していただいても……すみません」

「君はあの時、もう少し待っていただけますか、と言ったな」喫茶店での会話を思い出す。「その『もう少し』は、まだ先なんだろうか。あれから二週間は経《た》っているけど。あるいは、話す気がなくなった？」

「そういうわけじゃありません」否定の言葉には力がない。

「だったら……」

「すみません」

謝罪の言葉に続いて、不快な電子音が耳に飛びこんでくる。向こうでキャッチホンを受けたようだ。

「すみません、キャッチです」言うなり、夏美の声が消えた。萩原はソファに座り、低い音量で流れる「リーチ・アウト・アイル・ビー・ゼア」に耳を傾けた。畳みかけるようなビートに、迫力あるヴォーカル。スイートなバラードから、こういうパンチの効いたナンバーまで、フォー・トップスは本当に守備範囲が広い。モータウンの一グループに過ぎないのだが、その後のアメリカのあらゆるポピュラー音楽に影響を与えたと言われるのも理解できる。

「――すみません」夏美が電話に戻ってきた時、曲は既に「アスク・ザ・ロンリー」に変わっていた。

「忙しいなら――」

「いえ、署長にもすぐに連絡があると思います」

「どうした?」

「殺しです」

平穏な日曜の夜、これにて終了。萩原はすぐに電話を切り、署にかけ直した。当直の若い地域課員は、「ちょうど連絡しようと思っていたところでした」と慌てた様子で言ったが、萩原は儀礼的なやり取りを無視して現場を確認した。

「津《つ》か……」

鎌倉市の住居表示は複雑に入り組んでいるが、「津」が西の端の方にあることは分かる。もう少し西だったら隣の管内だった――と不謹慎なことを考えた。

「津のどの辺りだ?」

「湘南モノレールの西鎌倉駅近くです。住宅街です」

「ああ、そうだろうな」あの辺は間違いなく住宅街——駅以外に、目印になるものもないはずだ。

「現場には?」

「既に先発隊が到着して確認中です」

「分かった。すぐに署に行く。車はあるか?」

「確保しておきます」

少しだけ心配だった。鎌倉南署はそれほど大きな規模ではなく、当直も人数は多くない。署の守りに残しておく人員も必要なわけで……まあ、いい。その辺は署に行ってから考えよう。まだ髪が濡《ぬ》れたままなのに気づいたが、構わずスーツに着替える。

少しだけ、心が震えた。殺人事件の捜査はもちろん初めてではないが、いつも同じように身構えてしまう。人の命が奪われる——その重みには、未《いま》だに慣れないのだ。


署内はざわついていた。当直の職員たちは一階の警務課に集まっているのだが、ひっきりなしに電話が鳴り響き、それに応対するので精一杯で、萩原の相手をする人間がいない。仕方なく署長室に引っこんだが、すぐに呼び戻された。今夜の当直責任者は、交通課長の奥田だった。

「状況、ご説明します」

「ああ、今行く」

座る間もなかったが……萩原はすぐに警務課に戻った。立ったまま、奥田が説明を始める。

「一一〇番の入電は、午後八時三十分でした」

「ずいぶん前だな」

萩原は壁の時計を見上げた。現在、九時三十分……三十一分になったところだった。奥田がうなずき、続ける。

「現場は民家なんですが、一一〇番通報の内容は、悲鳴が聞こえた、というものでした。近くの交番から現場に直行したんですが、当該の家には鍵がかかっていて、中に入れませんでした」

「それで？」

「大家を見つけて、合鍵を使って中に入るまで、時間がかかったんです」

「賃貸物件か……」萩原は顎を撫《な》でた。うっすらと髭《ひげ》が生えている。いつも髭剃《そ》りは朝なのだ。

「あの辺で、賃貸物件なんかあったかな」

賃貸というとすぐにアパートやマンションが思い浮かぶが、津は基本的には、戸建住宅が建ち並ぶ住宅街のはずだ。

「一軒家です」

「なるほど……状況は？」

「玄関先の廊下で、中年の男性が首を絞められた状態で倒れていました。心肺停止状態で、すぐに救急車を呼びましたが、病院到着時に死亡が確認されています」

「身元は、当然分かっているな？」

「いや、はっきりと確認はできていないんですが……」奥田が口を濁す。「家族がまだ掴まっていません。正確に言えば、家族がいるかどうかも分かりません」

「一人暮らしで近所づき合いもなしか」言ってしまってから、少し先走り過ぎたと気づいた。現段階では、まだ現場保存で精一杯だろう。本格的に聞き込みが始まるのは、もう少し先の話だ。「現場には何人出てる？」

「うちから十人……近くの駐在所からも手当てしています」

「機動捜査隊は？」

「出動要請しました。既に現場に到着しているはずです」

「うちの刑事課の連中は？」例えば夏美とか。

「連絡網で回しました。手の空いている人間は出動するよう、命じてあります」

「結構だ」萩原はうなずいた。今のところ、初動の指示に手ぬかりはない。機動捜査隊の動きに期待した。この手の事件では、現場からそれほど離れていない場所で犯人が確保されることも珍しくない。ただし今回は、実際に事件が起きてから警察が確認するまでに、ある程度時間が経っているのが心配だった。

犯人は、それほど間抜けな人間ではないかもしれない。どうやって家に鍵をかけたのかは分からないが、そうすれば発見が遅れることを意識していたのだろう。三十分あればかなり遠くへ逃げられるし、実際には既に一時間……犯人は小田原辺りまで逃走し、新幹線に乗り換えているかもしれない、と萩原は覚悟した。

「よし、とにかく現場に行こう。車は？」

「確保してあります」

「奥田課長は、署の守りを固めて下さい……ああ、それと副署長は？」

「連絡済みです。もうこちらに向かっています」

「結構です」署が本格的に騒がしくなるのはこれからだ。現場だけでなく、鎌倉南署にもマスコミの連中が押しかけてくるだろう。その対応は副署長の仕事だ。「副署長が来るまで、署の方、よろしくお願いしますよ」

「了解しました」

当直に当たっていた生活安全課の高浜未映が、運転手を買って出てくれた。萩原は迷わず、助手席に座る。未映が戸惑っているのが分かった。

「署長は後ろに乗らなくちゃいけないっていう決まりはないだろう。後部座席で威張ってるのは嫌いなんだ」

「そうですけど、ちょっと……緊張します」

「普通に行ってくれ。変に緊張して、事故でも起こされたら困る」

「了解です……ルートはどうしましょう」

「この時間だったら、一三四号線でいいんじゃないかな」湘南の海岸沿いを走る国道一三四号線は、休日の昼間は一キロ進むのに一時間かかるほど渋滞するのだが、日曜の夜ならそれほど心配しないでいいだろう。だいたい鎌倉市は全体に道路が細く、どこを行っても走りにくいのだ。一三四号線を使わないと、山の中を走るようなルートを使わざるを得ず、かえって時間がかかるだろう。最悪、パトランプを使えば、渋滞があっても回避できる。

海へ向かって真っすぐ南下し、滑川の交差点で一三四号線に出る。予想通り、車の流れはスムーズだった。左手にはすぐ海が広がっているはずだが、今は闇の中に埋もれて何も見えない。窓を下ろせば潮の香りを嗅げるだろうが、今は呑気《のんき》な気分に浸っている場合ではなかった。

「パトランプを回そう」

指示すると、未映がすぐにパトランプを作動させた。サイレンは鳴らさない――鳴らすほど車は多くないのだ。

制限速度の五十キロを二十キロほどオーバーして、未映がパトカーを走らせる。

「殺しは初めてか？」

「はい」答える未映の声は緊張している。

「普段やらない仕事だと思うけど、今日は現場を手伝ってくれ」

「了解してます」

とはいえ、聞き込みなどで刑事課の手伝いをさせるわけにはいかないだろう。当直なので制服を着ているから、現場で交通整理か……しかし、あの辺は住宅街で幹線道路からも外れているから、わざわざ道路を封鎖する必要があるとも思えなかった。

一三四号線は、途中から江ノ電と並行して走るようになる。しばらくそのまま西進し、鎌倉高校前の交差点で右折すると、一気に坂を上る感じになる。静かな住宅街……パトランプの赤が、凶暴な光を振りまいていた。途中で県道三〇四号線に入り、しばらく北上。湘南モノレールの西鎌倉駅前で右折すると、細い急坂を駆け上がる格好になった。未映がアクセルを踏みこむと、ギアが一段下がり、エンジンが甲高い悲鳴を上げる。それにしてもかなりの急坂で、徒歩や自転車でここを上がっていくのは大変だろう、と萩原は想像した。犯人はどうしたのだろう……。

ようやく坂を上り切り、右左折を繰り返して現場に辿《たど》り着いた。先着していたパトカーのランプが、周囲を赤く染めている。未映は道路端にパトカーを停《と》めたが、いずれ交通整理が必要になってくるかもしれない。道路が狭いので、パトカーが縦列駐車していると、他の車はすれ違いもできない状態なのだ。車から降りた瞬間、身震いする。多少気温も下がっているのだが、それよりも緊張のためだと自分で気づいた。実に久しぶりの現場なのである。神奈川県は殺人事件の発生率が高く、被害者は、年間四十人ほど。とはいえ、その多くが家族間の事件であり、今回のように明らかに犯人不明で捜査本部ができそうな事件は、数えるほどしかない。だいたい萩原は、「事件づき」しないタイプの刑事なのだ。それ故の経験の少なさが、かすかな劣等感の原因になっている。

誰か話を聴ける人間は……歩き出そうとした瞬間、「署長」と声をかけられた。刑事課の係長、浮田《うきた》。制服を着ている——一番いい人間が当直だった、とほっとした。

「被害者の身元確認は？」

「まだです」

「現場は、被害者の家じゃないのか」

「ええ……ただ、軽く聞き込みをやってみたんですが、近所づき合いはまったくなかったようで、顔を見た人もほとんどないんです」

「未確認としても……名前は？」萩原は手帳を広げた。

「石村貴志《いしむらたかし》、五十二歳と見られます」

「大家の情報だな？」

「ええ」浮田がうなずく。「大家は顔が分かるはずですが、遺体はまだ病院なので」

「確認してもらおう。丁寧に言って、病院にお連れして」

「分かりました」

うなずき、浮田がすぐに立ち去ろうとしたので、萩原は慌てて声をかけた。

「ちょっと待て、現場は混乱してるか？」

「ええ。課長もまだですし」

「機捜は？」

「周辺を探索中です。まだ情報は入っていません」

「この辺にいる人間を、一度全部集めろ。刑事課長が来るまで、俺が直接指揮を執る」

「分かりました。ここを指揮所にしますか？」

萩原はうなずいた。指揮所と言っても、単なる路上なのだが。

浮田が無線と携帯で連絡を取り、五分後には現場にいた署員全員が集まった。十一人。当直組、駐在所組と、全員が制服姿で、萩原だけがスーツだった。

「現場の封鎖は？」浮田の顔を見て訊《たず》ねる。

「問題ありません。鑑識の到着待ちです」

「病院の方は？」

「一人、張りついています」

「もう一人、大家さんを連れて病院に行ってくれ。それで身元は確認できると思う」

「了解です」

浮田が、傍らにいる若い制服警官に声をかける。制服警官――残念ながら萩原はまだ顔も名前も覚《おぼ》えていなかった――がダッシュでその場を離れた。

「よし。間もなく刑事課の連中が到着する。本部の捜査一課も入ってくるはずだ。それまで、近所の聞き込みを徹底しよう。鑑識の方で手が足りない場合は、そちらを応援するように。刑事課長か

くれ」

心配そうにこちらを覗《のぞ》く顔も見える。「近所の人たちを心配させないように、十分注意してやって

ばたついているが――」萩原は周囲をぐるりと見回した。ほとんどの家の窓には灯《あか》りが灯《とも》っており、

捜査一課の担当者が来るまでは、私がこのまま指揮を執るが、その後でただちに交代する。だいぶ

はい、と声が揃った。その後萩原は、聞き込みの割り振りをしてパトカーに戻った。一人、腕組みして現場で立っていると、嫌でも目立ってしまう。こういう場所では、署長は目立たないようにしておくのが一番なのだ。

署に電話を入れると、副署長の前島が出勤してきていた。

「いやいや、大変なことになりました」前島は少し慌てていた。

「まだ詳しい状況が分からないんですが、マスコミの連中の世話をよろしくお願いします」

「広報の方で、発表を急《せ》かしているんですが……」

「情報は、随時報告します。そちらでまとめて、広報と連絡を取り合ってもらえますか」

「了解しました……間違いなく殺しですよね？」

「しかも、かなり大胆な」

「犯人の目途《めど》は……」

「まだ何の報告もありません。長引く可能性を考えておいた方がいい予感がします。警務課長に連絡して、捜査本部の準備を進めさせて下さい。すぐに犯人が捕まって、無駄になっても構わない」

「そういう無駄なら大歓迎ですな」

スムーズに話せた、と驚く。何となく自分を監視している感じがする前島とは、いつも素直に話

せないのだが……事件はないに越したことはないが、いざ事件となるとすぐにまとまるのが警察という組織である。

ほどなく、現場はさらに混雑し始めた。機動捜査隊の副隊長が到着したので、萩原は周辺の捜索について話し合った。今のところ、犯人が徒歩で逃げたのか、車を使っていたかも分からない。湘南モノレールの駅まで歩いても行ける場所だから、徒歩だった可能性が高い、というのが副隊長の判断だった。実際、車が急発進するような音を聞いた人はいなかった。住宅地の夜だから、そういうことがあれば目立ちそうなものである。

そしてこの犯人が車だったら、タイヤを鳴らさずに発進することはない。

犯人は、素手で被害者の首を絞めて殺したようだ。どんな人間でも、そんなことをした直後には冷静になれず、とにかく早く現場を離れようとするものである。副隊長も、その推理に同調した。

「徒歩となると、むしろ厄介ですね」

「駅の聞き込み強化、お願いします」

もしも湘南モノレールの西鎌倉駅を使ったなら……基本的に、湘南モノレールの利用者は少ない。慌てている人間がいたら、目立つのではないだろうか。

「では、引き続き……」副隊長が軽く会釈して去って行った。興奮も怒りもない。完全にプロに徹した態度だった。

萩原から三十分ほど遅れて、捜査一課長の仲本がやって来た。これで指揮は本部に引き継ぎだと考えると、ほっとする反面、捜査がダイナミックに動いていく瞬間に立ち会えず少し残念だった。

仲本はパトカーの後部座席に身を滑りこませた。

「お前、いつの間に事件づきするようになったんだ？」

「ついてないとは思いますが」

「来て二週間でいきなり殺しだぞ？　鎌倉なんて、県内で一番安全な街のはずなのに」

「どこにでも、危険はありますよ」

「とにかく、ご苦労さん。後は一課で引き継ぐ。この展開だと間違いなく捜査本部事件になるから、お前は署に戻って、金勘定でもしていてくれ」

萩原は思わず苦笑した。捜査本部ができると、その費用は所轄持ちになる。署長としては、その世話が一番大きな仕事と言っていい。自分が捜査の現場にいる時も散々迷惑をかけたものだが、今度は自分が頭を悩ます立場になったわけか。

「一応、状況の報告ぐらいはさせてもらえませんか？」初動の状態よりは、情報が集まっているのだ。

「ああ、そうだな」

萩原は基本的な情報を報告した後、さらに詳しく説明を続けた。

「被害者は、無職のようですね」

「五十二歳で？」

「ええ。生活保護を受けていたかどうかなどは、まだ不明ですが」

「明朝まで、分からないかもしれないな。役所が日曜日に動いてくれるとは思えない」

仲本が皮肉っぽく言う。自分たちも「役所」なのだが、と萩原は思った。警察は事件が起きれば、週末も祝祭日も関係なく動く。ただ、他の役所は閉まっているので、捜査は滞りがちだ。

「近所づき合いはほぼ皆無だったようです」

「家族は？」

「大家の証言では、一人暮らしですね。一年ほど前に、同じ鎌倉市内のアパートから引っ越してきたようです」

「アパートから一軒家へ？　無職なのに？」仲本が首を捻《ひね》った。

「いや……家を見ていただければ分かりますが、家賃は七万円ですよ」

「そりゃまた、ずいぶん安い」

「築二十年、２ＤＫで五十平米ない家ですからね」

「一人暮らしに、２ＤＫは広くないか？」

「それは、もう少し詳しく調べないと分かりません。大家さんには話を聞いたんですが、動揺がひどいんですよ」

「遺体の確認をさせたんだって？」

「ええ」萩原は唇を歪《ゆが》めた。病院での現場を直接目撃したわけではないが、話を聞いて、相当ひどい状況だと分かっていた。ショックで気を失ってしまい、今も病院――遺体が安置されているのと同じ病院――で手当てを受けて休んでいる。

「家族が分からないから、しょうがないな。大家さんには申し訳ないことをした」

「朝までは休んでもらおうと思います。その後で、契約書を確認すれば、他に連絡が取れる人が分かると思いますが」

「大家さん以外に、身元を確認できる材料は？」

「免許証、それにパスポートが家から見つかりました」

「先にガサ入れをきっちりやって、それで分からなければ大家に確認する手順にした方がよかったな。一般人には、死体はショッキング過ぎる」

「……すみません」萩原は素直に謝った。確かに仲本の言う通りで、捜査の順番を間違えたと思う。

「ハギよ、思わぬところで痛い目に遭うな」仲本が同情したような口調で言った。「経験の少なさは、現場ではマイナスになる」

「それは分かっています。でも、言い訳にはならないですよね」

「誰かが出世して上に立たなくちゃいけないんだからな。お前は将来の神奈川県警を背負って立つ人間なんだから、ここでヘマするなよ」

「金勘定は間違えないようにします……捜査はプロに任せますよ」

「そうだな」

「現場指揮は？」

「石屋《いしや》だ」

「ああ」萩原はうなずいた。「石屋さんなら安心でしょう」

「お前が奴の皮肉に耐えられれば、だが」

石屋は優秀な現場捜査官から、優秀な指揮官——係長になった。まさに叩《たた》き上げの人材で、本部長表彰を何回受けたことか……ただし、叩き上げにありがちな自信たっぷりな態度の男で、周りを見下しがちである。キャリアがあちこちで屈折している萩原など、一課時代は上司であるにもかかわらず、散々皮肉を飛ばされた。苦手な男だが、腕は確かなので、歯が浮くほどおだて文句を並べ、気分良く仕事してもらうに限る。

仲本がドアに手をかける。ロックが解除される音がした瞬間、振り向き、「例の件はどうなってる？」と訊ねた。

「上手《うま》くいかないですね」素直に認め、萩原は両手で顔を擦《こす》った。「今のところ、はっきりした証拠が何もありません。証言も病気、で一致しています」

「となると、この件はやはり、こちらの勘違いだったか……」

「病院の方でも確認できたわけですから」

警察と病院が協力して死因を隠した——萩原はそういう事態も想像してはいた。だが、本部の警務の方から密《ひそ》かに手を回して調べたところでは、病院側はあくまで「心不全」の診断を覆そうとしない。要するに、原因不明の心停止、突然死だ。これを覆すのは極めて困難である。何しろ最重要の証拠である遺体が、既にない。

「署内の様子は？」

「今のところ、積極的に自殺説を裏づける材料はないですね……疑っている人間もいません。あるいは嘘《うそ》つきが多い署なのか」

「だったら、病死だったということで結論を出すか？　報告書を書く必要もないだろうが、警務課長と面談は必要だ——あくまで非公式の、な」

「いや」萩原は乾いた唇を舐めた。「もう少し待って下さい」

「何か引っかかることでもあるのか」

「ええ」夏美だ。「引っかかることと言うか、気になる人間がいます。何か証言したがっているようなんですが、まだ崩せません」

「決心が固まらない、ということか」

「そうだと思います。じっくり説得する必要がありますけど、まだ心を決めさせることができません。そもそも、桜庭署長とは関係ない話かもしれませんけどね。通常の業務の関係で、相談したいことがあるだけかもしれません」

「そうか。分かった」仲本があっさり引いた。攻める時には一気に攻めるのに、手応えがないと分かれば引くのも躊躇《ちゆうちよ》しないのがこの男の特徴である。ある意味、あっさりした人間とも言える。同じ事件を、何年もかけて粘り強く解決するタイプではないのだ。今回の件についても、既に関心が薄れている感じがする。今は、目の前の仕事——殺しの捜査に集中しているのではないだろうか。

内輪の人間の自殺を調べるより、殺しの犯人を追う方が、刑事としてははるかにやりがいもある。

仲本が到着したことで、自分は現場を離れてもよくなった。しかしその前に、一度家の中を見ておこうと決める。今は鑑識が作業中で、中に入ることはできないかもしれないが、現場の雰囲気をできるだけ近くで感じておきたかった。

築二十年というのが信じられない平屋建ての家。玄関先にはブルーシートが張られ、通りからは覗きこめないようになっている。まるで巨大なテントのようだと思いながら中に入ると、投光器の強い光のせいか、温度がむっとするほど高くなっている。人が多いせいもあるだろう。玄関は狭いのに、そこで数人の鑑識課員が固まって、這《は》いつくばるように調べている。

玄関を上がってすぐに短い廊下があるのだが、石村貴志はそこで玄関に頭を向け、仰向《あおむ》けに倒れていたという。ということは……玄関を上がったところで後ろから襲われ、首を絞められた、ということになるだろうか。いや、そう判断するのは早い。信用できるデータかどうかは分からないが、アメリカ人は人の首を絞めて殺す時、裸絞めの要領で、背後から腕で締め上げる。日本人は前から、両手で首を掴む——そういう傾向があるという。もちろん遺体を見れば、掴んだのか締め上げたのかはすぐに分かるだろう。しかし、本当に日本人は「前から」掴む傾向が強いのだろうか、と萩原は訝《いぶか》った。相手の顔を正面から見ながら殺すというのは、かなり心理的な抵抗がありそうだが。

それにしても質素というか、侘しい感じの家である。チラリと見た限りでは、玄関にはサンダルが一足あるだけ。カレンダーや花瓶などの飾りは一切なく、殺風景と言ってよかった。一人暮らし、頼る家族や友人もいない五十二歳の無職の男が、家を飾り立てる趣味があるとも思えないが……自分もそれほど変わらない、と考えるとぞっとする。まだ四十代ではあるが、一人暮らしなのは同じだし、両親はもう他界、唯一の肉親である妹は、はるか遠く札幌の地で暮らしている。友人だって多いとは言えない。いや、警察を離れればゼロと言っていいだろう。そして今、警察内部の友人も失う恐れを抱えている。

現場を引き上げることにした。家の中を覗いてみたかったが、玄関は鑑識課員たちで完全に埋まっていて、彼らをかき分けて中に入るのは困難だ。裏側——リビングルームの窓になっているようだ——からアプローチしようかと思ったが、それには隣家の敷地に入らねばならない。隣近所を不安にさせるのは申し訳なかった。今さら自分が気を遣っても、手遅れかもしれないが。恐慌は静かに、しかししっかりと近所に伝わっているだろう。

自分でパトカーを運転して帰ってもよかったが、いくら何でも署長自らハンドルを握るのはまずい。ついでに末映を署に戻すことにして、呼び出した。聞き込みが上手くいっていなかったのか、未映はどこか疲れた様子でパトカーのところに戻って来た。

「慣れない仕事で疲れたって顔をしてるな」

「そうですね……」未映が認める。「むしろ、こちらが聞かれる方で」

「余計なことは話さなかっただろうな」

「それは、もちろんです」少しむっとした表情で未映が答える。

「失礼……捜査一課長が臨場したので、現場の指揮を引き継ぐ。このまま署に帰るから、君も一緒に来てくれ」

「聞き込みの方はいいんですか？」

「これから、署の方がいろいろ大変なんだよ。そちらで、副署長と当直責任者の交通課長を手伝ってくれ。雑用で申し訳ないが」

「いえ……大丈夫です」未映が、むしろほっとした表情を浮かべる。やはり慣れない仕事で、緊張を強いられていたのだろう。

「帰りはゆっくりでいい。事故を起こしたら馬鹿馬鹿しいからな」

言って、助手席に乗りこもうとすると、未映が渋い表情を浮かべる。「後部座席で威張ってるのは嫌いなんだ」と、来る時と同じ台詞を繰り返したが、釈然としない様子だった。

「君は、タクシーの運転手じゃないんだから。それにここは、現場だ。後部座席で踏ん反り返ってる場合じゃない」

「……分かりました」

もちろん、署長専用車に乗る時には、後部座席が常だ。しかしあれは、大きい車だからできることであって、このパトカーの後部座席は、お世辞にも広いと言えない、という事情もあった。

現場を離れる時に特有の感覚——一抹の寂しさを、萩原は既に味わっていた。例えば、次の現場へ向かうならば、こういう感じはない。しかし今、自分たちは、捜査が過熱している現場から離脱しようとしているのだ。何となく、仲間外れにされた感じ……自分がここにいても何の手伝いもできないと分かってはいるが、こういうのは理屈で何とかなるものではない。

「聞き込みはどうだった？」

「難しいですね」ハンドルを握ったまま、未映が肩を上下させる。「変な感じですけど、聞き込みをする相手も興奮してますよね」

「そうだろうな。自分の近所でこんな事件があったら、誰だって正気ではいられない」

「無責任な感じもしますけど……上手く話をしてもらえません」

「人間の本能だと思うよ」萩原はさらりと言った。自分に被害がなければ、他人の不幸は蜜の味である。

「それより署長、今日は随分早かったですね」

「そうか？」まずい質問だ、と萩原は気を引き締めた。

「こちらから連絡を入れる前に、署長から電話されてきたじゃないですか」

「そうだったかな」萩原はとぼけた。未映の疑問は、必然的に「誰から聞いたか」というところに集約されていく。それは絶対に知られたくないことだった。夏美と話していたことを知られたら、面倒なことになる。日曜の夜、仕事中でもない署員と話していたのは何故《なぜ》か——セクハラを疑われるだけなら、何とか逃げ切れるが、それ以上の疑問を持たれたら苦しくなる。彼女をスパイに仕立て上げようとしているのは、今のところトップシークレットだった。

「ま、どうせいつも連絡が取れるわけだし、署のすぐ近くに住んでるわけだからな」萩原は話を適当に誤魔化した。未映の疑念に答えたわけではないので、さらなる突っこみが待っているかと思ったが、未映は急に話題を変えた。

「そう言えば今日、引っ越しだったんですよね」

「ああ」

「誰か、手伝いに行ったんですか?」

「いや」

「珍しいですね。署長の引っ越しだと、だいたい若手が手伝いに行くものかと思ってました」

「桜庭さんの時も?」

「ええ。私も行きました」

どんな様子だった、と訊ねようとして、言葉を呑みこむ。この場では不適切な質問に思えた。代わりに、他の話題を持ち出した。

「話は変わるけど、平井真美という高校生、知ってるか?」

「ええ」

ちらりと横を見ると、未映は怪訝《けげん》そうな表情を浮かべていた。どうしてその名前を知っているのか、と訝るようだった。

「偶然、官舎の前で会ったんだよ。お線香を上げに来てくれたんだけど、官舎の方に来られてもな……」

「そうだったんですか……寂しい子だから。桜庭署長を、お母さんみたいに思っていたのかもしれません」

「桜庭さん、随分入れこんでいたんだな。青少年の更生は大事な仕事だけど、ちょっと職分をはみ出していたような気もする」要するに「やり過ぎ」だ。

「でも、ここは所轄ですから……本部だとどうか分かりませんけど、所轄は地域密着が基本じゃないんですか？　うちの管内なんて、鎌倉市の半分しかないんですから、隅々まで目を行き届かせるのも難しくないと思います」

それはちょっと理想主義的過ぎる、と萩原は首を捻った。鎌倉市の半分と言っても、管内人口は九万人近い。わずか数十人の署員で、住人全員をフォローするなど不可能なのだ。それに、あまりにも個別の事案に首を突っこみ過ぎると、全体像が見えなくなる——もしかしたらこの辺りは、現場が長かった桜庭前署長と、「現場よりも指揮」で育てられた自分との違いかもしれないが。

「なるほど」内心の疑念を押し隠して、萩原は言った。「まあ、確かにそれは大事なことだな」

「ですよね……私も、桜庭署長の方針は大事にしていこうと思います。青少年関係の仕事って、そういうことですよね？　一人一人と話し合わないと、何も解決しません。上から一気に網をかけようとしても無理です」

そうやって、一人一人を対象にしていて、何か大きなトラブルに引っかかったのか？　何というか……最近の子どもたちを舐めてはいけない。大人顔負けのずる賢さを持つ子どもも少なくないのだ。ケアしているつもりが、逆に大人を精神的に追い詰めてしまうこともある。

もっとも、平井真美がそうだというわけではない。短い時間話しただけだが、心から桜庭署長を慕っていたのはよく分かった。それに「更生」というほど悪いことをしていたわけでもないし。

この線は上手くつながらないだろう。となると、気になっているのは夏美の証言だけだ。見かけなかったが、もう現場に入っているだろうか……しかし今後しばらくは、彼女とじっくり話をする余裕もないだろう。殺人事件の捜査本部に入ると、自分の時間など完全になくなってしまうのだ。

まさか、夏美と自分の接触を妨害するために、誰かがこの事件を仕組んだのではないだろうな……あり得ない。しっかりしろ、と自分に言い聞かせた。自分はまだ、桜庭署長の死の真相にまったく迫っていないはずだ。誰かが危機感を覚えることなど、考えられない。

それとも、知らぬうちに真相に迫っていたのだろうか。


署内は早くもざわつき始めていた。急遽《きゅうきょ》集まって来た署員たち、マスコミの連中……テレビ局のスタッフが庁舎外に集まり、中継の準備を進めている。深夜のニュース用に、署の前から生中継、ということだろうか。中継車が数台並んでいて、他の車の通行を邪魔していた。とはいえ、露骨に「どかせ」とは命じられない。連中は——特にテレビ局の連中は、仮に撃たれても、蚊に刺されたぐらいにしか感じない鈍感な人種なのだ。

副署長席の周りには記者たちが陣取って、前島を取り囲んでいた。前島も立ったまま応対している。目が合った瞬間、前島が首を横に振った。こちらに来ないで下さい——の合図。基本的にマスコミ対応は、副署長が行う。署長が自ら出て行くのは、よほどの大事《おおごと》や正式な記者会見の時だけだ。

萩原は、急遽呼び出された警務課長の岩永に目配せした。そのまま階段を上がり、二階にある刑事課の前で待機していると、すぐに岩永が追いかけて来た。

「捜査本部の準備の方はどうですか？」

「大会議室を用意します……やはり、捜査本部ですか？」

「現場で一課長に会いました。課長もそう言っていたし、犯人不明の状況ですから、捜査本部の要件を満たしていますね。取り敢《あ》えず電話の確保と、十分な椅子とテーブルを用意して下さい。会議室の分だけじゃ足りないでしょう」

「そうですね……時間、あまりないでしょうね」

「夜中に、一度捜査会議をやると思います。その後で、道場を開放しないといけないでしょうね。捜査員がこれから家に帰るのは不可能でしょう」

「まず、会議室の準備を先にします」

「それが正解ですね」萩原はうなずいた。

「捜査は、どんな具合なんですか」まだ情報が足りないと思ったのか、岩永がしつこく訊ねる。

「何とも……結構厄介な事件だとは思います。被害者が、近所づき合いがまったくない人でね。強盗っぽい感じもしますけど、一つだけ、おかしな点があります」

「何ですか？」

「ドアに鍵がかかっていました」

「鍵？」

「そう。だから、悲鳴が聞こえたという通報から、ドアを開けて遺体を確認するまでに時間がかかったわけで……仮に強盗殺人だとしたら、犯人はわざわざ玄関に鍵をかけて逃げないでしょう。被害者が、玄関先に鍵を置いておいたかもしれないけど……」

「ああ、そういう人はよくいますよね」岩永がうなずく。

「ただし、人を殺した直後の犯人は慌てていますから。冷静に鍵を閉めて家を出るなんて、まず考えられない」

「なるほど……まあ、その辺は私の専門ではないので」岩永が居心地悪そうに言った。「取り敢えず、捜査本部と道場の準備をします」

「椅子を運ぶ人間がいなかったら、手伝います。声をかけて下さい」

「滅相もない」岩永が真顔で首を横に振った。どうもこの男には、冗談は通じそうにない。

萩原は、何の気なしに刑事課に入った。部屋の灯りが半分だけ点《つ》けられており、そのせいか薄ら寒い雰囲気が漂っている。実際、萩原は身震いした。気温も下がっているのだが……部屋の片隅に、夏美の姿を見つけた。連絡を受けて慌てて飛び出して来ただろうに、普通の仕事用の格好をしている。白いブラウスに、濃いグレーのパンツスーツ。女性刑事の制服のような格好だ。立ったまま受話器を耳に当て、相手の声に耳を傾けている。急にデスクの上に屈《かが》みこむと、急いでメモを取り始めた様子だった。書き終えて顔を上げた瞬間、萩原と目が合う。迷惑だ、とでも言いたげに表情を歪めたが、それも一瞬だった。署長に対して失礼だと思ったのかもしれないし、実際には迷惑でも何でもないのかもしれない。

ほどなく電話を終えた夏美が、軽く会釈した。会釈を返して、萩原は彼女に近づいた。

「おかげで、随分早く現場に入れたよ」

「いえ……」

「ただし、君から話を聞いたことは秘密にしておこう」萩原は唇の前で人差し指を立てた。「君と話していたことがばれると、いろいろまずいことになる」

　夏美が無言でうなずく。表情は強張《こわば》り、数時間ほど前のやり取りを思い出してまた緊張しているのは明らかだった。

「現場へは行かなかったのか」

「ここで連絡係をするように言われました」

「大事な仕事だ」萩原は彼女を慰めた。「信頼されている人間じゃないと、任せられない仕事だよ」

「でも、現場には行かせてもらえないですから」露骨に不満な表情になる。

　意外だな、と萩原は思った。最近の若い刑事は、内に引きこもりがちである。基本である聞き込みや張り込みでさえ、面倒臭がることが多いのだ。そういう性癖は早めに見抜き、刑事にはしないようにしなくてはいけないのだが……夏美は、やる気に溢《あふ》れているように見える。鎌倉南署のように暇な署にいると、気合いを保ち続けるのは難しいものだが。ずっと事件を待ち続けて、とうとうでかい事件にぶつかったのに——と不満を抱えこんだかもしれない。この辺の仕事の割り振りは、署長自らができることではないから、言葉で慰めるのが精一杯だ。

「現場は、相当難しい。空振りで疲れそうな感じだよ」

「そうなんですか？」

「被害者は、近所づき合いがほとんどない人間だった。聞き込みでは、いい情報が出てこないかもしれない」

「もう、そんなことが分かったんですか？」夏美が目を見開く。

「基本情報としてね……聞き込みを続けて、何も手がかりが出てこないのは疲れるよ」

「別に、疲れるのが嫌なわけじゃありませんけど」

「ああ……明日にはもう、外へ出るチャンスがあるよ。正式の捜査本部になれば、指揮命令系統がきちんとでき上がるから。若い刑事は、基本的に外回りだ」

「分かりました」

うなずいておいてから、萩原はもう一度夏美に釘《くぎ》を刺した。あまりにも情報が早い――未映がかすかに疑っていたのが気になっている。

「とにかく今夜の電話のことは、内密に頼む」

「分かってます」

「どうも、遅くなって――」

甲高い声に驚いて振り向くと、北川が部屋に飛びこんで来たところだった。萩原の顔を見ると、急に怪訝そうな表情を浮かべる。

「ハギさん――署長」

「お疲れ」うなずきかけ、ミスを悟った。北川は、自分と夏美が二人切りでこの部屋にいる状況を訝っているに違いない。もしかしたら、「内密に」という話も聞いていたかもしれない。

だとしたら、面倒だ。

北川は、何かと早合点しがちな男なのだ。

2

捜査会議は、深夜一時から始まることになった。この時間から会議というのは珍しいのだが、仲本は初動捜査を非常に大事にする一課長だ。捜査の内容自体よりも、刑事たちに気合いを入れようとする。鉄は熱い内に打てということで、全員が顔合わせをして、意識を共有することが大事だと考えている。

萩原の感覚では、時間の無駄なのだが。

今は、情報を共有するのに、全員が同じ場所で顔を合わせる必要すらない。通信機器の発達で、どこにいても同じ情報を得られるのだから、いちいち署に集まって捜査会議……というのは不要な習慣に思える。管理職の階段を上がるうちに、思い切ってこういう習慣を変えてみようか、と考えるようになってきた。しかしそう簡単にはいかないだろう。

しかし、やはり最初の捜査会議は大事だ。情報は多く集まっているのだが、まだまとまっていないので、簡単にレポートのような形にまとめて流せない。とにかく話をしながら確認する、という作業には、やはり意味がある。

萩原は、捜査員たちが集まる前に、課長の仲本、係長の石屋と話をした。石屋は、百七十五センチ、七十三キロと中肉中背の目立たない体形だが、顔つきが非常に凶暴である。いつも目を細くしているのは、視力が悪いのにできるだけ眼鏡をかけないようにしているからだが、知らない人が見れば、睨《にら》まれたように感じて怯《おび》えてしまうだろう。

「結局、あの家では完全に一人暮らしだったらしいですね」石屋が報告する。

「家族は？」仲本が訊ねる。

「それはまだはっきりしません」

「元の住所の確認もまだだな？」

「ええ。朝イチで大家に確認します」

結局、自分が現場を離れてから、新しく分かったことはほとんどないようだ。置いてきぼりにされたわけではない、と萩原は少しだけほっとしていた。

「まずは、交友関係の捜査だな」仲本が髭の浮いた顎を撫でる。

「そうですね……近所づき合いが全然ないというのも、どこか怪しい感じですが」石屋の目は暗い。

「以前の住所付近での聞き込みが必要だ。明日中――いや、今日中には、被害者がどういう人間なのか、丸裸にしておきたい」仲本が腕時計を覗きこんで言った。日付はとうに変わっている。

「強盗の線は、考えないでいいですね」萩原は割って入った。

「ないな」石屋があっさりと言った。「いや、これは失礼、署長。口のきき方が悪いね」

「別にいいですよ。石屋さんの方がだいぶ先輩なのは間違いないですから」萩原も皮肉でやり返した。

石屋がむっとしたが、さすがに口喧嘩《くちげんか》しているような状況ではないと悟ったようだ。

「鍵はあったんですか？」萩原は石屋に訊ねた。向こうが喧嘩腰になるつもりがないなら、こちらも合わせよう。

「あった」

おっと……これは新しい情報だ。もちろん、家の鍵を何本も持っている人もいるのだが、石屋の言い方だと、あくまで「本人が普段使っているものが見つかった」という感じに聞こえる。その疑問をぶつけると、石屋が素早くうなずく。

「六畳間の、テレビ台の横に置いてあった。だいぶ古くなったキーホルダーがついていたから、普段本人が使っているものだと見て間違いない」

依然として、石屋は署長を敬う態度を微塵《みじん》も見せなかったが、萩原は気にもならなかった。ここで話しているのは、三人の捜査員である。階級も年齢も関係ない。

「他に鍵は?」萩原はさらに訊ねた。

「今のところは見つかっていない」と石屋。

「となると、顔見知り……それもよほど親しい人間の犯行じゃないかな。それこそ、家族とか」仲本が指摘する。

「家族がいるかどうかも分かりませんよ」石屋が反論した。

「他に合鍵をもらっている人間というと……女か?」

「どうでしょうねえ」石屋が鼻を鳴らす。「冴《さ》えないオッサンだそうですから、合鍵を渡すような女がいるかどうか」

「それは、調べてみないと分かりませんよね」萩原は、石屋に釘を刺した。

「分かってる」石屋の顔が引き攣《つ》った。「とにかく、被害者を丸裸にする。それで見えてくるものがあるはずだ」

石屋が二人に背中を向け、さっさと会議室に入って行った。

「あまりカリカリさせるなよ」苦笑しながら仲本が忠告する。

「どうも……あの人を見ると、からかいたくなるんですよね」

「そういうのは時間の無駄だ」仲本がぴしりと言った。「さて、うちの刑事たちに気合いを入れに行くぞ」

「そこは一つ、課長がお願いします」

「署長の一言もないとまずいだろうが」

「一言だけですよ、一言だけ」萩原は人差し指を立てた。「長い時間話すのは苦手ですから」

会議室には、四十人ほどが集まっていた。所轄の刑事課に加え、地域課の制服組、それに周辺の捜査を行っていた機動捜査隊の面々、本部の捜査一課の刑事たち。明日には、近隣の所轄から応援を貰《もら》い、捜査本部はさらに大所帯になるはずだ。あれこれやりくりを考えると頭が痛いが、そこは副署長と警務課長に頼ろう。

萩原たちは、刑事たちと向かい合う格好で一番前のテーブルに着いた。ざっと見回すと、どの顔にも疲労の色が濃い。申し訳ないが最初が肝心だ、もう一踏ん張りってくれ、と心の中で声をかける。

恒例により、所轄の刑事課長、徳本が捜査会議の司会をする。全員が立ち上がり、敬礼。儀礼的なのはその一瞬だけで、あとはひたすら実務的な話が進む。徳本に促され、萩原は最初の挨拶に立った。

「夜遅くにご苦労様です」無難に切り出した。「鎌倉南署管内では久しぶりの殺人事件です。現場が住宅街という状況を鑑《かんが》み、住民の不安を一掃するためにも、一刻も早い解決を目指したい。皆さんの力を、存分に使って下さい」

こういう時の挨拶は短いに限る。萩原は一礼して、すぐに腰を下ろした。続いて仲本が立ち上がり、背広のボタンを留めた。座れば外し、立てば留めるのが彼の流儀だ。こういうところは、妙に律儀である。

「既に事件の概要は把握していると思うが、犯人はいきなり民家に押し入って被害者の首を絞めて殺すという、極めて凶悪な行為に出ている。強盗の線も捨て切れないが、現段階では顔見知りによる犯行の線を強く意識して捜査して欲しい。では、詳細は石屋係長から」

仲本の挨拶も短い。もっと激しく檄を飛ばすかと思ったら、案外あっさりしたものである。まあ、それもそうだ……夜中の一時に何を言われても、頭に入ってこない。

しかし石屋は、細々と説明を続けた。最後に、明日以降の捜査の担当を割り振る。半分はA班として近所の聞き込み、残り半分はB班として、被害者の人となりの調査に当たる。何か分かれば、その都度担当を変更し、柔軟に捜査する——これもいつも通りの説明だ。捜査は生き物のようなものであり、事あらばすぐに変化する。同じ線にいつまでも固執していると、肝心のものを見逃してしまう恐れもあるのだ。

刑事たちからは新しい報告も質問も出ず、三十分ほどで最初の捜査会議は終了した。刑事たちが立ち上がるのに合わせて、警務課長が、道場に布団が用意してある、と告げた。何人ぐらい泊まるのか……明日の朝食の手当てはできているかと、萩原は心配になった。あとで確認しよう。

席を立った仲本が軽く伸びをして、また背広のボタンを留めた。

「課長はどうしますか？」

「何が？」

「戻られます？　何だったら、官舎の方で布団を用意しますけど」

「冗談じゃない」仲本が笑い飛ばした。「何でお前と同衾《どうきん》しないといけないんだ」

「一緒の布団で寝るわけじゃないですが」

「帰るよ」あっさりと宣言する。「何のために、一課長には専用車があると思ってるんだ」

「そうでした」萩本はうなずいた。本部の全課長の中で、最も移動距離が多いのは捜査一課長である。当然、専用車が必要だ。

「ちょっとつき合え」

真剣な表情になり、仲本が廊下に向けて顎をしゃくる。萩原は黙って彼の後に続いた。廊下で話すのかと思いきや、そのまま階段を降りて、裏の駐車場に出る。一課長の専用車が既にエンジンをかけて待っていた。何も言わずに仲本が車に乗りこんだので、仕方なく萩原も隣に座った。事前に打ち合わせでもしていたのか、運転手はいない。決して狭い車ではないが、二人きりになって、萩原は少しだけ緊張した。

「徳本の様子、どうだった？」

「どう、と言われましても」横に座っていたので、会議中ははっきりと顔を見られなかった。

「ふむ……」仲本が腕組みをする。「ちょっと、普段のあいつじゃなかったな」

「そうですか？」

「あいつにしては、緊張し過ぎだと思う」

「久しぶりの捜査本部だからじゃないですか？　鎌倉南署では……そう、五年ぶりだったと思います」

「確かに未解決の事件があるな……ただ、それを気にしている訳じゃないと思う」

「捜査本部事件を二件も抱えこめば、現場の刑事課長としては気が重いと思いますよ」

「五年前の一件は、実質的には動いてないじゃないか」

「まあ、そうですけど……」仲本は何か異常に気づいたのだろうか、と萩原は心配になった。観察力はある方だと思っているが、自分が気づかないことを他人が気づいたとしたら、気分はよくない。

「元々あいつは、自信家というか、傲慢なところがあるじゃないか」

「ええ」萩原は思わず苦笑した。「それは間違いないですね」

「ところが今夜は、やけにおどおどしていた。何かあったんじゃないか？」

「どうですかね。今夜はきちんと話していないんで、よく分かりません」

徳本の自宅は、市営ブルーラインの三ッ沢上町《みざわかみちょう》駅近くにある。鎌倉まではそこそこ時間がかかるので、今夜は出遅れた感じがある。それで緊張していたのではないか、と萩原は想像した。捜査の現場指揮官が出遅れてしまったら、部下に対して示しがつかないわけだし。

「よく観察しておいた方がいい」

「何か隠しているとでも言うんですか？」

「桜庭署長が亡くなった時、初動で処理したのは刑事課だからな」

「今のところ、疑わしい材料はありませんよ」夏美の躊躇《ためら》いを除いては。

「観察するのもお前の仕事だ……戻れ。いつまでも姿を消していると怪しまれる」

うなずき、萩原は車を降りた。庁舎に入ると同時に、車が動き出す。専属の運転手は、どこかに隠れていたのだろうか。

自分以外の人間は、誰もが秘密を持っているとしか思えない。


捜査は手順通りに続いた。

しかし、近所の聞き込みを担当したA班は難儀した。悲鳴を聞いた人は何人かいたのだが、現場から逃げる犯人の目撃者は皆無。念のため、二度ずつ事情聴取することになっているが、それで記憶が鮮明になるものでもあるまい。駅周辺でも、不審人物の目撃証言は得られなかった。A班はそのまま、事件発生時刻を中心に、定時通行調査に移ることになっている。そのため、夕方から夜にかけては一時休憩になった。

一方B班は、被害者の石村貴志の身辺調査に当たり、着実に情報を積み重ねた。現在の住所に引っ越す前に住んでいた鎌倉市内の住所付近で聞き込みし、以前は中学校の教員だったことを突き止めた。

「まともな仕事をしていた人なのか」報告を受けた石屋が首を傾《かし》げる。

「ちょっと妙ですね」萩原も応じた。署長としては通常業務もあるので、四六時中捜査本部に詰めているわけにはいかないが、たまたま顔を出した時にこの話を聞いたのだ。

「もちろん、教師全員が聖人君子ってわけじゃない」石屋は相変わらず、萩原に対して敬語がない。「だいたい、堅苦しい仕事をしている人間ほどストレスが溜《た》まって、ろくでもない犯罪に走ったりするもんだ。先生方の酒の呑み方といったら、ひどいからな」

「警官も同じでしょう」

「それは間違いない」

二人は笑みを交わし合った。皮肉な話をしている時だけ、石屋は萩原に調子を合わせる。そういう意味で、やはりこの男はかなりひねくれた人間だ。

「何か問題を起こして辞めた可能性もありますね。犯歴はどうなんですか？」

「前科はない」石屋が即座に言った。「それは最初に照会している」

「そうですよね……」石屋が、そういうことでうっかりミスを犯すはずもない。

「辞める理由はいろいろだからな。病気かもしれない」

「それなら解剖で分かりそうなものですけど」

「解剖は明日だ」石屋が苦々しげに言った。「とにかく、こういうのは遅れがちだからな……その前に、誰かが事情を探り出すかもしれない。うちの刑事たちの能力を舐めたら駄目だ」

「別に舐めてはいませんよ」

この辺、石屋は本当にへそ曲がりだと思う。面と向かって部下を褒めることはまずないのだ。逆に本人がいないところで、第三者に向かってプラス評価を語る。巡り巡って本人の耳に届くように計算しているのだろうか……。

「世捨て人みたいな感じですかね」

「ある意味そうかもしれない。金があったとは思えないんだ」

石屋が、傍らに積み上げたメモや書類をめくった。すぐに、数十枚のコピーを見つけ出し、萩原の方に突き出す。取り上げてみると、銀行の預金口座のコピーだとすぐに分かった。

「自宅から押収したものですね？」

「見てみろよ」石屋がぞんざいに顎をしゃくる。「現在の残高、三十五万円だぞ」

「確かに」

給与所得者でないことはすぐに分かった。毎月決まった日に給料が振り込まれているわけではないのだ。月末に、何日かに分けて数万円ずつ……一方で支出も多くはない。家賃や光熱費などは口座から引き落としになっているが、微々たるものである。小さな家なので、電気代もそれほどかからないのだろうか、と萩原は想像した。

「何か、仕事はしていたようですね」

「ただ、額が小さい。二万円とか五万円とか……バイトじゃないかな」

「あとは――」萩原は口座のコピーをざっとめくった。「退職金を取り崩していたみたいですね」

確かに四年前に、八桁の入金がある。早期退職なので、定年までフルに働いたよりはだいぶ少ないだろうが、これが彼の現在の生活の「原資」になっていたのだろう。当然減る一方で、現在ではほとんど使い果たしていたわけだが。一千万円で生活できる歳月はそれほど長くないのだ、と実感する。

「ま、この辺りから手がかりはいくらでも出てくるよ」石屋は楽観的だった。

「そうですね……交友関係が分かれば、案外早いかもしれませんね」

「案外、じゃ困る」石屋が急に真顔になった。「さっさと片づけるんだ。捜査本部は、スピード解決してこそ評価が上がるんだから。それに、鎌倉南署にいつまでも迷惑をかけるわけにはいかない」

「恐縮です」

一礼して、捜査本部の置かれた会議室を出た。いつもながら、石屋の勢いには押されてしまう。廊下に出たところで、徳本と出くわした。一瞬、無言で向かい合った時に、素早く様子を観察する。昨夜は結局家に帰れなかったようだが、それほど疲れた様子には見えない。髭も綺麗《きれい》に剃っていたし、今日もまだまだ頑張れそうな雰囲気だった。仲本は「おどおどしていた」と評していたが、あれは勘違いだったのではないだろうか。

「何か困っていることは?」捜査の細かい点を話しても仕方ないと思い、萩原はざっくりと訊ねた。

「今のところは大丈夫です」

「石屋さんは楽観的に見ているようですが……」

「あの人は、そういう人だから」徳本が苦笑する。「まあ、そんなに難しい状況ではないかもしれません。世捨て人みたいな人だったけど、人間関係がなかったわけじゃないようだし……恨みの線じゃないですかね」

無言でうなずき、萩原は徳本の脇を通り抜けた。階段のところまで行って振り返ると、徳本は何《な》故《ぜ》か捜査本部に入らず、じっとこちらを見ている。それほど深刻な目つきではなかったが、気になった。何か、こちらの動きを監視するような態度……徳本が慌てて目を逸《そ》らし、捜査本部に入って行く。

一階へ降りると、副署長の前島は記者たちに囲まれていた。夕方、そろそろ明日の朝刊の締め切りが近くなってきたので、ネタを求めて集まって来たのだろう。前島は渋い表情を浮かべており、記者たちのしつこい態度に辟易《へきえき》しているのが分かったが、これも彼の仕事である。目礼して脇をすり抜け、署長室に入ろうとした瞬間、一人の記者から声をかけられた。

「署長、何か動きは？」

その素人みたいな質問はなんだ？　萩原は思わず苦笑しそうになり、表情を引き締めた。顔見知りの記者だったか……記憶にない。最近は、記者との接触に関しては、以前よりも厳しく禁じられている。対応は、所轄なら副署長、本部なら課長に任せるという原則が、さらに徹底されるようになった。

「その辺は、副署長から聞いて下さい」一礼して、署長室に入る。記者たちが乱入してきたら困るなと思いながらデスクに着いたが、さすがに入って来る様子はない。前島がきちんと防波堤の役目を果たしてくれているようだった。

月曜日から、署員はフル回転している。小さい署なので、生活安全課や地域課の署員たちも、手伝いに駆り出されているのだ。警務課長がまとめてくれた、捜査本部立ち上げに関する書類に目を通す。後で予算のことも心配しなければならないが、取り敢えず過不足なく準備はできたようだ。あとは、これがどれぐらい続くか……。

パソコンを立ち上げ、萩原はネットで新聞各紙、テレビ各局のニュースをチェックした。今のところ、萩原が知らないような情報がすっぱ抜かれたことはない。最近のマスコミは、以前のように事件報道に力を割かないからな……寄って来れば寄って来たで面倒だが、自分たちが取り組んでいる事件の扱いが小さければ腹が立つ。警察官というのも厄介な人種だと苦笑する。

あとは、捜査員たちの夕食の心配をしなければならない。外を回っている刑事たちは、食事を済ませてから本部に戻って来るパターンが多いのだが、中には食べ損ね、腹ペコで捜査本部に顔を出す刑事もいる。あるいは財布の負担を減らそうと、捜査本部に用意される弁当を狙ってくる、ケチな刑事も。何人分用意する必要があるのか、後で警務課長と相談しないと。

いつの間にか午後六時になっていた。捜査会議は八時から予定されている。そろそろ、自分の夕飯の心配をすべきか……さすがに、署長が捜査本部の弁当を貰って食べるわけにはいかない。かといって、短時間抜け出してどこかで食べてくるのも、まずいような気がした。結局、署の食堂か——ここへ赴任してから、一番多く利用している。

署長室を出ると、前島は副署長席で一人になっていた。記者の姿は見当たらず、深刻な表情でスクラップブックを読みこんでいる。

「どうかしましたか?」

「ああ、査定ですよ」前島が顔を上げる。

「査定?」

「記者連中の」

にやりと笑って、萩原にスクラップブックを差し出してきた。今日の朝刊の記事をスクラップしたものだと分かる。そう言えば自分も、副署長時代には、個人的にスクラップをしていた。記者の対応をしなければならないので……敵を知らなければ戦はできない、ということだ。

「扱い、よくないですね」萩原は思わず苦笑してしまった。遅い時間の発生だったせいか、各社とも短い記事を突っこむので精一杯だったのだろう。ほとんどの社が、社会面でベタ記事という扱いだった。唯一地元紙だけが、四段の大きな見出しを立てていたが、これは地元紙ならではの強みである。全国紙の連中は、明日以降、どんな記事を書いてくることか。今のところ、記事が大きく扱われるような新しい情報は出ていないはずだが。

スクラップブックを返すと、前島が慎重な口調で、「署長、何か……」と訊ねた。

「ああ、食堂で飯を済ませておこうかと思いましてね」

「そうですか」

「前島さんも一緒にどうですか？　捜査会議が終わる頃には、また記者連中が突《つっ》いてくるでしょう」

「その件ですけど……ついさっき、捜査一課長から指示がありまして。捜査会議の前に、記者会見をやる方針のようです」

「何かあったんですか？」自分が知らないうちに捜査が動いたのか……それを知らされていないのかと思うと、胸がざわつく。

「いや、本部の広報に強い要望があったそうで。要望というか、プレッシャーですかね。昨夜から一度も記者会見をしていないので、一回まとめてやって欲しい、ということでした」

「会見する人間は確保できているんですか？」

「一応、一課長がご自分で仕切ると思います。本部の広報も立ち会うそうですから、向こうに任せておいて大丈夫でしょう。署長は、一課長と一緒に登壇しないとまずいでしょうがね」

「私が会見しても、喋ることはないんですけどね」

「署長は、お飾りの仕事も大事ですよ」

露骨なことを……萩原は思わず苦笑してしまったが、前島の言うことには一理ある。やはり「抑え」としての存在には意義があるのだ。制服を着ていて正解だった、とつくづく思う。

裏口——駐車場に通じる方が、少しざわついた。顔を上げて確認すると、仲本が運転手役の若い刑事を引き連れて入って来るところだった。萩原に気づくと、軽く手を挙げて合図して近づいて来る。近くに記者がいないか、周囲を見回して確認してから、二人に合流した。若い刑事は下がる。

「会見ですか？」

「マスコミの連中がうるさくてな」仲本が苦笑する。「一度餌を投げておけば、大丈夫だろう。最近は、殺しを一生懸命取材する奴もいないだろうし」

「私も出た方がいいですね？」

「当然だ。署長が出ないと抑えにならない」

「分かりました……事前の打ち合わせが必要ですね」

「そうだな」

「食事でもしながらにしませんか？　ここの食堂ですけど」

「ああ、いいよ」

ちらりと前島を見ると、いつの間にか座りこんで書類に目を通していた。

「副署長は……」

「私はちょっと、処理しないといけない書類があるので」

一課長を避けたな、と萩原は判断した。この二人は、どこかで一緒だっただろうか……神奈川県警も大規模な県警だから、人間関係は複雑に入り組んでいる。一緒に働いたことがあるから、後々人間関係が使える——というわけではなく、喧嘩別れしたまま、冷戦関係をキープしていることも十分あり得るのだ。仲本が何も言わないので、二人は前島を残したまま、食堂に向かった。

夜になると静かなことの多い食堂だが、今日はフル回転である。本部用の弁当を用意しているのだ、とすぐに分かった。厨房《ちゅうぼう》は大忙しだが、二人の他に食事を摂っている人間はいない。二人とも、「今日の定食」を頼み、トレイに載せて席につく。

「さっき、石屋さんと話したんですが、あまり進展はないようですね」

「まあ、被害者の状況が分かって来たぐらいだな」

「学校の先生、ですよね」

「ああ」

「でも、辞めた？」

「その辺の事情が、まだよく分からないんだ。昔の同僚の先生を掴まえようとしているんだが」

「犯歴はないそうですけど……」

「仕事を辞める理由なんか、いくらでもあるさ」仲本がさらりと言った。「家庭の事情や本人の健康状態、その他いろいろ。その辺の過去が、事件に関係しているかどうかは分からない」

「マスコミには、どこまで情報を投げてやるんですか？」

「表面を引っ掻《か》く程度だな」

「私は、基本的に黙っていればいいですね？」

「聞かれた時だけ答えてくれ。ただ、署長に質問がいくことはないだろうが」

本当に「抑え」か、と萩原は苦笑した。まあ、あまり細かい質問を突っこまれても困る。

「署長としては、決意表明だけしておけば大丈夫だよ。マスコミの連中だって、細かいことまで説明して欲しいとは思っていないんだから」

「本当にお飾りですね」

「署長っていうのはそういうものだろう」

その後も二人は、食事しながら細かい情報を突き合わせた。ほとんど仲本が一方的に喋り、萩原は聞くばかりだったが。そうこうしているうちにどんどん時間が経ち、会見が近づいてくる。

「おっと」仲本が腕時計を見た。「そろそろ準備しないとな。石屋と打ち合わせするから、同席してくれ。一応、俺が喋ることは全部頭に入れておいてくれよ」

「分かりました」

「ところで俺、髭は大丈夫か？」

言われて萩原は、仲本の顔をまじまじと見た。つるつるというわけではないが、朝髭を剃る人間だったら、夕方としては普通の状態だ。

「問題ないですよ」

「面倒臭い話だが、人前に出る時には、髭だけは気をつけないとな。お前もそうだろう？」

「あまり意識してませんでした」

「だったら、意識するようにしないと。署長が無精髭を生やしていたり、鼻毛が伸び放題だったら、恰好《かっこう》がつかない」

「……それはそうですね」後でトイレで確認しよう、と思った。仲本の言うことにも一理ある。

今日は、徳本の話題は出なかったな、と思った。殺しの捜査の方で頭が一杯で、そこまで気が回らないのだろうか。しかし昨夜は、徳本の態度を妙に気にしていたし……こちらから持ち出すことではないだろう、と判断する。話をわざわざ複雑にすることもない。

しかしこんなことで、桜庭署長の死の真相を調べられるのだろうか。いくら暇な署とはいえ、殺人事件の捜査本部ができた状態で、密《ひそ》かな調査はできまい。だいたい、一番話を聴かなければならないのは、刑事課の連中からなのだから。必死で仕事をしている連中に、それとまったく関係ない話を持ちかけたら、相手にしてもらえない。萩原としても、まずは殺人事件を無事に解決するのが最優先だ。

会見は、予定から五分遅れで始まった。捜査本部とは別途用意された会議室は、既に記者たちで埋まっている。その数、約三十人……ただし、テレビのクルーも入れての人数だから、実質的には記者は各社一人ずつ、という感じだろう。

出席者は萩原と仲本の二人だけ。本部の広報県民課のスタッフが一人、司会として待機している。課長が来て仕切るほどの事件ではないということか、と萩原は考えた。人一人殺されているのだから大事なのだが、実際に、待ち構えている報道陣にも、それほど「熱」はない。

二人が座ると、テレビカメラの照明が点いた。一気に視界が白くなり、熱さえ感じられる。萩原はうつむき、デスクに置いた書類に目を通す振りをしながら、きつく目を瞑《つぶ》った。暗い中に、星が瞬くような感じ……この明るさに慣れることができるのだろうか、と心配になってきた。

「では、会見を始めさせていただきます」

広報県民課のスタッフが仕切り、会見が始まる。萩原はちらりと彼の方を見た。百七十八センチ、七十キロというところか……すらりとした体形で、スーツの着こなしも文句ない。しかもイケメンだった。女性記者の受けを良くするために、わざわざこういう感じのいい人間を配置しているのかもしれない、と萩原は想像した。

「初めに、捜査一課長の方から、現在の捜査の進捗状況の説明があります。質問はその後で、まとめて受けますので、しばらくお待ち下さい」

目配せで促され、仲本が立ち上がる。

「昨夜遅くの発生だったので、会見がなく、失礼しました」如才ない挨拶。「現段階で、分かっていることをまとめてお話しします。質問等は、その後でまとめて受けます」

広報県民課のスタッフと同じセリフを繰り返した。よほど、人が話している時に割りこむのが好きな記者が多いのだろうか、と萩原は訝った。

仲本が、事件の発生状況、周辺捜査の様子、被害者の石村貴志の人となりについてざっと説明した。石村が元教師だった、という核心に触れる情報を喋った時も、特にざわめきは起きなかった。この辺りの情報は、マスコミの連中も既に割り出しているということか。

仲本が十分ほど一人で喋ったところで、質疑応答に移る。一斉にさっと手が上がり、広報県民課のスタッフが次々と指名していった。

「東日《とうにち》の辻原《つじはら》です」最初に指名を受けた記者が話し出す。まだ二十代の前半の男で、よく通る声だった。「被害者の石村さんは教師だったということですが、どうして辞めたんですか?」

「現在、調査中です」

「現在の職業は……」

「収入はありました。ただし、どういう仕事をしていたかはまだ分かっていません」

「収入はどれぐらいだったんですか?」

「月によってばらつきがありますね。いずれ、どういう仕事をしていたかははっきりさせます」

「はっきりさせる」だけで、「伝える」とは言わない。この辺は仲本のテクニックだな、と萩原は関心した。簡単には言質《げんち》を取らせないようにしているのだ。

次の記者が質問に立つ。女性で小柄……百五十センチあるかないか、という感じだった。先ほどの辻原は座ったまま質問したのだが、今度は立ち上がっている。小柄な体を、少しでも大きく見せようとしているのかもしれない。

「日本新報の小堺《こさかい》です。被害者の家族関係について、もう少し詳しく教えて下さい」

「現在、独身です。法的にはそれは間違いない。同居人がいたという情報もありません。基本的に、現住所で一人暮らしだったようですね」

「過去にはどうなんですか？　結婚していたことは……」

「していたらしい、という情報はありますが、まだ確認が取れていません。明日には確認できると思います」じっと小堺を凝視して、「これは未確認情報だからね」と釘を刺す。

「個人的に恨みを買うようなことはあったんですか？」

「社交生活がほとんどないような人だったので、その辺はまだはっきりしません。現在どんな仕事をしていたかも含めて調査中です」

「近所づき合いは……」小堺は粘り強かった。

「ほとんどなかったようですね。言葉を交わすぐらいのつき合いがあった人も、いなかったようです」

やはり世捨て人か……という考えが頭に浮かぶ。それにしては、ああいう場所に住んでいるのは不思議だ。鎌倉市のあの辺りは、まだ濃厚な隣近所の関係が残っている地区である。他人とのつき合いを絶ち、誰にも会わずに暮らそうとしたら、横浜なり東京なりのワンルームマンションに住めばいいのに。

東日の辻原がまた質問した。

「ネットの方で、何かトラブルはありませんでしたか？」

「それは現在、解析中です」

「分かりました」

辻原があっさり引き下がる。少し妙だな、と萩原は思った。そう言えば……この男は東日の警察《サツ》キャップで、本部にいた時に顔を合わせたことがある。言葉を交わした記憶はないが……今の中途半端な質問の意図は何なのだろう。

質問は続いたが、ほとんどが「調査中」としか答えられないことだった。それでも記者たちは、十分な情報を得たと思ったのか、会見は四十分ほどであっさりと終了した。結局、萩原はほとんど口を開かずに済んだ。ほっとして、仲本と一緒に先に会議室を出る。記者たちは追って来なかった。

「えらくあっさりしてるな、最近の記者たちは」仲本が皮肉っぽく言った。

「記者がというか、最近の若い連中は、皆あんな感じでしょう」実際、警察《サツ》回りは若いのだが。全国紙なら、入社して支局に配属されたての二十代前半。地元紙でも、せいぜい三十代前半だ。それだけ、若くて体力のある人間がこなすべき仕事ではあるのだが、それにしても仲本が言う通り、あっさりしている。もっと激しく突っこんでくるものだと想像していたのだが。

引き続き、捜査会議が行われる。そちらでは、新しい情報が出てくるだろうか……二人は特に会話を交わすこともなく、一緒にトイレに入った。並んで用を足していると、急に仲本が変なことを言い出した。

「南署の刑事課の連中は、どうかしたのか？」

「何がですか？」

「何も気づいていないのか」非難するような厳しい口調。

「すみません」素直に謝ってから、萩原は弁明した。「私も、四六時中捜査本部に張りついているわけじゃないですから」

「それはそうだが……連中、固まってひそひそやっているようなんだ。本部の刑事たちが近づくと、急に話をやめる。何か、隠しているんじゃないのか？」

「それは……どうでしょう」明らかに怪しい。この事件の捜査のことだったら、何も本部の人間に隠しておく必要はないのだ。情報は共有し、できるだけ早く事件を解決する——その原則を曲げる意味が分からない。

「外部の人間の方が、いろいろ気づくのかもしれないな。お前、もしかしたらもう、南署に取りこまれたのか」

「そんなことはないですけど……」何も気づけなかったのは、やはり悔しい。「気をつけて見ておきます」

「こっちが気にし過ぎかもしれないが。ま、いろいろあるんだろう」

この辺については、北川を問い質《ただ》してみよう。あの男はまだ、刑事課の色に染まっていないはずだ。ある種の「部外者」として、何か異変に気づいているかもしれない。

どうも、細かいことがいろいろ気になる。多くの人間がかかわる捜査本部事件とはそういうものかもしれないが、どうにも集中力を削《そ》がれるのを、萩原は意識した。

捜査会議を終え、あれこれと雑用を終えて午後十時。ほとほと疲れて、萩原はようやく官舎に戻った。まだ、まったく自分の住む場所という感じがしない……当たり前だ。昨日引っ越してきたばかりで、まだ一日しか経っていないのだから。しかも殺人事件でばたついていて、開けていないダンボール箱もいくつかある。さすがに今夜、片づける気にはなれないが。さっさと風呂に入り、ビールを一本だけ呑んで寝よう。明日も、通常業務を全てこなしながら、捜査本部の仕事にも備えなければならないから、体力を温存しておく必要がある。

五月の夜風は少し冷たく、それがむしろ爽やかだった。しかし家に入ると、何となく黴臭《かびくさ》さが鼻につき、うんざりしてくる。どんなに綺麗に掃除しようと、次々と住む人が替わる家は、すぐに古びてくるのだ。ましてやこの家では、桜庭前署長が死んでいた……暗い家に一人きりになると、急にそれを意識する。霊の存在を信じるわけではないが、やはり人が亡くなった家に住むのは、気持ちいいものではない。これも署長の給料のうちか、と自虐的に考える。

さて、風呂の準備をして……新しい官舎だと、自動予約の風呂もあるようだが、ここは結構古いので、いちいち自分で準備しなければならない。シャワーだけで済ませようかと思ったが、それでは疲れが取れないだろう。

風呂に湯を入れ始め、冷蔵庫からビールを取り出す。風呂に入ってからビールという順番で行きたかったのだが、体がアルコールを欲していた。缶ビールを開けて、口元へ持って行こうとした瞬間に、インタフォンが鳴る。反射的に缶をガス台の上に置いた。一口呑んで酔っ払うこともあるまいが……署員が来たなら、完全に素面《しらふ》の状態で対応したかった。

署員ではなかった。東日の辻原――インタフォン越しで何とか済ませることにする。

「夜分にすみません」

「取材なら、副署長が応対しますよ」

「前島さんももう、引き上げたようなので」

「個別攻撃は困るなあ」

「ちょっと入れてもらえませんか？　ここで突っ立っていると目立つので」

そう言われると、放置しておくわけにはいかない。萩原は仕方なくドアを開けた。辻原がするりと玄関に入って来る。百七十センチ、六十五キロと見て取った。少し痩せ形、特に特徴もない顔立ちである。しかし、顔とは関係なく、しつこいタイプだと思い出した。

「夜遅く、申し訳ないです」

「中には入れないよ。昨日引っ越して来たばかりで、まだ散らかってるんだ」

「ああ、桜庭さんの後でしたね」

「鎌倉南署までカバーしてるんですか？」全国紙の警察《サツ》キャップと言えば、本部の記者室にどっしり構えて、指示を飛ばすだけだと思っていた。

「桜庭さんが赴任した時、記事にしましたよ」

「なるほど」

「残念でしたね、まだお若いのに。現職の署長が亡くなるなんて、私は初めて見ましたよ」

「まったく残念でした」

こいつは何か知っている――そうでなくても疑っているのだろうかと萩原は訝った。ちょっとしたことに引っかかり、突っこんでくるのが新聞記者というものだし。それに辻原は、妙に粘っこいタイプだったと思い出した。捜査一課の課長補佐となれば、何かと記者と接触する機会も多かった。

「捜査の進捗状況ですけど……ちょっとゆっくりしてませんか」

桜庭の話を続けるつもりはないようで、辻原がいきなり本題に入る。ということは、桜庭の死について疑念を抱いているわけではないのだ、と萩原は判断した。

「そんなこともないでしょう。今のところ、捜査は順調だと思いますよ」

「普通、一日経てば、被害者の人となりなんか丸裸になると思いますけどね」

「いやいや……そう簡単にはいかないでしょう」

「鬱状態だったという話がありますけど」

「ほう」萩原はさりげなく相槌《あいづち》を打った。初めて聞く話だ。夜の捜査会議でも、まったく出ていない。「それは、東日さんの聞き込みの成果ですか」

「まあ、うちも一日遊んでいたわけではないので」辻原が耳を擦った。「最近の話じゃないですよ」

「というと……」

「教員を辞めた時。要するに、病気で辞めたようなものらしいです」

「なるほど」

「何かあったんですかね?」

「どうかな。私は何も聞いていないけど」これは決して嘘ではない。新聞記者に対する情報提供の窓口は絞るべきだが、もし話さざるを得なくなってしまった時には、できるだけ嘘をつかずに済ませたい。そしてできれば、逆に情報を引き出さないと。

「署長が聞いてないなんてことがあるんですか？」辻原が目を見開いた。

「捜査本部は大事だけど、署長の仕事はそれだけじゃないんでねえ。ご存じの通り、ほとんどが雑務なんですよ」

「とはいえ、署長ですからね。一国一城の主《あるじ》でしょう？」

「いやいや……」萩原は苦笑しながら言葉を濁した。

「萩原さんは、さすがのスピード出世ですよね」

辻原が持ち上げにかかった。こいつ、こんなに露骨なタイプだったのだろうか、と萩原は心の中で首を捻った。

「署長職は、私には大役ですけどね」

「萩原さんなら、ちゃんとこなすでしょう」

「記者さんに査定されるとは、怖いですね」

皮肉を飛ばすと、辻原の耳が少しだけ赤くなった。しかしすぐに、気を取り直したようにはっきりした声で続ける。

「でも、鬱状態だったということと、今回の事件については、結びつかないでしょうね」

「古い話なら、ね」

「しかし、結構大変な人生だったんじゃないですかね。病気で、まだ四十代で仕事を辞めざるを得なかったとしたら、その後の人生をどう生きていくか、悩ましいところでしょう」

「病気には気をつけないと、ねえ」適当に相槌を打ちながら、萩原はふと先ほどの会見の様子を思い出した。「そう言えばあなた、ネット関係のトラブルがどうのこうの、言ってましたね」

「ええ」

「何か掴んだ？」

「そういうわけじゃないんですけど、最近はこの手の事件があると、真っ先にそれを考えますよ。現実の世界だけじゃなくて、ネットの世界にも社交生活があるわけですから。それはリアルの世界とはまったく関係なくて、家族も知らないトラブルに巻きこまれていることもありますからね」

「確かにね。でも、この件については、何も情報はないですよ」

実は先ほどの捜査会議で、仲本が激怒していた。辻原が言う通り、ネットでのトラブルは真っ先に考えておくべきだったのだが、誰もそれをチェックしていなかったのだ。今晩、捜査会議が終わった後も、何人かの刑事が居座って、調査を続けている。ブログやSNS……人は実生活だけではなく、ネットにも様々な痕跡を残している。しかも、本名とはまったく別の名前を使っていたりするので、発覚が遅れることもあるのだ。まずは、フェイスブックからチェックしているだろう。あそこは実名だから、掴まえやすい。

「どうなんですかねえ。五十二歳ぐらいの人って、ネットにはまっているかどうか、微妙な年齢だし」

「私は全然はまってませんよ」

「署長は五十歳にもなっていないし、警察官はブログやツイッターも禁止でしょう」

「警察官は頭が悪いから、つい余計な情報を漏らしてしまうことがあるからね」萩原は自虐的なジョークを吐いた。しかし……要するにそういう理由で、SNSの使用が禁止されているのは事実である。

「一概に禁止するのはどうかと思いますけどね。うちもそうなんですけど、マスコミの人間が自由に情報発信できないのは、どうなんでしょう」

「それは、そちらの都合なので、私には何とも言えませんね」愚痴を零《こぼ》しに来ただけか、と萩原は首を捻った。

「いずれにせよ、五十歳過ぎでも、ネットにはまってトラブルになっている人はいるでしょう」

「一般的にはね」

「これは一般的なケースなんですか?」

「それはちょっと……禅問答的になってきましたね。いずれにせよ、現段階では話すことは特にないですよ」

「そうですか……何か、嫌な予感がするんですよねえ」

「と言うと?」

「時間がかかりそうじゃないですか」

「事件記者としての勘ですか?」大した経験も積んでいないはずなのに、と思いながら萩原は訊ねた。

「勘と経験ですかね」

辻原がまた耳を擦った。癖なのだろうが、何だか気にかかる。そっちの言うことを信用していない……とでもアピールするような感じ。

「発生二日目でそういうことを言われると、縁起が悪いですね。他の人たちの前では、絶対に言わないようにして下さいよ」

「その辺は心得てますよ」

しかし俺には平気で言うわけか……結局は気が利かない男なのだな、と萩原は心の中で鼻を鳴らした。

「とにかく、捜査本部は一生懸命やってますから。もう少し温かく見守って欲しいですね」

「それは当然ですよ」

「で？　明日の東日さんの朝刊を見て、私が気絶するようなことはないですか？」

「そんな材料があったら、わざわざここへは来ませんよ」

「残念ですけど、無駄足になりましたね」

辻原が肩をすくめる。皮肉っぽい態度は、いかにもすれっからしの記者という感じだった。

「いずれにせよ、官舎への夜回りは勘弁して欲しいですね。ここは常に、チェックされているので」

「防犯カメラで記録しているんですか？」

「もちろん。だから情報漏れでもあったら、真っ先に私が疑われるので」

「そうならないように気をつけますよ」

辻原は、あっさり去って行った。特にネタを求めていたわけではないのだろう、と判断する。そして、明日の朝刊を飾る特ダネを持っていたわけでもないようだ。もしもそうなら、もっとはっきりと疑問をぶつけてきただろうし。

いずれにせよ、新聞記者には要注意だな、と考えながら戸締りを確認する。いつの間にか、風呂のお湯は溢れそうになっていた。

ゆっくりと湯につかりながら、ネットでの交友関係のことを考える。ここは、できるだけ早く潰しておかねばならない部分だ。そんなことは、仲本は重々承知しているだろうが、明日、もう一度話してみよう。署長が口出しすることではないかもしれないが、漏れがあってはいけない。

署内の事情を調べるよりは、殺しの捜査を考える方がよほど楽だな、と思った。次々とアイディアが浮かんでくるのだから。

3

「いいか、ここは絶対に負けてはいけないところだ！」

雄叫《おたけ》びのような声が刑事課から漏れてきて、萩原は一瞬ぎょっとして廊下で足を停めた。気合いを入れるのはいいことだが、この声は尋常ではない――声を上げたのが徳本なのはすぐに分かったが、彼はふだん部下の前では、あまり声を荒らげるようなことはしないのだ。もっと陰湿に、ねちねちと言葉をぶつける。

萩原はつい立ち止まり、壁に背中を預けた。ドアは開け放されたままで、部屋の中でのやりとりははっきり聞こえてくる。

「――分かってると思うが、ここには俺たちのプライドがかかっている。本部の刑事たちには絶対に負けるな。俺たちが先に犯人に辿り着く！」

「おお！」と鬨《とき》の声が上がる。これも異常だ……朝の捜査会議は終わったばかり。それなのに何故、鎌倉南署の刑事課だけが集まっているのか。

萩原は刑事課の前から離れた。立ち聞きしていたと知られたら変な目で見られるので、トイレの近くに行って動きを見守ることにした——すぐに、刑事たちがぞろぞろと部屋から出て来る。これから聞き込みなどの捜査に出かけるわけだ。しかし北川だけは、階段へ向かわず、トイレに向かって走って来る。萩原に気づいて急いで頭を下げた。声をかけようと思ったが、トイレを急いでいるようだったので、取り敢えずスルーし、二十数えた後でトイレに入った。

用を終えた北川が、呑気な顔で手を洗っている。

「ちょっといいか」

「あ……はい」慌てて北川が振り向く。急ぎ過ぎたのか、洗面台の水が跳ねて彼のズボンを濡らした。

「刑事課で何の話をしてたんだ？」

「課長がちょっと気合いを入れていただけですけど」

「そういうのは、捜査会議で本部の担当者がきっちりやるだろう」実際萩原も、つい先ほどまで行われていた捜査会議で、石屋が気合いを入れたのを直《じか》に見ている。石屋特有の、皮肉めいたねちっこい言い方ではあったが。「その後で、わざわざ課員を集めたんだよな」

「ええ」

「何か変だと思わなかったか？」

「いや……」北川がまだ水が流れているのに気づき、慌てて蛇口を閉めた。両手を振って水を切り、ズボンに右手を突っこんでハンカチを取り出す。「そう言えば、こういうのはないですね」

「徳本さん、何だって？」

「鎌倉南署の刑事課として、恥をかくわけにはいかないって……確かに、わざわざ言うこともない話ですね」

本部暮らしが長かった北川は、それがいかに奇妙なことか、すぐに気づいたようだった。捜査本部が立てば、本部の刑事と所轄の刑事は一致団結して捜査に当たる。本部だから、所轄だからという違いなどなくなるのだ。

「鎌倉南署が独自に打ち合わせするような事情はあるのか？」

「どうなんでしょう。確かに、ちょっとおかしいですね」

「他の連中はそれで納得してたのか？」

「そうみたいですけど……こっちも合わせるしかないでしょう？　さっさと解決しようっていうのは、別に悪い話ではないし」

萩原は顎を撫でた。悪い話ではないが、おかしな話だ。徳本がわざわざ部下を集めたのには、絶対に理由があるはずである。

「ちょっと探りを入れてくれ」

「俺がですか？」北川が自分の鼻を指差した。

「お前以外の課員は、徳本さんの話に納得したんだろう？　つまり……お前が異動してくる前に何かあったからじゃないか」

「その話ですか」北川の顔が歪む。

「だいたいお前には、情報を探るようにお願いしたよな。保土ケ谷のイタリアンレストランで、奢ってやっただろう」

「分かってますよ……でも、こういうのはやりにくいんです。一緒に働いてる仲間ですからね」

「そこを何とか頼む。どうも動きが妙だ」

「妙って……」心配そうに北川が言った。

「お前だって、妙だと思うだろう」萩原は念押しした。「そう思うんなら、プッシュしてくれ。謎を謎のままにしておくのはよくないぞ」

「そうなんですけど……あ」

北川が間抜けな声を上げたので、萩原は振り向いた。間の悪いことに、ちょうど徳本がトイレに入って来るところだった。一瞬怪訝そうな表情を浮かべた徳本だが、すかさず一礼する。萩原も礼を返して、徳本とすれ違うようにしてトイレを出た。北川はまだ出てこない。何か徳本が小声で言うのが聞こえてきて……北川には申し訳ないことをしたと思う。「署長と何を話していた」と徳本に厳しく追及されているかもしれない。だがここは、何とか一人で乗り切ってくれ。それぐらいの能力がないと、刑事としてはやっていけないのだから。


捜査は進展しないままに長引き始めた。

事件発生から一週間、日曜日にもかかわらず、萩原は朝から署に来ていた。実はこの一週間、何度か新聞記者が官舎に訪ねて来て、毎回追い返すのに苦労していたのである。その都度、副署長の前島には報告していた。どこの社の何という記者が訪ねて来て、こういう質問をしていった——そんなことをいちいち言う必要はないのだが、あらぬ誤解を受けないためである。「自分は何も喋っていない」と、一種のアリバイ工作をするわけだ。疑われる前に、自分から種明かしをしてしまうのも処世術である。

その中で一件だけ、逆に役立ちそうな情報があった。東日新聞の辻原が言った、「鬱状態だった」という情報。捜査本部ではこの情報に着目して、被害者の石村貴志の周辺を洗い始めた。その結果確かに、石村が鬱に陥り、それが原因で教師を辞めていたことが判明した。

報告書ではなく、萩原は自分なりに作ったメモを読み返していた。捜査会議には欠かさず出るようにして、生の情報を自分でも記録しておいたのである。

それによると石村は、二十四歳で教員に採用された後、県内各地の中学校を回った。最後に在籍していた学校で鬱状態に陥ったようだが、その原因がまだ分からない。仕事では特に悩んでいた様子はなく、家族の仲も良好。しかし教員を辞めると同時に、妻は家を出てしまっていた。精神的に参ってしまった夫を支えるのを嫌がったのだろうか……だとしたらあまりにも不人情だと思ったが、夫婦には夫婦にしか分からない事情がある。

妻——離婚が成立して、既に「元妻」だった——に対する事情聴取は、既に行われていた。

「以前から夫婦仲はよくなかった」

「鬱になってから、支えていくのが辛《つら》くなった」

「夫も『無理して欲しくない』と言った」

彼女の証言をじっくりと考える。この言い分に不自然な点はない。夫婦仲が冷えていれば、面倒など見たくないと考えるのは当然かもしれない。妻も小学校の先生をしていたというから、自分一人で生活していく分には困らなかっただろう。娘が一人いたが、もう就職して自活していたのも、離婚を進める要因になったはずだ。

しばしばする目に目薬をさしてから、萩原はさらにメモを読み進めた。

「離婚してからは二、三度しか会っていない」

「引っ越ししたのは知らなかった。連絡もなかった。どうして引っ越したかは分からない」

「人に恨みを買うような人だとは思えないが、離婚した後のことまでは分からない」

もどかしい……自分で直にこの妻を調べてみたい、と萩原は思った。証言は、言葉通りに捉えていいものではないのだ。相手の口調、顔色——そういう要素も加味しないと、本当の意味は分からない。しかし、今更自分が乗り出すわけにはいかないのだ。そういう意味で、署長というのは本当に制約の多い仕事である。石村の元妻に事情聴取した刑事に直接話を聴いて感触を掴む方法もあるが、それも許されない。捜査はあくまで、捜査本部主体で行われるべきなのだ。署長は捜査本部の責任者ではあるが、それは建前に過ぎない。

隔靴掻痒《かっかそうよう》とはこのことか……刑事たちは頑張って捜査を続けていると信じていたが、自分では何ともできない以上、あれこれ想像してしまう。会うべき人間を逃しているのではないか。事情聴取で肝心なことを聴きそびれているのではないか。

細かいことには囚《とら》われないべきかもしれないが、自分の性格ではそれは無理だと分かっていた。かといって、動きようがない。前署長の死についての調査も棚上げになっている。これでは、何一つ仕事を果たしていない感じではないか、と萩原は鬱々たる気分になった。

気になるのは徳本の動きだ。その後も徳本は、課員たちだけを集めて、何度か発破をかけたようである。その都度北川が報告してくれたが、徳本がどうしてそんなに気合いを入れているのかは、依然として分からないままである。

「自分だけが取り残されたような感じです」と北川が泣きついてきた。他の人間は全て事情を分かっているのに、自分には知らされていない感じ……それこそが怪しいのだが、追及できる材料もない。

様々な出来事が、萩原にダメージを与える。

日曜日なので、捜査会議は早めの午後六時に設定されていた。次第に刑事たちからの報告も少なくなり、会議には熱が入らない。石屋はそういう雰囲気を敏感に見抜いたのか、会議を早めに打ち切った。皮肉っぽい男だが、無能ではない。だらだらと長引く会議に意味がないことぐらいは、よく分かっているのだ。

「何も今日、出てこなくてもよかったのに」会議が終わると、石屋が声をかけてきた。「わざわざご苦労さんですな」

「官舎にいると、記者連中が来るんですよ」

「だったら、自宅に帰ってればいいだろう」

それはそうなのだが、なぜか保土ケ谷の自宅に帰る気にはなれなかった。官舎は古く、住み心地がいいとは言えないのだが……何も明らかにしていない状況で家に帰るのは、後ろめたい感じがしていた。

「ちょっと手詰まりの状況ですか」萩原は思い切って言ってみた。

「そういうこともある」石屋の頬が引き攣った。「捜査には、こういう風に動きがなくなるタイミングもあるんだ」

「そうですね……」萩原は密かに悔いた。この状況を一番悔しがっているのは、間違いなく石屋である。現場責任者として、一刻も早い犯人逮捕だけを望んでいるはずだ。

「まあ、何とかする」

「方針は?」

石屋がぎろりと睨む。「そういうことは専門家に任せておけ」と言い捨て、さっさと行ってしまった。やはりこの男とは気が合わない――苦笑しながら、萩原は会議室を出た。そのまま官舎に戻ってもよかったのだが、そうするとまた、記者連中に掴まる恐れがある。少しどこかで時間を潰そう。ゆっくり夕飯を摂って……それがいい。しかし記者連中も、どうして自分のところに来るのだろう。夜回りをかけるなら、一課長の仲本を相手にした方がよほどいいだろうに。もちろん、口の硬い仲本が、簡単に捜査の秘密を漏らすはずもないが。要するに手詰まりになって、仕方なく自分を訪ねて来るわけか。まったく時間の無駄だ。

裏口からこっそりと出て、鎌倉駅の方へ歩いていく。散歩にはちょうどいい気候で、歩いているうちに体と気持ちが解《ほぐ》れてきた。面倒なことがなければ、鎌倉南署での仕事は悪くないのだが、とつくづく思う。街自体は観光客を抱えてざわざわしているが、住民は穏やかな人が多く、事件は少ないのだ。しかし今、自分はそういう役得を楽しむことはできない。

さて、一人の夕飯をどうするか。小町通りに行けば店はいくらでもあるのだが、日曜日の夜に一人で食事をするのは何となく気が進まない。

少し考えた末、駅の西側にある中華料理屋に入ることにした。本当は一人で入るような店ではなく、大勢で卓を囲むのが似合う高級店なのだが、この際仕方がない。幸い、二人がけのテーブル席が少しだけ空いていて、座ることができた。

この店には来たことがあったか……記憶がない。萩原の実家では滅多に外食することがなかったし、仮にするにしても、こんな高級な店に来ることはなかった。コースを頼んで紹興酒でも呑んだら、一人当たり一万円ぐらいは飛んでしまいそうな店なのである。メニューを吟味して、一人でも何とか食べられる組み合わせを探す。担々麺《たんたんめん》……これがいい。これにライス──辛味を中和する役目もある──と春巻をつけ合わせよう。少し食べ過ぎの感もあるが、このところ食生活が貧しかったから、たまには腹が苦しくなるほど食べるのもいい。その代わり、今夜はビールはなし。お茶で我慢して、多少カロリーコントロールしたことにしよう。

出てきた温かいお茶を飲みながら、何気なく店内を見渡す。日曜日とあって、やはり地元の人はほとんどいないようだ。鎌倉まで遊びに来てわざわざチェーン店の中華というのもどうかと思うが、実は「鎌倉らしい食べ物」というのはすぐには思い浮かばない。食べる店はいくらでもあるのだが、「これは」という名物がないのだ。「しらす」と言う人もいるが、あれは鎌倉だけではなく湘南全体の名物である。

混んでいるにもかかわらず、料理はすぐに出てきた。中華はこれだから助かるなと思いながら、まず担々麺に手をつける。オレンジ色の汁は少なめ。ひき肉が大量に麺の上に載り、さらに白髪ねぎとパクチー……パクチーは苦手なので、早めに片づけてしまおう。さっさと口に入れて、独特の臭みが広がらないうちに飲みこむ。

そこで、自分を見ている視線にふと気づいた。顔を上げると、入り口近くのレジのところで固まっている夏美を見つける。多分、一人でたまたま立ち寄ったのだろう。そこで萩原を見つけて、入るかどうしようか迷っている。萩原は彼女に向かってうなずきかけ、手招きした。それで再起動したように、夏美が歩き出したが、動きはどこかギクシャクしている。

「食事？」傍《そば》に立った夏美に訊ねる。

「はい、一人なので……」

「たまにはいい店で贅沢《ぜいたく》しようと？」

「そんな感じです」夏美は何とか笑みを浮かべようとしたようだが、表情は硬いままだった。

「座れば？　せっかくだから一緒に食べよう」これは萩原にとっては好機だ。署にいると、なかなか夏美と話す機会がない。

「でも……」遠慮がちに言って、夏美が顔を背ける。

「部下と飯を食うのも、大事な仕事なんだけどね」萩原はできるだけさりげない風を装って言った。

「それに、俺と一緒なら一食浮くよ」

「そんなつもりじゃありません」答える夏美の声は引き攣りそうだった。

「たまたまラッキーだったと思えばいいんじゃないかな。気にしないで」

ようやく夏美が、向かいに腰を下ろした。メニューをさっと見て、すぐに手を上げて店員を呼ぶ。

「決めるの、早くないか？」

「ここで食べるものは決まっているんです」すぐにやって来た店員に、五目中華丼を注文する。

「そんなによく来るのか？」

「それほど気楽に来られるお店じゃないですけど……これが一番安いので」

「よかったら、前菜代わりに春巻でも」

萩原は春巻の載った小皿を彼女の方に押したが、夏美は首を横に振るだけだった。会話が弾みそうな気配はなく、萩原は取り敢えず自分の食事に専念することにした。しかし……失敗だったと悔いる。担々麺はスープにコクがあって美味いのだが、辛味も相当なものである。食べている途中から汗が噴き出し始め、何度も額の汗をおしぼりで拭わねばならなかった。小さな器に入った白米を時々食べても、辛味は引いてくれない。これでは単に食べ過ぎなだけだと思ったが、始めてしまった食事を途中でやめるわけにはいかない。

途中で夏美の中華丼がきたので、萩原は食べるペースをさらに落とした。どうも辛いものは、食べるスピードが上がる効果があるらしく、丼の中はかなり少なくなってしまっていたが。

夏美が黙々と食べ始める。何というか……タフな食べ方だ。萩原が知っている女性刑事は、皆よく食べる。警察は未だに男社会であり、そこで男に負けずに働くためには、まずしっかり食べること、とでも思っているのかもしれない。見ていて気持ちいいのは間違いなかった。

ペースを落として担々麺を食べたせいか、汗は出なくなっていた。萩原が食べ終えてからしばらくして、夏美も器を空にする。

「本部の方は、どんな具合かな」萩原はやんわりと切り出した。「捜査本部」と言わないのは、他人の耳を気にしてのことである。

「普通……でしょうか。これが初めての本部なので、よく分かりませんけど」

「全体の流れとか」

「それは、私のように末端の人間にはよく分かりませんね。単なる駒ですからね」

萩原は店員を呼んで水を貰った。お茶はまだ残っているが、さすがに担々麺の後だと熱いお茶はきつい。

「今は？　何を割り振られている？」

「奥さんに会いました」

「ああ……」萩原は思わず顔を歪めた。一番難しい仕事である。被害者遺族に面会するのも大変だが、石村の場合、「別れた妻」である。離婚の時に冷え切った関係だったのは明らかで、それから数年後、元夫が殺されたことをどう捉えているのだろう。「どんな様子だった？」

「どう反応していいのか、本人も悩んでいる感じでした」

「それは何となく分かるな」萩原はうなずいた。「愛憎相半ば……そんな感じだろう？　死んでざまあみろとは思わないだろうけど、自分でも感情の整理ができないんじゃないかな」

「そんな感じです」夏美がお茶を一口飲んだ。そこで水が運ばれてきたので、二人とも水に切り替える。「何だか……すごくやりにくかったです。私は横でメモを取っていただけですけど」

「誰と一緒に行った？」

「本部の沢宮《さわみや》さん」

「ああ、あいつか。話が細かかっただろう」沢宮は、捜査一課の中でも一番神経質と言われる男である。メモはまるでパソコンで打ったようにきちんとした字で整然としていて、帰宅時にはデスクの上に電話しか載っておらず、塵《ちり》一つ残さない。普段の生活ぶりは取り調べや聞き込みにも表れ、とにかく仕事が細かいという評判だ。

「それで向こうが参っちゃった感じもあるんですけど、ああいうのはどうなんですかね」

「一度覚えたやり方は、なかなか変えられないんだ。あいつの報告書、人の二倍ぐらいになるしな……まあ、全面的に参考にする必要はないけど、あの几帳面《きちようめん》さは少しは見習っておいた方がいい」

「そうですか……」夏美が溜息《ためいき》をついた。

「ところで、石村さんは何で調子を崩したんですか」

「それが、奥さん――元奥さんにもよく分からないみたいなんです」

「奥さんにも打ち明けていなかったのか？」萩原は目を見開いた。

「ええ。自分で抱えこんでしまって、それでさらに落ちこんでという悪循環に陥っていたみたいです」

「心当たりもない？」

「一つだけ、そうかもしれないと思うことがあったそうですけど……」夏美が周囲をさっと見回し、声を潜めた。「署長、ご存じないんですか？」

「会議でも出てなかったんじゃないかな」萩原は首を傾げた。結構詳細にメモは取る方なのだが、書いた記憶がない。

「はっきりした話ではないので、報告しなかったんです」

「そういうことか……」勝手に判断すべきではないのだが。掴んだ事実は百パーセント報告するのが、現場の刑事の仕事である。それを取捨選択するのは、幹部の責任だ。「沢宮が判断したんだな？」

「ええ」

「それは、あいつの悪い癖だな」沢宮は、自分の能力を過信している節がある。今までも、掴んだ事実を腹に抱えこんでしまったことが何度かあった。後で独自に裏づけ捜査をし、捜査会議で幹部を驚かすために、「実は」と発表する。幹部の受けを狙ったやり方は、あまり褒められたものではない。今回も、この件の裏に何か重要な事実が隠れているとでも判断したのだろうか。

「弟さんが亡くなったそうです……亡くなったらしいです」

「弟？」家族関係はきっちり調べたが、石村に弟がいるという話は初耳だった。両親は既に他界。他の身内は姉がいるだけで、それも埼玉在住、普段はほとんど行き来がなかったという。独立している娘とも、離婚後は疎遠になっているようだった。

「はっきりしない話なんですが」

「弟がいるなんて、聞いていないぞ」

「それが、奥さんもはっきり知らないんです」

「そんな馬鹿な話があるのか？」萩原は両手を広げた。大袈裟《おおげさ》なジェスチャーだったと気づき、慌てて腕を閉じる。前屈みになって声を潜め、「弟の存在を知らないなんて、夫婦の間であり得るか？そもそもこっちでも弟の存在を掴んでいないなんて、考えられない」と続ける。

「そうですよね」夏美も首を捻る。「一番最初に引っかかってきそうな情報ですけど」

「沢宮は何と言ってる？」

「少し調べてみる、と。私には手を出さないでいいと仰《おつしや》ってました」

「しょうがない奴だな」また手柄を独り占めしようとしているわけか。沢宮の手柄にはなるかもしれないが、捜査は遅滞をきたす。問題とは言わないが、この件は何とかしなければ。署長権限で、すぐに調べ上げるようにしよう。沢宮と夏美に担当させてもいい。

「黙ってろ、とも言われたんですが……」

「君も嘘をつけない性格だな」

夏美が黙ってうなずく。耳は赤くなっていた。

「その正直さで、気になっていることがあるなら話してくれるといいんだけど」萩原はテーブルの上に身を乗り出し、囁《ささや》いた。

「それは……」

「いったい何を――誰を気にしているんだ？　悩んでいるなら、思い切って話した方がいい。話さないことで、後々問題になるかもしれないんだから。何より君自身、すっきりしないんじゃないか」

「それは……そうかもしれませんけど」

そこは認めるわけだ。脈ありだな、と考えて萩原はさらに厳しく突っこんだ。

「君のやり方はあまり上手くない。中途半端な情報を流しただけで、後は口をつぐんでしまう……そういう容疑者と対峙《たいじ》することを考えたらどうだろう。調べる方としてはやりにくくて仕方ないんじゃないか」

「私は容疑者じゃありません」小声だが、憤然とした口調で夏美が言った。

「……失礼。しかし、君は失敗したかもしれないね」

「失敗？」

「言うべきかどうか、気持ちが固まっていない状況で、情報を小出しにすべきではなかった。言うなら言う、言わないなら言わない。気持ちを固めないと……でも、迷うほど難しい問題なんだろう？」

「……はい」小声で夏美が認めた。

「そろそろ話してくれてもいいと思う。正直、気になって仕事も手につかないよ」萩原は大袈裟に言った。

「まだ話せない？」

「すみません」肩をすぼめるようにして夏美が謝った。「でも……」

「すみません」繰り返して頭を下げる。「私にも立場がありますし」

「仕事上の立場が危うくなるような情報なんだな？」

一瞬、夏美が唇を噛《か》み締める。そのまま素早くうなずいた。そんなにまずい話なのか、と萩原は警戒した。一つ、気になっていた状況を話し出す。

「課長が、えらく気合いを入れているようだね。本部の会議でも十分言われていると思うけど、それ以外にも。こういうのは異例なんだ」

「そうなんですか？」

「こういう一件では、本部と出先は常に一緒に動く。我々だけ気合いを入れるのは筋が違うんだ。うちにとってだけの大問題というわけではないんだから。本部全体の仕事なんだよ」

「ええ……でも、こんなものかと思っていました」

「どうしてうちの人間だけ特別なんだろう？　もしかしたら、君の喋れない事情と関係しているのか？」

「……察して下さい」消え入りそうな声で夏美が言った。

「そういうのは、我々のやり方では駄目なんだけどな。言うべきことは、誰に対してもはっきり言う――」

「失礼します」夏美がいきなり立ち上がった。ほとんど走るようにして店を出て行く。

かなり厳しいポイントを突いたようだ。しかしまだ、具体的に推測できるほどでもない。萩原はむしろ、混乱の中に落ちこんでいた。


翌月曜日、朝の捜査会議が終わったところで、萩原は石屋に面会を求めた。石屋は忙しそうで、露骨に面倒臭がっていたが、萩原が「石村の家族の関係で」と言うといきなり食いついてきた。

刑事たちがいなくなった会議室で二人きり。徳本がいないのは幸いだったな、と萩原は安心した。あの男の最近の態度はますます怪しく、絶対に油断はできない。

「弟がいたらしいんです」

「何だ、それは」石屋が目を見開いた。「そんな話はまったく聞いてない」

萩原は、昨夜夏美から聞いた事情を説明した。石屋の顔が次第に険しくなる……が、萩原が話し終えると、怪訝そうな表情になった。

「ところで、署長さんがどうしてそんなことを知ってるんだ？　まさか、空いている時間に一人で聞き込みでもしてるんじゃないだろうな」

「まさか」

「誰かが隠していたのか？」

「そこは、まあ……いいじゃないですか」

「沢宮だろう」石屋がずばり指摘した。「奴は無意味な秘密主義だからな。いつもこそこそしやがって、ろくなもんじゃない。隠している情報だって、いつも大したものじゃないのに……沢宮から聞いたのか？」

石屋がそう疑うのも不自然ではない。萩原と沢宮は捜査一課時代の同僚で顔見知りなわけだから。

「そうじゃなければ、所轄の刑事を叩いたのか？」萩原が何も言わないので、石屋がさらに突っこんだ。

「誰も叩いてませんよ」萩原は苦笑した。

「捜査本部ルートとは別に、署長にはぺらぺら喋る奴がいるってことか？　さすが、署長の権力は絶大だな」

「そういうわけじゃありません……情報源は明かせませんけど、調べてみる価値はあるんじゃないですか？　弟さんがいて、その人が亡くなったのが、鬱状態に陥る原因だったとしたら――」

「事件には直接関係ない」石屋が釘を刺した。

「だったら無視しますか？」

「いや」石屋が唇を舐めた。「まだ被害者を丸裸にできてなかったんだから、それはこっちのミスでもある。一番最初にやらなければいけないことなのに」

「だったらやりましょう。石村さんという人を丸裸にしないと」

「沢宮にはやらせない方がいいんだろう？」石屋が探りを入れてきた。

「それを判断するのは石屋係長だと思いますがね」

「掴んできた情報を隠すような人間には、美味《おい》しい仕事は与えない方がいい……そう思うだろう?」

「沢宮が持ってきた情報かどうか、私は言ってませんよ」

「まあ、何とでも言ってくれ。沢宮には少し、痛い思いを味わってもらおう」

萩原は肩をすくめるだけだった。石屋はやはり、厳しい男である。しかもその厳しさが少し陰湿だ。ミスを犯した部下に対し、直接大声で怒鳴り上げるようなことはしない。黙って冷たい目で見て、ミスした本人が忘れた頃に、ねちねちと虐《いじ》め始めるのだ。上品なやり方とは言えないが、これが石屋流の「教育」でもあるのだろう。

「この件はお任せしますよ」萩原は軽く一礼した。「私が言ったことは、内密で……」

「当たり前だろうが」石屋が吐き捨てた。「署長に出し抜かれたとなったら、捜査本部の面目丸潰れだ」

「私も一応、捜査本部のメンバーなんですけどね」

「メンバーじゃなくて本部長だろうが」石屋がすかさず訂正した。「最高責任者だ。だからますます、刑事たちからすれば、後ろめたいだろうな」

「別に、連中にそういう気分を味わわせたいわけじゃないですから。捜査が少しでも進めば、嬉《うれ》しい限りですよ」

「官僚答弁だな」石屋が渋い表情を浮かべた。

「官僚みたいなものですから」

もう一度頭を下げ、萩原は会議室を出た。何となく肩の荷が下りたような、下りていないような……ゆっくりと両肩を回してみたが、奇妙な凝りは解れなかった。

事態は急速に動いた。元々、それほど難しくはない問題である。埼玉在住の石村の姉に話を聞いたところ、彼の複雑な家族の事情がすぐに明らかになった。

石屋がこの調査を担当させたのは、沢宮と夏美のコンビではなかった。本部の刑事と北川の組み合わせ。北川を選んだのは、彼が本部にいる頃、まさに石屋の係の刑事だったからだろう。何年も一緒に仕事をした、信頼できる部下。それを聞いた時、石屋も鎌倉南署の動きに疑念を抱いているのでは、と萩原は想像した。もしかしたらこの件についても、石屋と話し合っておくべきかもしれない。もちろん石屋は、萩原が桜庭署長の死の真相を探るために鎌倉南署に送りこまれてきたことは知らないのだが、薄々感づいている可能性もある。

半日の捜査で、「石村の弟」に関する情報は集まった。ただし石屋は、この情報を捜査会議で報告しないことにした……理由は分からないが、沢宮に罰を与えることにしたのかもしれない。代わりに、捜査会議の前に北川たちと萩原を集め、内密で情報を確認する。

「離婚です」北川があっさり結論を出した。

「離婚？」

「石村の両親は離婚しています。子どもは石村を含めて三人。長女と石村は母親が、次男は父親が引き取っています」

「ちょっと待てよ。石村の両親が離婚したのは何年前だ」

「もう四十年以上前ですね」北川が手帳に視線を落とした。

「正確には？」

「四十五年前」

「石村が七歳の頃か」

「姉が十歳ですね。弟は、四歳でした」

「なるほど」

石屋が、傍のメモ帳を引き寄せ、簡単な家系図を書き始めた。それほど難しいものではない……石村と弟の名前を繋《つな》いでいた線にバツ印をつけ、石屋がそこに何回もボールペンの先を叩きつけた。

「この弟が死んだ、というのか」

「そうらしいんですが、すみません、そこはまだ裏が取れていません」北川がすばやく頭を下げた。

「何だ、だらしないな」石屋がすかさず非難する。「それぐらい、さっさと調べてこい」

「石村の姉は、この弟……二番目の弟のことは全く知らないんです。母親が再婚後は、会うことを禁じられていたようで」

「相当ひどい離婚だったのか」

「今で言えばDVだったと、母親から聞かされていたようです。母親にすれば、子どもは絶対に父親に会わせたくなかったようですね」

「しかし、弟——次男は父親が引き取っていったんだろう?」

「経済的な理由もあったようです」説明する北川の顔が暗くなる。「両親や親戚が頼れない状態で、母親は子ども二人で手一杯だったようですね。それに夫の方が、どうしても一人は寄越せと主張して、離婚調停は大揉《も》めになったらしいです」

「悲惨な話だが……今の話が本当だったら、石村もずっと弟とは会ってなかったんじゃないのか」

石屋が突っこんだ。

「それが、姉の話によりますと、石村と弟には交流があったそうで……」

北川の説明は中途で切れた。調査不足、あるいは裏を取っていないということだろうと萩原は推測した。それはそうだ。午前中にいきなり指示されて、夕方までに全てを明らかにするのは不可能である。人に当たって話を聴き、複雑に絡んだ線を一本一本解していくには時間がかかる。

「親には秘密の関係か」石屋が突っこむ。

「そうかもしれません。兄弟仲はよかったんじゃないでしょうかね」

「気になるな」

石屋が顎を撫で、萩原をちらりと見た。意見を求めているのか、あるいは……萩原は黙ってうなずき返し、石屋の言葉を待った。

「もう少し突っこんでくれ」北川に指示を与える。

「殺しの捜査に直接関係あるとは思えませんが……」

石屋の指示に、北川が反論した。その瞬間、石屋の顔が真っ赤になり、怒りが爆発する。「いいから、さっさと動け！　明日一日だけ時間をやるから、それで何とかしろ！」と叫ぶように命じた。昔なら「ご無体な」という台詞が飛び出しそうな命令である。しかし北川は、唇を引き結んで何とか文句を呑みこんだようである。黙って頭を下げると立ち上がり、会議室を出て行った。

「まあまあ、上々の結果じゃないですか」萩原は部下を庇《かば》った。

「いや、まだ甘いな」石屋が首を横に振る。「俺だったら、今日は捜査本部に戻らずに、このまま弟のことを調べる。報告なんて電話でできるんだから、一歩でも前に進むべきなんだ」

「まあ、そうですが……取り敢えず前には進んでいるんだから、よしとしましょう」

「甘い署長さんだな」石屋が鼻を鳴らした。「とにかく、猶予は明日一日だ。いつまでも時間をかけているような案件じゃないから」

石屋が膝を叩いて立ち上がり、さっさと会議室を出て行った。一人取り残された萩原は、後で北川を労《ねぎら》っておこう、と心に決めた。本部の厳しい係長に傷つけられた所轄の刑事を慰めるのは、まさに署長の仕事ではないか。


この日の捜査会議には、仲本も顔を出していた。忙しい本部の一課長は、常に捜査本部に張りついているわけではない。本部での仕事もあるし、時折捜査本部に来て督励するのがいつものパターンだった。

事件発生から一週間以上が過ぎ、仲本は少し気合いを入れる必要を感じていたようだった。のっけから、大声を張り上げる。

「自分のやっていることを見直せ！　捜査が少し中だるみしている」

刑事たちの背中が、一斉にぴしりと伸びる。普段、仲本は声を荒らげるようなことはしないのだ。仲本が立ったまま、ゆっくりと刑事たちの顔を見回す。鋭い視線は、ベテランの刑事をもすくみ上がらせるに十分だった。しかしそこで、仲本は一気に声のトーンを落とした。

「事件発生から一週間は、肉体的にも精神的にも一番きつい時期だ。週末も潰れて、申し訳ないとは思っている。しかしここが踏ん張りどころなんだ。被害者を成仏させるためには、俺たちが頑張るしかない！」

萩原は改めて感心していた。さすがに、捜査一課長になる男は違うというか……短い演説で刑事たちの気持ちをリフレッシュさせ、次の一週間に向けてやる気を起こさせた。元々刑事というのは単純な人種であり、「お前を信頼している」とプライドをくすぐり、「被害者のために頑張ろう」と情に訴えれば、何度でも気持ちを奮い起こして立ち上がるものだ。

心なしか、今日の会議は活気に溢れたものになった。ただし、残念ながら「これは」という情報はない。実際に捜査は停滞気味だと認めざるを得なかった。

会議が終わり、立ち上がった刑事たちが一礼して出て行った後で、仲本が萩原に目配せした。石屋を挟んで座っていたので、立ち上がって近づく。

「軽く行くか？」仲本が口元に杯を持っていく真似《まね》をした。

「いいんですか？　ちょっと不謹慎じゃないですか」

「ハギよ、お前は気を張り過ぎだ。見ているだけで分かる。ここで少しだけ気を緩めておけ」

「緩めない方がいいと思いますけどねえ」

「緩急は大事だ」仲本が真顔で言った。「奢ってやる。ただし、安い店だぞ」

「鎌倉は割高ですよ」

「だったら、できるだけ安い店だ」

これは冗談ではなく、仲本の本音だと分かっている。仲本には四人の男の子がいて、一人はもう就職して独立しているが、残る三人は二人が私大生、一人が高校生である。稼いだ給料は、全部子どもに食い尽くされていると言っていいだろう。金の面では、萩原の方がよほど余裕があるはずだ。しかし、先輩の「奢る」には逆らえない。

「じゃあ、本当に軽く行きましょう」萩原は既に、店の見当をつけていた。小上がりのある店で、襖《ふすま》を閉めれば個室になる――既に九時だが、予約の電話を入れてみよう。「当てがありますから、予約してみますよ」

「地元だから、お前に任せる」

「では、十分後に裏の駐車場で……」

「車は使わないからな」

「分かってます。ちょっと署長室に寄りますから」

「ああ」

萩原は急いで階下に降りた。署長室の電話を使い、目当ての店に電話を入れて予約する。捜査一課長を待たせるわけにはいかないので、すぐに着替えて署長室を出た。当直の署員たちに挨拶をして、そのまま裏口に回った。仲本は既に、一人で待っていた。

「何だか、他の署員に申し訳ないですね」

「そんなことを言い出したら切りがない」

「課長連中とは、一回個別に呑んだんですけどね」夜の街に足を踏み出しながら、萩原は打ち明けた。

「個別の事情聴取か」

「ええ」

「しかし、上手くいってないと」

先回りして言われ、萩原は思わず苦笑した。知らぬうちに歩くスピードが速くなる。そう……気をつけないと、本来この署にいる役割を忘れてしまいそうになる。

五分ほど歩いて、二人は一軒家の地味な居酒屋に乗りこんだ。鎌倉駅と鎌倉南署の中間辺り。まだ署員の動向を完全には掴んでいないので、もしかしたら誰かと一緒になるかもしれないと思ったが、少なくとも先客はいなかった。小上がりの席に座り、注文を済ませて即座に襖を閉めてしまう。これでほとんど個室になった。よほど大きな声を上げない限り、外には聞こえないだろう。

二人はビールで喉を潤した。そろそろ、毎晩のビールが定番になる季節である。仲本がすかさず煙草《タバコ》に火を点けた。天井を向いて煙を吹き出し、満足そうな笑みを浮かべる。

「煙草、やめてたんじゃないんですか」主に家計の問題で。

「こういうのは、簡単にはやめられないんだよ」仲本が言い訳するように言った。

「財布に痛いでしょう」

「金のやりくりができないようじゃ、本部の課長はやっていられない」

「仕事の金と家の金は、使い方がまったく違うと思いますけどね」

「何とかなるもんだ」

仲本は次第に不機嫌になってきた。小遣いの問題では、いつも悩まされているのだろう、と萩原は同情した。

酒が進むに連れ、仲本はさらに不機嫌になっていった。やはり、捜査が思うように進んでいないのが不満な様子である。

「鎌倉南署の連中の動きが鈍いようだが」

「そうですか……指導力不足です。申し訳ありません」萩原は素直に頭を下げた。

「来たばかりのハギに指導力は期待してないけどな」仲本が鼻を鳴らした。

「実は……動きが鈍いと仰いますけど、本当にそうかどうかは分からないんです」

「どういうことだ？」仲本がグラス越しに萩原の顔を凝視した。

「前に指摘されていたように、こそこそやっています。捜査会議とは別に、課長が課員に気合いを入れているんですよ」

「どういうことだ？」仲本が急に真顔になった。

萩原は、捜査会議が終わった後で、徳本がしばしば課員を集めて活を入れていることを説明した。

「それは妙だ」仲本が断じる。「そんなことをする必要はないはずだ。これは鎌倉南署だけの問題じゃないんだから……それとも、何か事情があるのか？」

「それはまだ分かりませんが」夏美の台詞、「察して下さい」を思い出す。いかにも何か、裏の事情がありそうな……あの時、もう少し厳しく突っこめなかったことを悔いる。

「徳本の動きは怪し過ぎるな」

「しかし今のところ、まずいことをしているわけではないですよ」

「動きが鈍いだけでな……動きが鈍いのも、問題と言えば問題だ」

「刑事としては確かに……問題ですね」萩原も認めざるを得なかった。

「何を隠してるんだ、奴らは？」仲本が首を傾げる。「お前、もうちょっときっちり探りを入れてみないと駄目だぞ。自分の部下が何をやっているか、把握できないようじゃ、署長失格だ」

仲本にしては厳しい叱責だが、反論もできない。事実、彼の言う通りなのだ。萩原は無言で、ビールを呷《あお》った。空になったグラスに手酌でビールを注ぎ、泡が収まるのを待つ。

「観察するのは、お前の得意技だろう。怪しい動きがあれば、絶対に分かるはずだ」

「それは承知してます」

「だったら、絶対に見逃さないようにすることだな」

「せいぜい気をつけますよ」

それから先の酒は、苦いだけだった。何もできていない、中途半端な自分を意識するだけで……

明日からは、もう少しやり方を考えねばならない。

翌日の昼、萩原は徳本から食事に誘われた。警戒せざるを得なかったが、断る理由もない。以前二人で行った寿司《すし》屋に向かう途中は、当たり障りのない会話に終始するよう、気をつける。徳本の狙いが何なのかは分からないが、何か探りを入れようとしているのは間違いない。話をするには十分気をつける必要があり、歩きながら気軽に話すのはご法度だ。

前回と同じランチのセットを頼み、ようやく普通に話ができる雰囲気になった。

「ところで、こっちの方は?」徳本が小指を立ててみせる。

いきなり何だ……予想もしていなかった女の話題を持ち出され、萩原は混乱した。寿司に伸ばそうとしていた箸が途中で止まってしまう。

「こっちって、何ですか」取り敢えずとぼけてみせた。

「女だよ、女」勢いこんで言う徳本の口調は、極めて真面目だった。「最近、ご発展だそうじゃないのか」

「いいや、そんなことはないですけど」言いがかりだ、と萩原は密かに憤慨した。離婚して以来、自分の女性関係は砂漠も同様だし、それは今に至るまで変わっていない。

「ほう、俺が聞いてる話と違うな」

「何を聞いてるのかは分かりませんけど、根も葉もない噂じゃないですか」

「噂とは思えないんだけどねえ」徳本がマグロの赤身を手でつまみ、口に運んだ。咀嚼《そしゃく》する間も、萩原の顔を凝視し続けている。非常に粘っこい感じで、これは「刑事としての目」だと萩原は思った。

「適当なことを言われても、反応できませんよ」萩原は反論した。「まったく身に覚えがないですね」

「いや、あるだろう」

「ないですよ」

こいつは何を隠しているのだろう、と萩原は疑った。いかにも何か根拠がありそうな話だが、何しろ萩原自身にはまったく身に覚えがないのだ。

「まあ、署長も独身だから、誰とつき合おうと問題はないんですけどねえ」徳本が粘っこく言った。

「いや、やはり問題はあると思いますよ」

「どっちなんですか」いい加減焦《じ》れてきて、萩原は言った。「だいたい徳本さん、何が言いたいんですか」

「つき合う相手として、署員はどうか、ということですよ」

「署員?」まさか。いったい徳本は何を言っているのだ。

徳本が茶を一口飲み、また萩原の顔をじっと見詰めた。視線で、顔に穴でも開けようかという勢い……これはまさに、刑事時代の彼の視線だろう。

「うちの小関夏美――一緒に飯を食ってたでしょう」

あの件か……とんでもない思い違いだ。誤解は晴らせると思ったが、そもそもどうして徳本がそれを知っているのだろうと不安になる。まさか、署長である自分を尾行しているわけではあるまいが……分からない。この男は、それぐらい平気でしそうなのだ。捜査に関しては非常に執念深い人間なのである。

さて、ここの対応は難しいところだ。徳本は事情を掴んでいるらしいから、簡単には否定できない。否定すればするほど、怪しまれるだろう。ただし、二人の会話の内容までは分かっていないはずだと考え、ストレートに話すことにした。

「駅前の中華料理屋で、たまたま一緒になっただけですよ。お互いに夕飯を食べ損ねていましてね。気づいたら、別々に食べる方がむしろ不自然じゃないですか」

「偶然?」

「もちろん」

「その割には、ずいぶん親しそうな雰囲気だったそうだけどね」

「誰がそんなことを言ってるんですか」

「俺にも、いろいろ情報を耳に入れてくれる人がいるんでね」徳本が自分の耳を引っ張った。「もちろん恋愛は自由ですよ。ただ、署内でお手つきは、ちょっと……いかがなものですか。若い署員同士がつき合うのとは事情が違うんだから。署長が署員に手を出したら、いろいろ面倒なことになる」

「そういうことはしていない」萩原は否定した。「思い違いですよ」

「そうか。それならいいんだがね」

ふっと徳本が引いた。この感じがまた、怪しい。ジャブを一発放って、すぐにコーナーへ戻ってしまったような感じ。ベテランの捜査員である徳本は、絶対に次のパンチのことを考えているはずだ。

それをどうやって避けるか――徳本は、本気で萩原のプライベートを心配しているわけではあるまい。何か別の狙いがある。それを見定めないと、署内での立場が危うくなりそうだった。

4

もやもやした気分を抱えたまま、萩原は署に戻った。何か、見られている感じがしないでもない……特に副署長の前島の視線が気になる。署全体で自分を観察しているのかもしれない、と不安になった。

署長室に入って、ようやく一息つく。ここでは一応、プライバシーは保てるから、誰かの目を気にする必要はない。いや……もしかしたら、監視カメラがしかけられているのではないか？　そう考えた次の瞬間には、苦笑してしまう。いくら何でも考え過ぎだ……もしも徳本が、俺を精神的に揺さぶろうとしているなら、既に成功したも同然ではないか。

まさか、夏美との関係を疑われているとは……この件は、しばらく胸に秘めておくしかない。誰かに相談できるようなことではないし、噂が変に広がるのもまずい。いや、夏美にだけは忠告しておくべきではないか？　何もないのだから、周りの目は気にしないように、と。しかし、接触すればまた周囲に誤解を与えるかもしれない。何とも難しい状況に追いこまれたものだと思う。椅子に浅く腰かけ、顎に手を当てて支えながら、向かいの壁を凝視する。ちょうど鏡がかかっており、自分の顔が小さく映っていた。おいおい……何だか急に老けたようだ、と驚く。これが管理職につきものの気疲れというものだろうか。この先、自分に待っているのは本格的な管理職としてのキャリアだ。もう捜査の最前線に立つようなことはあるまい。もちろん、あちこちを渡り歩いてきたが故に、「これこそが自分の得意分野」だとは言えず、特に捜査部門に関しては、せいぜい「並」だと思っているのだが……部下の行状に目を光らせ、査定のための手帳を常に持ち歩くような毎日が十年以上も続くかと思うとうんざりする。

思い切って、両手で頬を張った。鋭い痛みが感覚を研ぎ澄まさせる。老けこむような年じゃないんだ、と自分に言い聞かせ、萩原は痛みの残る頬をそっと摩《さす》った。

夕方、署に上がって来た北川とばったり顔を合わせた。顔が紅潮しているのは、捜査が上手くいっている証拠だと分かる。

「何か掴んだか？」

「今から石屋さんに報告します……ハギさん——署長も一緒にどうですか」

「聞かせてもらうよ」

そのまま捜査本部の置かれた会議室に入る。北川を認めると、石屋が重々しい表情でうなずきかけた。話をせずとも、北川が何かいい情報を持ってきたのが分かるのだろう。

「石村と弟は、ずっと連絡を取り合っていたようです」

北川がずばりと結論を口にすると、石屋の唇の端がかすかに持ち上がる。いい情報だ、と褒めるべきところだろうが、石屋の性格からしてそれはできないのだろう。

「詳しく聞かせてくれ」

石屋が言うと、北川が近くの椅子を引いて座る。萩原も横に座り、石屋と対峙する格好になった。

「弟が、父親に引き取られたのは間違いありません。父親は東京に引っ越し、母親——石村たちは横浜に残りました。ところが石村が高校生の時、父親が突然連絡してきて、弟を引き合わせたんです」

「会えないことになってたんじゃないのか？」石屋が指摘する。

「そういう取り決めがあったかどうかは分かりません。石村の姉の話だと、彼女は一度も父親、弟とは会っていなかったそうです。実際、石村と弟が会っていたことも、全く知りませんでした」

「だったらその情報は、どこから出てきたんだ」石屋が疑義を呈した。

「石村の奥さんですよ」自慢気に北川が言った。「昔の郵便物をひっくり返してもらったんです。そうしたら、弟からの年賀状が何枚か出てきました。弟がまだ中学生の頃の年賀状でしたけどね」

「何でそんなものを奥さんが持ってたんだ？」石屋の追及は簡単には終わらなかった。「喧嘩別れ——奥さんの方で愛想をつかして出ていった感じだろう？　わざわざ年賀状を持っていくとは考えられない」

「偶然なんです。奥さんは自分の分を持って出たそうですけど、そこに古い年賀状も混じっていたんですね。いちいち仕分けもしていなかったそうですから、不自然ではないと思います」

「なるほど……それで、石村と弟はずっとつき合いがあったというわけか」

「そのようですね」

「それがどうして分かる？」石屋がまた突っこんだ。「二人とも死んでいる。どうしてそんなことが分かった？」

「年賀状は、離婚する数年前まで来ていたんです。ただし奥さんは、それが弟さんからのものだとは気づかなかった。名字が違いますし、年賀状を送ってくる相手を、いちいち詮索したりしないでしょう？」

「しかし石村は、『弟が死んだ』と言っていたんだろう？　それと年賀状が結びつかなかったのか」萩原は我慢できず、話に割りこんだ。

「そういう話は、特にしていなかったようなので」

北川が肩をすくめる。どこか他人行儀――関心なさそうな態度なのが気になった。萩原の気持ちに気づいたかのように、北川が慌ててつけ加えた。

「要するに夫婦の間でも、何でもかんでも話し合ってるわけじゃないということです」

「ところで、その弟の名前は？　肝心なことを聞いてなかった」思い出して萩原は訊ねた。

「須藤春紀《すどうはるき》」

「何だって？」

萩原が大声を上げると、北川がびくりと肩を震わせた。

「何ですか、署長」石屋がたしなめる。「まさか、知り合いとか？」

「思い出しませんか？」

嫌いな先輩を少し虐めてやろうと、萩原はすぐには答えなかった。途端に石屋が、嫌そうな表情を浮かべる。

「北川は？」

「いや……」北川が、失態か、と恐れたような顔つきになる。「知っていないとまずい相手ですか」

「もちろん」

「署長、話を先に進めませんか？」焦れたように石屋が言った。

「失礼」萩原は一つ咳払《せきばら》いをした。「石屋係長もご存じない？」

「ないね」署長に対する物言いではなくなっていた。

「五年前――鎌倉南署が抱えているもう一つの捜査本部ですよ」

「被害者か！」

叫んで石屋が立ち上がる。北川の顔も蒼《あお》くなっていた。これは二人とも失態だな……萩原は表情を引き締めた。既にほとんど捜査が動いていない事件とはいえ、忘れてはならないことである。

「被害者です」萩原は静かに答えた。「これは……五年前の事件と、何か関係あるんじゃないですか」

「しっかりしろよ」廊下に出て、萩原は北川の背中を叩いた。

「すみません……」

北川はしょげかえっていた。気持ちは分かる。須藤春紀の名前を聞いた瞬間に、ぴんとこなければばおかしいのだ。直接捜査を担当していないとはいえ、自分の所轄が抱える捜査本部事件の概要を知らないでは済まされない。

「しょうがない。ばたばたしてたからな」一転して、萩原は北川を慰めた。「きちんと弟の名前を割り出したんだから、一応、ポイント一つだ」

「まあ、そうなんですけど」北川が溜息をつく。「いつでもあらゆることに気を遣ってないと駄目ですね」

「分かってるなら、次からは気をつけることだ……しかしこれで、一つ動きが出てきたな」

「そうですね。しかし、五年のうちに、兄弟が二人とも殺されたわけでしょう？　偶然なのか、何か意味があるのか……」

「普通は偶然と考えるべきだ」萩原は指摘した。「兄弟であっても、生計を一つにしていたわけじゃないし、実際にどれぐらい濃いつき合いがあったかは分からない。それに二つの事件の間は、五年も空いている」

「でも、ちょっと引っかかりますよね」

「古い捜査資料をひっくり返そう。まず、須藤春紀という男が何者なのか、頭に入れておいた方がいいな」

「署長はご存じなんじゃないですか」

「いや、名前を知っているだけだ。状況もよく分かっていない。一緒に勉強し直すか」

「担当者に話を聞いた方が早いですね」

「そうだな」

二人は並んで、刑事課に向かって歩き出した。五年前の殺人事件の捜査本部は、刑事課の隣にある小さな会議室を使っている。普段詰めているのは、本部の刑事が二人、所轄の若手が二人。殺人事件には時効がなくなり、捜査本部は永遠に維持されるのだが、実際にはほぼ「開店休業」状態になる。少人数で、わずかな手がかりを探す作業だけが続くのだ。そこに詰める人間は、どうしても暗くなる……それはそうだ。重大事件の解決率は、一週間、一か月、半年、一年と経つごとにがくんと低くなる。五年経ってしまえば、ほぼ迷宮入りと言っていい。

窓もない小さな会議室に入ると、何故か徳本がいた。所轄の若い刑事と何か話し合っていたのだが、萩原の姿を認めると、急に口をつぐむ。話しかけにくい雰囲気を出しており、萩原は口を開けなかった。徳本が素早く一礼し、腕を組んだままそそくさと会議室を出て行く。萩原と目を合わせないよう、妙に気を遣っている様子だった。萩原はドアが閉まるまで一言も発さないように気をつけた。ドアが閉まった瞬間、ほっと息を吐き、若い刑事に話しかける。

「徳本課長、何だって？」

「いえ、ちょっと書類の関係で……」若い刑事が口を濁した。

「はっきりしないいな」

「いえ、急に『もういいから』と仰って……話の途中でした」

自分たちが入って来た時だな、と分かった。何か調べ物をするつもりが、萩原たちには見られたくなかった……またも徳本の怪しい動きだ。

気を取り直して、若い刑事に資料を出すように頼む。

「事件の概要ですか？　でしたら、捜査資料ではなく新聞記事のスクラップの方が分かりやすいかもしれません」

マスコミに頼るのかと思ったが、若い刑事の言うことにも一理ある。事件の概要を簡単に——表面的に知るには、新聞記事が一番だ。若い刑事が、ファイルキャビネットからスクラップブックを何冊か引き出してくれた。

「日時ごとにまとめてあるようです」

「分かった」

萩原はスクラップブックを受け取り、空いた席に座った。途端に若い刑事が、居心地悪そうに身を揺する。署長が目の前にいてスクラップブックに目を通しているのだから、落ち着かないだろう。しかし時間を節約するために、萩原はここで記事に目を通しておくことにした。一冊を北川に渡し、すぐに内容のチェックを始める。最初に気づいたのは、当時新聞記事のスクラップを担当していたのが、異常なほど神経質な人間だったことである。きっちり定規を当ててカッターで切ったようで、歪みが一切ない。大きく扱われてページに収まり切らなかったものは、切り離してパズルのように貼りつけてある。

すぐに、それほど大した事件ではないのだと分かった。深夜、市役所に近い隧道《すいどう》の中で、四十四歳の男性が殴り殺されたという事件で、発見時は強盗、ないし通り魔による犯行が疑われたようだ。しかし聞き込みで、直前に男同士が言い争うような声が上がっていたことが分かり、喧嘩がエスカレートしての殺人という説も出てきた。被害者の交友関係の調査が進められたが、恨みを買うようなタイプの人間ではなく、たまたま路上で誰かとトラブルになり、その結果殺された、という線で捜査が進められたが、結局犯人は捕まらなかった。

その被害者が、須藤春紀である。

現場の様子は、萩原にはすぐに分かった。市役所のすぐ西側。住宅街に突然現れる隧道なので車も人の通りも多い。確か、きちんと歩道があって、車道とは鉄製の手すりで隔てられているはずだ。短い隧道とはいえ、やはり中は暗い……特に犯行時刻と見られる午前二時ぐらいだと、かなり不気味な感じになるだろう。

基礎的な情報を確認した後、萩原はさらに被害者に関する情報を集めた。まず、死因。司法解剖によると、「外傷性ショック」だった。まさに「殴り殺された」感じで、犯人は本格的な格闘技の経験がある人間かもしれない。殴り倒され、道路に頭を打って死亡というケースもあるのだが、現場にはそういう様子はなかったようだ。となると、純粋に殴り殺した——おそらく、集中的に頭を殴りつけたのだろうが、人間の頭蓋骨は案外硬いものである。よほど硬いもので殴りつけられたのでない限り、簡単には致命傷を負わない。そして拳というのは、それほど強固ではないのだ。

空手の有段者か、ボクシングの経験者……しかし、そういう人間は、下手に暴力を振るわないものである。自分の拳が凶器になることを、十分知っているからだ。

問題は被害者の人間関係……当時の捜査本部は、石村の存在までは割り出していなかったようだ。事情を聴いた家族は、妻だけ。他には仕事仲間から聞き取りをしていたぐらいである。

「この頃、もう父親は死んでいたんだろうな」

「そうですね……ちょっと記載が見つかりませんけど」北川がぱらぱらと報告書をめくる。

「亡くなったのが四十四歳の時か」

「ええ」

「奥さんがいることは、お前は掴んでいたか？」

「いや、まだ周辺捜査をしていただけですから……」言い訳するように、北川が言った。

「奥さんには、もう一度話を聴かないといけないな」

「そうですね。石村との関係をよく知っていたかもしれませんし。さっそく当たってみますよ」

北川が資料をぱらぱらとめくり、必要な情報を手帳に書き写した。妻の名前と当時の連絡先は分かっているから、仮に引っ越していてもすぐに割り出せるだろう。

「ここは踏ん張りどころだぞ」

「それはハギさんに言われなくても分かってますよ」北川がにやりと笑ったが、若い刑事が驚いたように目を見開いているのに気づき、慌てて真面目な表情を作った。署長を「ハギさん」呼びするのが信じられないのだろう。「とにかく、ちょっと動いてみます」

「そうしてくれ」萩原も資料をまとめ、若い刑事に渡した。

「あの……すみません、この件で何か動きが出てきたんですか」若い刑事が遠慮がちに訊ねた。

「まだ分からない。この事件に直接関係があるかどうか、はっきりしないから。ただ、いつでも動けるように準備しておいた方がいいぞ」

「何の準備ですか？」

「それぐらい、自分で考えなさい」少し呆《あき》れて萩原は言った。最近の若い刑事は、何でもかんでも他人任せだから……とつい考えてしまう。そういう言葉が浮かぶのは、自分が年を取った証拠なのだが。

二人は揃って会議室を出た。どこか黴臭い部屋だったと改めて気づき、体が痒《かゆ》くなってきた。

「署長……いや、ハギさん」急に北川が声をひそめ、周囲を見回した。

「何だ」彼の様子に違和感を覚えながら、萩原は訊ねた。

「こんなこと、聞いていいのかどうか……小関と何かあったんですか」

「ないよ」クソ、もう話が広がっているのか。内心の動揺を何とか隠し、萩原は低い声で否定した。

「そうですか……」

「何でそんなことを聞く？」

「いや、ハギさんと小関が会っていたって聞いたので」

「会ったよ」北川は敵か味方か……訝りながら萩原は言った。この男は味方にしておきたいところではあるが。「一緒に飯を食ったのが『会った』ということなら、まさに会った。ただし、それだけだからな。たまたま同じ店に入ったから一緒に飯を食った。一緒じゃない方が不自然だろう」

「ああ、まあ……」北川はどこか釈然としない様子だった。

「変に勘ぐるな。考えてみろよ。どこかの店に入ってたまたまお前がいて、無視されたらどう思う？　嫌な気分じゃないか？」

「そうかもしれませんけど……」

「下らん噂に耳を貸すな」萩原は北川の背中を平手で叩いた。「誰から聞いたんだ？」

「それは、いろいろ……皆言ってますから」

「お前は噂を広めないようにしてくれよ。こっちはまったく後ろめたいことはないんだから」

「……ですよね」言ったものの、納得している様子ではない。

こいつは絶対に味方だと思っていたのに、考えが甘かったのか。萩原は、自分の周囲の壁が、どんどん迫ってくるように感じていた。

夜の捜査会議で、石屋の横に座った萩原は、さりげなく夏美の姿を探した……いた。遠慮するように、一番後ろの席に座っている。いつもは、前の方にいることが多いのだが。一瞬、萩原と目が合ったが、すぐに逸らしてしまう。遠いのでよく分からないが、表情は硬く、頬が引き攣っているようにさえ見えた。まずいな……当然、噂は彼女の耳にも入っているだろう。それで叱責されるようなことはあるまいが、心無い噂のせいで居心地が悪くなると、仕事にも差し障る。何とかフォローしたいところだが、それはむしろ危険だろう。せめて、後で電話でもしておくか。

この日の捜査会議は活気があった。五年前の事件と現在の事件との関連——兄弟が二人とも殺されたとなると、「偶然ではない」と考えるのが普通だろう。逆に言えば、二人の関係を解きほぐすことで、両方の事件の手がかりが掴めるかもしれない。刑事の発想ではそうなる。それ故、報告が続く間も、どこかざわざわした雰囲気が漂っていた。

その中で一人、憮然《ぶぜん》としているのが沢宮だった。どうして「弟の存在」が明らかになったか、この男には説明していない。他の刑事が、違う方向からアプローチして、自分と同じ情報を探り出したと考えているのだろう。出し抜かれたと、唇を強く噛む思いかもしれない。この件も「取り扱い注意」だ、と萩原は自分を戒めた。沢宮のパートナーである夏美から情報が漏れたと知ったら、激怒するかもしれない。本当は、誰が情報を持って来ようが関係ないのだが。

「いいか、二件の事件をすぐには結びつけるな」石屋が釘を刺した。途端に、刑事たちが静かになる。「正直、まだ何も分からない。具体的に結びつく材料もない。まずはこの兄弟の関係を明らかにするのが先決だ。一つ言えるのは、二人の結びつきが浅くはなかったことだ。弟が死んだことで、兄が精神状態を悪化させたとみられるからな。明日以降の捜査は、この辺を中心に組み立てる。それと、一課長からの指示で、人員の三分の一は、五年前の事件の洗い直しに振り分ける」

これで明日からは、捜査はまったく別の様相を見せる。巻き直しだ――自分はあくまで刑事たちをバックアップする立場だが、常に状況を把握するようにしておかないと、と萩原は自分に言い聞かせた。

会議が終わり、刑事たちが立ち上がる。その瞬間、萩原は不自然な動きに気づいた。徳本がいち早く会議室から出て行き、それに合わせるように、鎌倉南署の刑事たちが素早く後に続く。おいおい、また刑事課だけで密談か――北川に視線を送ったが、彼はそれに気づく様子もなく、部屋を出て行ってしまった。

萩原はしばらく間を置いて会議室を離れ、刑事課の部屋に向かった。普段はドアは開け放されたままなのだが、今夜は閉まっている。まさか廊下トンビをするわけにはいかず、萩原はそのまま刑事課の前を通り過ぎた。クソ、北川をもう少しきちんと言いくるめておけばよかった。今のところ、刑事課の内情を探るために使えるスパイは、彼しかいないのだ。しかしその北川も、俺と夏美の関係を疑っている……先ほど、一応納得はさせたつもりだったが、実際には北川は全面的に信用したわけではあるまい。厄介だ。非常に厄介な状況だ。

官舎へ戻って風呂を済ませ、自分に缶ビール一本だけを許そう――そう思って冷蔵庫を開けた瞬間、インタフォンが鳴った。またどこかの記者が来たのか……無視してしまおうかと思ったが、それよりも一応顔を出してさっさと追い払った方が後腐れがないだろう。

インタフォンの受話器を取り上げ、できるだけ不機嫌に聞こえそうな低い声で「はい」と応じる。

「風邪でも引いたのか?」

「松坂?」同期の公安一課の係長。奴が何でこんなところにいる?

「ちょっと会えるか?」

「そりゃ、別に構わないけど、どうした」

「督励だよ、督励」

お前に励まされることはないと思ったが、萩原はドアを開けた。きちんとスーツを着こなした松坂が、白い箱を持って立っている。

「ジャージ姿だと無防備だな。風呂か?」

「ああ」

「土産だ」

「悪いな」

受け取ると、かすかに酸味と甘みを感じさせる香りが漂う。果物だろうか。

「何だ、これ?」

「サクランボ」

「この時期はまだ高いだろう」同期を訪ねる土産としては高過ぎるのではないか。デパートなどで、一箱一万円の物を見かけることもあるのだ。

「こっちも貰い物だよ。嫁が、お前のところに持って行ってやれってさ。どうせ一人で、ろくなものも食ってないんだろうからって」

「サクランボには、そんなに栄養はないと思うけど」

「人の好意は素直に受け取れ」にやにや笑いながら松坂が言った。

「……そうだな。まあ、上がれよ」

リビングルームとして使っている部屋に入った松坂の第一声は、「人が住む場所じゃないな」だった。確かに……家具らしい家具と言えば、ソファとテーブルぐらいなのだ。萩原はしばしばここで寝てしまうので、リビングルームではなくベッドルームだと言ってもいい。

「ここでお前と横並びは嫌だな」

「じゃあ、キッチンを使ってくれ」

小さな丸テーブルに椅子が二脚。とても客をもてなせるようなものではないのだが、この際仕方がない。どうせ、気心の知れた同期同士なのだし。

「ビール？」

「いや、今日は車で来てるんだ」

「じゃあ、お茶でも淹《い》れるよ」

「風呂上りのお前は、ビールの方がいいんじゃないか？」

「俺一人で呑むわけにはいかないよ」

「変に律儀だな」

黙ってうなずき、萩原は薬缶《やかん》を火にかけた。お湯が沸くのを待つ間にお茶の用意をし、自分はミネラルウォーターのペットボトルを開ける。まだ汗も引かないので、熱いお茶を飲む気にはなれなかった。サクランボを冷蔵庫に入れ、お茶を淹れて松坂に出す。

「今日は、わざわざこっちへ？」

「帰り道みたいなものだ」

「横浜から藤沢まで帰るのに、鎌倉に寄るのは相当の寄り道だぞ」

「まあ、少しぐらい励ましてやろうと思ってな」

にやりと笑って、松坂がお茶を一口飲んだ。萩原は椅子を引いて座り、彼の顔色を観察した。にやけてはいるが、どこか真剣な様子が窺《うかが》える。

「で、どうよ」

「どうって……」

「署長業務。もう慣れたか？」

「そう簡単にはいかない。いきなり捜査本部事件を抱えこんだしな」

「あまり上手く動いてないようじゃないか」

「はっきり言うな」萩原は思わず苦笑した。「一応、気にしてるんだから」

「そうだな」うなずき、またお茶を一口。「ところで、変な噂を聞いたぞ」

「何だ？」萩原は、胸に軽いパンチを食らったような気分になった。松坂の情報収集能力は馬鹿にしたものではない。いや、公安の連中は情報を食って生きているようなものか。

「部下にお手つきはよろしくないな」

「ろくでもない情報を掴んでるな」

「そうか？」松坂が目を見開く。「お前にしては、ずいぶん手が早いと思ってたんだよ」

「だから、何もしてないって」苦笑しながら、萩原は事情を説明した。

「なるほどね。誰か、お前をはめようとしている人間がいるんじゃないか？」

「はめる？」萩原は眉を吊《つ》り上げた。

「心当たりはないか？　お前、桜庭署長の件で署内を引っ掻き回しただろう？　それが気にくわない人間がいるんじゃないか」

「そこまで露骨に動いてない」

「隠密《おんみつ》行動は得意なわけか」

「お前ほどじゃないけど」

軽口を叩き合っているうちに、次第に気持ちが解れてきた。やはり同期の存在はありがたい。

「で、桜庭署長の件はどうなってるんだ」

「殺しの捜査本部で、今はストップしてる。やっぱり事件優先だからな」

「そりゃそうだ……で、殺しの方は？」

「あまり上手くいってないのは確かだ」萩原は認めた。「事態が複雑になってきてね」

萩原は、五年前の事件と現在の事件のつながりを説明した。話を聞いているうちに、松坂の表情がどんどん険しくなる。萩原が話し終えると、首を傾げた。

「そいつは、捜査一課の経験がない俺には難し過ぎる話だな」

「事件の捜査なんて、どの課でも同じだろう」

「いやいや……」松坂が首を横に振る。「そういう複雑な事件は、今まで扱ったことがないな」

「そもそも、捜査してるのか？」

からかうと、松坂がむっとした表情を浮かべる。ちょっと言い過ぎたかもしれないと、萩原は素早く頭を下げた。それで、松坂の顔も緩む。

「事件なんて、複雑そうに見えても、案外単純なことが多いんじゃないか？　こっちが勝手にあれこれ想像して、話を複雑にしているだけのことも多いよな」

「確かに」萩原はうなずいた。「特に情報が少ない時ほど、想像ばかりして話を複雑に考えてしまう」

「あるいは少ない情報を都合よくつないで、どこか捻《ね》じれた奇妙な仮説を作る……いずれにしても、気をつけないといけない状況だな。俺が言わなくても、ハギなら分かってると思うけど」

「そうありたいけどな……正直言って、今はまだ想像もできないぐらい、情報が足りない」

「兄弟、ねえ……」松坂が掌で顎を擦った。「複雑な関係なのは間違いないな。しかし、ちょっと妙じゃないか？」

「何が」

「被害者、奥さんにも弟のことは話してなかったんだろう？　親の離婚で離ればなれになったのは悲しい話かもしれないけど、本人には何も責任がない。奥さんに隠しておく必要があったのかね」

「確かに変だな」萩原は同意した。「よほど隠しておきたい状況だったのか……」

「例えば、弟の方が極悪人だったとか」

「犯歴はないぞ」五年前の捜査資料の中身を思い出していた。

「何者だったんだ？」

「仕事は転々としていたみたいだ。高校を卒業してから、五年以上続いた仕事はない」

「単に飽きっぽいだけなのか、それとも何か問題でもあったのか？」

「飽きっぽい性格だったのは間違いないようだ。職場で問題を起こしたことはない」

「ふむ……」松坂がまた顎を撫でる。「となると、トラブルに巻きこまれて死んだわけじゃないんだ」

「だと思うよ。ただ、なにぶんにも古い話だからな。当時の担当者は全員捜査から外れて、今は細々と捜査本部を維持しているだけだ」

「だったら、当時の担当者に会ってみればいいじゃないか。古い情報を掘り起こすのも大事だと思うけどな」


松坂の言うことはもっともだ。

一時間ほど雑談をして彼を送り出した後、萩原は一人考えた。これは、公安特有の発想かもしれない。彼らが対峙する事件の中でも、過激派絡みのものでは、常に過去と向き合うことになる。何十年も前から延々と続く学生運動の残滓《ざんし》……それとは性格が違うにしても、やはり古い情報にしっかり向き合うのは大事なことだ。

十時半。萩原は北川の携帯を呼び出した。帰宅して遅い夕食の最中だったようで、発音が不明瞭である。

「五年前の事件だけど、当時の担当者の名前は控えたか？」

「いや、それはまだ……そこまでやってる暇はありませんでした」言い訳するように北川が言った。

「当時の担当者は、もう誰もいないだろうな」

「でしょうね。異動したか……退職した人もいるかもしれません」

「昔の担当者に話を聴きたいんだ。今、捜査本部を守っている人間より、五年前に捜査を担当した人間に話を聴いた方が、いろいろ分かると思うんだ」

「それはごもっともですけど……すみません、それ、俺に直接言わない方がいいんじゃないですか」

「ああ、そうだな……」萩原は言葉を呑んだ。もちろん、捜査本部において署長は最高責任者だが、直接指揮は執らないという暗黙の了解がある。それは本部の「プロ」に任せて、全体の「重石《おもし》」になるのが仕事だ。「悪いな。つい、一課にいた時の癖で」

「ハギさんが言えば、すぐに話が通るはずですから。それで改めて指示があれば、俺が当時の担当者に話を聴いてもいいですよ」

「筋は通すよ」

改めて詫《わ》びを言って、萩原は電話を切った。明朝の捜査会議で、石屋に相談を持ちかけよう。無茶な提案とは思えないから、石屋も乗るはずだ。

明日に備えて寝るか……しかし萩原はいつの間にか、携帯を弄んでいた。話さねばならない相手がいる――夏美。やはり、「心配することはない」と安心させてやるべきではないだろうか。実際彼女も、困っているはずだ。噂など無視しておけば、いずれは消えてしまうはずだが……懸念されるのは、これが「噂」ではない場合だ。噂は、どこから出たかも分からないまま、自然に広がっていくものである。そうではなく、誰かが何かの意図を持って情報を流したとしたら……誰かが自分をはめようとしているとしたら、対応を誤るわけにはいかない。

それでも一応、電話をかけてはみた。出ない。出られないのか、萩原からだと分かって無視しているのか。一度電話を切ってもう一度かけ直し、今度は留守番電話にメッセージを残した。

「萩原です……変な噂が流れているのを聞いたかもしれないが、気にしないで欲しい。何も問題はないのだから、堂々としているように。もしも困ったことがあったら、いつでも相談して欲しい」

それだけ言うのに、かなり緊張していたことに気づく。吹きこみ終えて、掌に滲《にじ》んだ汗をジャージの腿で拭った。

普段はそんなことはしないのだが、今日は寝る時も携帯を枕元に置いておいた。

夏美からのコールバックはなかった。


捜査会議の前に石屋に話を持ちかける。

「当時の捜査員、ね」石屋は渋い表情を浮かべた。「聴いて回るだけでも、相当時間がかかる。当時、捜査一課と所轄で、合わせて三十人ぐらい本部にいたはずだぞ。他の所轄や機動捜査隊からの応援組を含めると、もっと多い」

「本筋の捜査をしていた本部の捜査一課と所轄の刑事課の人間に話を聴けば十分でしょう。他の人間は、あくまで応援で臨時に入っていただけのはずです。何だったら、こっちに呼びつけてもいいんじゃないですか」

「えらく乱暴だな」石屋が腕を組んだ。「呼び出して、何人来るか……」

「業務ですから。そこは強引にでも呼んだ方がいいでしょう」

「だったら、取り敢えず二人ほどで担当させますか。動いている事件を調べる方が大事だから、そんなに人数は割けない」

「十分だと思います」

「その件、自分がやりましょうか？」突然、北川が話に割りこんできた。両手でダンボール箱を抱えている。

「何だ、聞いてたのか」石屋が険しい目つきになる。

「いや、たまたま……通りかかったので」北川の耳が赤くなる。「それに今、昔の捜査資料を持ってきましたから。ひっくり返せば、当時の担当者は分かりますよ」

「だったら任せる。通りがかった何とやらだ」

依然として厳しい表情を浮かべたままだったが、石屋は了承した。萩原が提案したのが気にくわないのかもしれない。いい加減、がつんと言って署長の権限の強さを思い知らせてやろうかと思ったが、そういうのは自分の柄ではない。

「ちょっとひっくり返してみますね」

北川がダンボール箱をテーブルに置いた。資料を次々と取り出し、重ならないように広げていく。萩原も立ち上がり、北川が置いた資料を確認し始めた。

「これが分かりやすいかな」

萩原はすかさず、一冊のファイルフォルダを手にした。「捜査会議概要」。今や全てデジタルデータで残すのが当たり前の時代になっているのだが、神奈川県警では未だに、捜査会議の議事録はデジタルデータと同時にプリントアウトした形で保存してある。萩原にもお馴染みのものだが、気の利く人間なら出席者の名前を全部控えておくのだ。

あった。

最初の捜査会議に、五十人ほどの名前が記載されている。しかも所属別に整理されていた。記録者に感謝しながら、萩原はざっと目を通していった。

たちまち、一つの名前に目が止まる。

桜庭英智。桜庭署長の息子。

どうしてここに、と思ったが、彼が五年ほど前には鎌倉南署の刑事課にいたことを思い出す。絶好のタイミングだ。五年前のことを聴き出すと同時に、桜庭署長の死についても話が聴けそうである。ここは何としても、自分でやらないと。しかし署長自らが事情聴取に乗り出すのは異例だ。前例がないと言っていいかもしれない。

一つ手はあるが、問題は石屋が事情を知らないことだ。この件についてはできるだけ話を広げたくないから、別の方法を考えるべきかもしれないが……時間がない。仕方がない、取り敢えず仲本に相談して話を進めよう。萩原はすぐに会議室を出て仲本に電話をかけ、了承をもらった。

「心配しないで石屋に事情を説明しろ。後から俺もフォローしておく。奴は、喋っていいことと悪いことの区別はつく人間だ」

それを信用していいかどうか、分からなかった。口の悪い人間というのは、基本的にお喋りなのだ。しかしここは、仲本の言葉を信じて石屋に打ち明けよう。そうでなくては話が動かない。

電話を終えて、萩原はすぐに会議室に戻った。石屋が一人、捜査会議の準備をしているのを見て誘い出す。

「話があるなら、ここですればいい」石屋は露骨に不機嫌になった。

「内密の話です。署長室で話したいんですが」監視カメラや隠しマイクが心配ではあったが、神経質になり過ぎては何もできなくなってしまう。

「重要な話なんだな？」

「もちろん」

「手短に頼む」ようやく石屋が立ち上がった。

萩原は石屋をリードして一階に降りた。警務課員が「お茶を用意しますか？」と聞いてきたが、「必要ない」と答える。石屋が「俺はお茶にも値しないのかね」と皮肉に言ったが、とりあっている暇はない。

ドアを閉め、立ったまま話し出す。

「実は――」

「座る暇もないのか」石屋が言って、ソファに腰を下ろして足を組む。「何の話か知らないが、立ち話だったら廊下でもできる」

「立ち話では無理です」

萩原は石屋の向かいに座り、すぐに話を切り出した。見る間に石屋が不機嫌な表情になる。

「そういう噂は聞いてるが、あんたが謎解きのために異動してきたというのは初耳だ」

「公表してませんから……内密でお願いします」

「俺がペラペラ喋ると思ってるのか？」

「あくまで念のためですよ」萩原は内心の苛立《いらだ》ちを押し潰しながら言った。自分で「口が固い」と言っている人間ほど、よく喋るものだ。「とにかくこれは、一課長の肝いりの話でもありますから」

一課長の名前が効いたようで、石屋は無言でうなずいた。

「たまたま……本当に偶然なんですが、桜庭署長の息子さんが、五年前の捜査本部に入っていました」

「そうなのか？」石屋が眉を吊り上げる。

「ええ。だからここは、一挙両得を狙って事情を聴きたいんです。私も同席して……桜庭署長のお悔やみを改めて申し上げる、ということで何とかなるんじゃないでしょうか」

「あまり上手い手とは思えないが」石屋が鼻を鳴らす。「まあ、それを止める権利は俺にはないな。せいぜい、ばれないように上手くやってくれ」

「石屋さん、桜庭英智と話したことはありますか？」

「ない」石屋が即座に言った。「今、機動捜査隊にいるだろう？」

「ええ」

「普段は接点がないからな……どんな人間なのか、まったく知らないぞ」

「分かりました……とにかく、ヘマしないように頑張りますよ」

「もちろん、殺しの捜査に関してもちゃんとやってくれ」石屋が膝を叩いて立ち上がった。「いや、署長にそんなことを頼むのは、申し訳ないかな」

皮肉を残して、石屋が署長室を出て行った。変な噂を広めないといいのだが……萩原は立ち上がり、壁にかかった鏡を覗きこんだ。ネクタイを直し、捜査会議に備える。一応、石屋のお墨付きを得たのだから、堂々と英智に会おう。その相棒は、北川がいい。北川はもう、萩原が鎌倉南署に赴任してきた理由を知っているのだから。

よし。準備は万端だ。これから新しい動きが始まる。気合いを入れ直して、一刻も早く真相に迫らないと。

桜庭英智は、大きな男だった。通夜と葬儀に出た時に見た第一印象では百八十センチ、八十キロだったが、萩原はそれを少し上方修正した。百八十二センチ、八十五キロというところか。贅肉《ぜいにく》はなく、全身筋肉の塊という感じだった。

「その節は……葬式の時はありがとうございました」鎌倉南署の会議室に入るなり、英智が先に切り出す。萩原も北川も通夜にも葬儀にも出ていたから、二人に向かっての御礼ということだろう。

「いろいろ大変だったね」萩原は声をかけた。「落ち着きましたか」

「はい、何とか」

「妹さんも、引っ越しで大変だったみたいだね」自分が官舎に後釜として入るためもあったのだと考えると、何だか申し訳ない。萩原にすれば、官舎に入らずともまったく問題はなかったのだが。

「それも何とか終わりました」

「今、家の方は？」

「誰も住んでいないんですけど、どうするか決めかねています。一応、実家ですから」

「焦ることはないと思いますよ」言って、萩原は椅子を勧めた。

「失礼します」丁寧に、しかし素早く頭を下げ、英智が椅子に腰を下ろした。

小さなテーブルを挟んで向き合うと、妙な迫力が伝わってきた。座っていても、まるで小山のような印象である。凶暴な顔をしているわけではないのに、体が大きいとそれだけで迫力が生じるものだ。

「お忙しいところ、申し訳ない」まず本筋――萩原にとっては五年前の一件も桜庭署長の自殺もどちらも本筋だったが――の事情聴取を北川が行うことは、前もって決めていた。

こういう事情聴取は、する方もされる方も慣れていない。北川は時間軸に沿って話を進めようと計画していたようだったが、さすがに五年前のことになると、英智の記憶もあやふやだった。英智はわざわざ古い手帳を用意してきていたのだが、それも記憶を蘇《よみがえ》らせる縁《よすが》にはならないようだった。しきりに首を捻り、なかなか口を開かない。

「容疑者は挙がってなかった？」

「挙がってないです」

「ほぼ住宅地の中じゃないか。目撃者もいなかったようだし、何か変じゃないか？」北川がさらに突っこんだ。

「確かに変ではありましたけど……」英智の口調は歯切れが悪かった。「隧道の中なので、ちょっとした盲点になっていたかもしれません」

「当然、被害者の周辺捜査はしたと思うんだけど、義理のお兄さん――今回の事件の被害者についてはノーチェックだった」

「はい……たぶん、そうでした」

「家族関係は徹底して調べるのが常識だと思うけど」

「すみません、自分は刑事になったばかりで、全体の動きはよく分からなかったんです」英智がさっと頭を下げた。本当に申し訳なく思っている様子だった。

「強盗の線はなかったのかな」

「バッグも財布も奪われていませんでした。財布はズボンの尻ポケットに入っていたんですが……財布の中には二十万円も入っていたんですよ」

「二十万？」北川が声を張り上げる。「被害者は、そんな金持ちじゃないと思ってたんだが。仕事も転々としていたと聞いている」

「ああ、競輪です」英智がさらりと言った。

「競輪？」

「公営ギャンブルが趣味だったんです。殺される直前に、平塚競輪で当てたようで……財布に入っていたのは、その儲《もう》けだったと思います」

強盗なら、バッグにも財布にも手を出していないのはおかしい。だいたい路上強盗は、まず盗みが優先、それが上手くいかなくて暴力を振るうパターンがほとんどなのだ。萩原が知る限り、一番多いのは自転車やバイクによるひったくりが結果的に強盗になるケースである。被害者が自分の荷物を守ろうとして引きずられたりする結果、怪我《けが》してしまうことが多いのだ。

北川はなおも英智の記憶を蘇らせようとあれこれ質問を続けたが、有益な情報は出てこなかった。本当に下っ端で重要な情報は聞かされていなかったのか、あるいは記憶力が弱い鈍重な男なのか。見た目は「大きい」だけで、「鈍重」な感じではないのだが。

話が一段落した後で、萩原が話を引き取った。

「もしかしたらこの事件が、刑事として最初の捜査本部事件だったのかな？」

「そうです」

「そういう事件は、印象に残るものだけど……」

「毎日ばたばたしていると、直接仕事に関係ないことまで覚えていられないんです」

もしかしたら、自分を低く見せようとしているのか……しかし五年前に、駆け出し刑事として加わっただけの捜査について、話せない事情があるとも思えない。ここまで話してきた感じでは、協力的ではあったし。

「被害者の家族に対する突っこみが甘かったと思うんだけど」

「そうかもしれませんけど、それは自分には何とも言えません」

「そうか……当時のことで、印象深かったことは何か？」

「いや、毎日必死だったんで……」

「被害者の葬式には行ったか？」

「行った――行かされました」英智が苦笑する。

「被害者の葬儀に行くのは、捜査の基本だからな……そこに兄は――今回の事件の被害者は来なかったんだね？」

「いえ、それは断定できません。兄がいたことも分かりませんでしたから。当時の参列者の名簿でもあればいいんですけど、さすがにそれは残ってないでしょうね」

「二人はずっと、つき合いがあったようだけど」北川が指摘した。

「そう言われましても……」居心地悪そうに英智が体を揺すった。

「とにかく、当時のことで何か思い出したら連絡してくれないかな」萩原は話を締めにかかった。

「こういうことがきっかけになって、思い出すこともあるから」

「分かりました」

「しかし君も……いろいろ大変だったな」

「いえ」英智がうつむく。

「家族が亡くなると、精神的なショックが大きいからね。俺も両親を亡くしたけど、後始末もあって大変だった。事務的な処理は、全部無事に終わったのかな？」

「ええ、何とか」

「しかし、残念だったな……まだ若かったのに。昔、一度だけ一緒に仕事をしたことがあるんだ」

「そうなんですか？」英智が顔を上げる。

「偶然だった……神奈川県警も大きいからね。一度も顔を合わせない人もいるぐらいだから。いい勉強になったよ。これから、仕事の総仕上げにかかるところだったのにな」

「ええ……」

「何か、前兆みたいなことはなかったのか？」

「元気でしたよ」

「心臓は、怖いよな」萩原は自分の胸を軽く拳で叩いてみせた。「ある程度年を取ったら、十分過ぎるほど気をつけないといけないんだろうな」

「いきなりでしたから……」

「健康診断は、当然受けてたんだろうな？」

「そうだと思います」

「精神的に、きついこともたくさんあったんだろうな」萩原は一歩突っこんだ。「私も署長になってよく分かったよ。仕事の話とか、してなかったのか？」

「それは……内容が全然違いますからね」

「一応、警察官の先輩後輩として」

「一緒に住んでたわけじゃないですし、母親とはあまり話すものじゃないですよね」

「君にとっては、鎌倉南署も桜庭署長との共通点だったんだね。自分が担当していた事件を、今度はお母さんが最高責任者として捜査していたわけだから――」

「捜査は動いてなかったじゃないですか」英智が萩原の言葉を遮るように、強い口調で言った。

「発生から五年も経ってるんですから、もう迷宮入りでしょう」

「現場の刑事が簡単に諦めたらいけないと思うけどね」

「それは……標語みたいなものでしょう」

「おい、ちょっと言い過ぎだ」北川が割って入った。

「失礼しました」英智が素早く頭を下げ、椅子を体で後ろに押した。「取り敢えず……これでいいでしょうか。仕事を途中で抜け出しているので」

「ああ、お疲れさん」萩原は意識して軽い口調で言った。「忙しいところ、申し訳ない」

英智を送り出したものの、萩原は釈然としなかった。何というか……英智は肝心な話題を巧みに避けて、微妙な回答に終始していたようにしか思えない。

第三章

1

英智の証言に矛盾はなかった。当時の捜査状況と照らし合わせても、齟齬《そご》はない。彼の記憶になくても捜査記録に残っていることもあったが、要するに当時はタッチしていなかったのだろう。あるいは完全に忘れている。それは仕方がないことだ。

しかし……萩原には一つだけ、気になることがあった。英智は、あの事情聴取をとにかく早く打ち切りたがっていなかったか？　やけに素直に、協力的に喋《しゃべ》っていたことも、今考えると早く解放されたかったからではないかと思える。特に最後——こちらが質問を終えていないのに、いきなり勝手に事情聴取を打ち切った感じだ。言葉遣いは丁寧だったが、呼びつけた方が「終わり」を宣言しないのに立ち上がるのは、焦っていた証拠だ。それに警察官の態度とも言えない。常に上司の指示に従うように教育されているのに、それに無理に逆らっている感じだった。

ぼろを出すと思っていたから？

署長室で一人顎を撫《な》でながら、萩原は自分がどんどん嫌な人間になりつつある、と意識した。刑事の仕事は、あらゆる人間を疑うことではないかと思う。人は嘘《うそ》をつく。その嘘を見抜き、嘘の間に浮かんだ真実をすくい上げるのが肝心だ。しかし、仲間を疑わなければならないとは……特に英智は、母親を亡くしたばかりである。妹には夫という頼れる存在があるが、英智は一人きりだ。もちろん彼は、いい大人だし一人でも生きていけそうな強いタイプの男に見えたが、何かが気になる。その「何か」が見えないのが俺の限界かもしれない、と萩原は思った。これは今夜、北川とミーティングしないといけない。軽く酒を呑《の》んで、リラックスした上で忌憚《きたん》なく意見を交わしたかった。萩原は携帯を取り上げ、北川を呼び出した。北川は「自分にも気になることがある」と言い出した。英智の微妙な態度に気づいたのか……純粋に刑事としての能力を見た場合、北川は自分よりずっと優秀だと萩原は認めている。その観察力に賭けてみよう。

「目を合わせなかったでしょう」北川がずばり指摘した。

「ああ……」言われてみれば確かに。「緊張してたからじゃないかな。相手は一応署長だし、内容も難しい話だった」

「それはそうなんですけど、気になりますね」北川がビールを呷《あお》る。

署員にばったり会うのを恐れ、二人は管内を離れて大船《おおふな》駅まで来ていた。ここまで来ると隣の鎌倉北署の管内で、南署員に会う確率はぐっと下がる。東口のごちゃごちゃした繁華街に入りこみ、適当に見つけた居酒屋──もちろん個室がある店だ──に入った。襖《ふすま》一枚隔てただけで、隣の宴会の馬鹿騒ぎがもろに聞こえてくるような部屋だったが、こちらが小声で話している分には漏れないだろう、と判断する。しかし、十時過ぎから呑み始めるのは結構辛《つら》い。捜査会議が終わってからだから当然なのだが、捜査疲れが体にずっと居座っていた。もちろん、実際の捜査に関わっている北川の方がはるかにきついだろうが。

「何か、捜査でヘマがあったんじゃないですかね」北川が推測を披露した。

「それも致命的な失敗かもしれない」萩原も同意した。「一番下っ端だった彼は、釘《くぎ》を刺されただろうな。絶対に外部に漏らすな、と」

「でしょうね。下っ端は、命令には絶対に逆らえない。五年経《た》っても同じです。むしろ事情が分かった分、話さない決意は固くなるでしょうね」

「気になるな」

「それで、こういう名簿を作ってみました」

北川が、スーツの内ポケットからメモを取り出した。手書きのリストには、名前と住所、電話番号、さらに簡単な人事情報が書き殴ってある。パソコンを使わなかったのは、証拠が残るのを恐れてかもしれない。署内のパソコンは、ファイル情報も共有されているのだ。

「お前も、字が下手なのが欠点だね」

萩原が指摘すると、北川が苦笑した。

「最近は、手書きなんてほとんどしないですから」

「書かないと、どんどん退化するんじゃないか？　下手な人間は、下手になる一方だろうな」

「練習しておきますよ……それで、これがどういうリストか分かりますか？」

「当時捜査本部にいて、もう退職した人たちだろう？」

「さすが、ハギさん」北川がにやりと笑う。

「そりゃあ、捜査本部の面子《メンツ》は頭に入れたからな」

三人か……五年前の事件だから、こんなものかもしれない。当然、北川がどうしてこの三人のリストを作ったかは分かっている。現職の県警職員に話を聴けば、いろいろと角が立つ。しかし退職者なら、多少は口が軽くなるのでは、という読みだ。

「もちろん、何も出てこないかもしれないですよ」

「そうは思ってないだろう?」萩原は指摘した。「何かあると思ったから、わざわざリストを作ったし、俺の誘いにも乗った」

「ええ」北川が素早くうなずく。「問題は、俺には時間がないことなんです。捜査本部に入って、日々の仕事もありますしね。五年前の事件を掘り返す仕事もありますけど、この三人に関しては……非公式に当たった方がいいと思うんです」

「そうだな。正式に話を聴くとなると、向こうも身構えるだろう……要するに、俺がやった方がいいんだな?」

「現実問題、そうなりますね」北川がうなずく。「署長は、土日の昼は動けるんじゃないんですか?」

「勝手に管内を離れられないんだけどな……監視されてるはずだし」

「本当に監視されていると思ってるんですか?」北川が疑わしげに首を傾《かし》げる。

「副署長辺りが、な」

「ちょっと神経質になり過ぎじゃないですか?　署員が署長を監視するなんて、あり得ないですよ」

「そうかもしれないけど、気になるんだよな……」萩原はグラスのビールを飲み干した。手酌で瓶から注《つ》ぎ、グラスを口元に持っていって、溢《あふ》れかけた泡を啜《すす》る。いつまで経っても、ビールの注ぎ方が上手《うま》くならない。今も、グラスの半分が泡になってしまっていた。

「気分転換に、ちょっと管内を出るのもいいんじゃないですか」

退職した三人はいずれも神奈川県内在住だが、鎌倉南署管内には住んでいない。問題は、前島をどう「騙《だま》す」かだ。署長が管内を離れる時は、副署長に一言かける必要がある。どういう言い訳にするか……家族持ちで単身赴任している場合は、「家に帰る」という理由をつけられる。ただし独身の萩原の場合、それは通用しない。

「自宅の掃除かな」

「え？」北川が目を見開く。

「誰も住んでないんだから、埃《ほこり》が溜《た》まる一方なんだよ。たまには掃除しないとまずい。官舎に入ってから、一度も家に帰ってないし」

「そうですね。それぐらいの理由なら……副署長も怪しまないでしょう」

「よし……明後日《あさって》の土曜日は、ちょっと家の掃除をしよう」

「掃除をする体《てい》、で」北川がにやりと笑う。「尾行には気をつけて下さいね」

「尾行に気づけば、逆にやりこめられるかもな。逆襲のチャンスだ」

軽く言ったが、もしもそうなったら、どれだけ面倒なことに遭遇するかは簡単に想像できる。リスクは小さくないぞ、と萩原は自分に言い聞かせた。

海老名《えびな》というのも地味な街だ、とつくづく思う。実はJR相模線、小田急小田原線、相鉄本線と三つの路線が集中する、県央部の交通の要所なのだが、基本的には横浜や東京のベッドタウン、住宅地である。小田急の駅前にビナウォークができる前は、やたらと視界が開けた平坦《へいたん》な街だった記憶がある。

今は、やたらとカラフルな街……色とりどりのブロックを置いたように巨大な建物が建ち並んでいる。土曜日なので、家族連れが多い。こういうのには縁がないまま、自分の人生は進んでいくのだろうと考えると、侘《わび》しくなってくる。

住宅街に入ると、急に地味な——昔ながらの海老名になる。途中で、何もない芝生の広場に出たのだが、ここが相模国分寺跡だと気づいた。小学生の時に、遠足で来た記憶がある……周りの建物の様子は変わったが、だだっ広い空間が街中に突然出現する時に抱いた違和感は、当時と同じである。

駅から歩いて十五分。何だか妙に疲れた。最近は署長官舎と署の往復だけで、ろくな運動をしていないからだろう。現場にいた頃は、やたらと歩き回っていたから、自然と足腰が鍛えられたものだが……何か、意識して運動をしないといけないな、と考える。ウォーキングというのはあまりにも年寄り臭いから、ジョギングでもしてみるか。ただ、必死になって汗まみれで走っているのを署員に見られるのもどうかと思う。

署長というのは、面子を常に気にかけねばならない面倒な職だ。

気を取り直し、目的の家を探す。事前に連絡は入れていなかった。いきなり訪問して質問をぶつけた方が、相手も準備できずに本音を話してしまう——そういうのは経験で分かっていた。容疑者が相手だろうが、刑事が相手だろうが、それほど事情は変わらないだろう。

黒原一之《くろはらかずゆき》。五年前は、鎌倉南署刑事課の巡査部長だった。それを最後に二年前に定年になり、その後は天下りしていない——北川の情報は比較的詳細だった。

家はすぐに見つかった。そして、その裏にはそこそこ広い畑……ネギやとうもろこしが植えてある。黒原は親からかなり広い土地と家を受け継いでおり、警察官を辞めた後は実家に戻って畑を始めたのだ。この広さをきちんと耕作しているなら、現在の職業は「農業」と言っていい。

実際、畑の中に人がいた。半袖にジャージという軽装で、腰を屈《かが》めて草取りをしている。土曜も日曜もない農業の方が、刑事の仕事より大変ではないか、と萩原は思った。

「黒原さん」思い切って声をかける。

男が、ゆっくり腰を伸ばした。かなりの長身——百八十センチで七十五キロというところか——で、背筋もぴんと伸びている。目を細め、萩原を睨《にら》むように見た。

「ちょっといいですか」

「どちらさん？」長年酒と煙草《タバコ》で痛めつけられたガラガラ声。

大声を張り上げて名乗るわけにもいかず、萩原はバッジをちらりと見せた。黒原はすぐに何事か気づいたようで、手に持っていた雑草をその場に置くと、軍手を外しながら萩原の方へ歩いて来た。道路まで出て、萩原と向き合う。さらに背筋をピンと伸ばして顎を引き、萩原を見下ろすようにする。現役時代から、こういう手をよく使っていたのだろう、と萩原は想像した。自分の体を利用して相手を威圧する——よくあるやり方だ。

「鎌倉南署の萩原です」

「署長さん？」黒原が目を細める。

「私をご存じなんですか？」萩原も目を細めた。まさか、これも監視なのか？

「退職したらどれだけ暇になるか、あんたにはまだ分からないでしょう」

「十分お忙しくされているようですが……畑の世話は大変でしょう」

「まあ、こういうのは午前中で終わるもんですよ。後は、ひたすら新聞を読んでる。特に、人事情報は気になりますからね。当然、署長クラスの人事は頭に入っている」

萩原はうなずいた。警察の人事——幹部級以上だが——は地方版に必ず掲載される。それを上から下までみっちり見ていくと、かなりの時間が潰れるはずだ。何となくこの男は、その記事をきちんとスクラップして、しかも自分で情報を書き加え、精密な人物往来を作っているようなタイプに思える。知り合いが全員退職するまで、そういうことを続けるのではないだろうか。

「署長さんが、私に何のご用ですか」

「黒原さん、二年前まで鎌倉南署にいましたよね」

「ああ……それが何か？」

「当時のことで、ちょっとお伺いしたいことがありまして」

「私に話せることがあるかどうか」

「まず、話をさせて下さい」

「ここでというわけにはいきませんね」黒原が周囲を見回した。「小屋でもどうですか」

「小屋？」

「作業小屋」黒原が左手を挙げた。指先を追うと、家の前に小さな小屋がある。家はかなり古い日本家屋なのだが、小屋は後から造ったもののように見える。

「あの小屋は……」

「暇なんで、自分でね」黒原が耳を掻《か》いた。

「大したものですね。私なんか不器用ですから、小屋を造るなんて想像もつかない」

「大したことはないよ……こっちにすれば、署長になる方がよほど大変だ。まあ……どうぞ」

案内されるまま、畑の畝の間を歩く。黒原は、鍵のかかっていない小屋のドアを開けた。中は確かに作業小屋……壁には棚が設《しつら》えられ、本格的な農機具が置いてある。そして小屋全体に満ちる肥料の臭い。大きな袋に入った肥料が、小屋の片隅に積み上げられている。しかし中央には、丸テーブルと椅子が二つ。テーブルに載った灰皿には、吸い殻が二本あった。

「まあ、座って下さい」

促されるまま、萩原は椅子に腰かけた。黒原は片隅にある冷蔵庫を開け、ミネラルウォーターのボトルを取り出してテーブルに置いた。

「酒には早いですね」黒原が皮肉っぽく言って、自分の分のミネラルウォーターに口をつけた。

「仕事終わりにここで一杯、が楽しみですか」

「家で呑むより、ここの方が落ち着いて呑めますからね」

「羨ましい、と言ったら何となく申し訳ないですか？」

「ま、悠々自適ということで」

黒原が耳を掻いた。その指は節くれだって、爪が黒ずんでいるのが見えた。警察官を卒業して二年、本格的に畑を始めて、もうすっかり農業が本業になってしまっているようだった。

「それで、一体何の話ですか。署長自らがこんなところまで来るなんて、よほどのことでしょう」

「進行中の事件について、ちょっとお伺いしたいことがありましてね」

「それを私に聞くのは筋違いでは?」黒原が白けた口調で言った。「とっくに辞めた人間ですよ。それとも私が、容疑者だとでも?」

「そうなんですか?」

黒原が黙りこむ。目を細めて萩原を凝視していたが、やがてにやりと笑った。

「萩原署長の噂《うわさ》は、よく聞いてましたよ」

「どこかでご一緒したことはなかったと思いますが……」

「いやあ、あなた、県警期待の星でしょう? 人よりずっと出世が早い」

「それは、タイミングの問題もありますから」萩原は急に居心地の悪さを感じた。

「優秀じゃないと、そもそもそういうルートには乗れない」

値踏みするように、黒原が萩原をじっと見た。目は小さいのだが、やたらと目力が強い。刑事としての感性は、まだ鈍っていないようだった。

「万年巡査部長で終わった人間としては、雲の上の存在ですからね」

「辞められた時には警部補でしょう」

「それは……おまけみたいなものだ。退職金が大して上がるわけじゃない」黒原が自虐的に言った。

「まあ、見ての通り、私はこんなものですよ」萩原は肩をすくめた。

「元々の専門は……」

「そういうのがないんです。あちこちを歩かされましたから」

「偉くなる人は、そういうものでしょう。将来、どこの部長になってもやっていけるように。確か、海外にも派遣されてたんでしょう?」

「海外といっても、メキシコですけどね。メジャーではない」

「私は、新婚旅行以来、海外には行ってませんよ」

「大抵の人はそういうものでしょう」

萩原は座り直した。ペットボトルに手を伸ばしかけ、引っこめる。ジャブの打ち合いはここまでだ。さっさと本題に入らないと……できれば今日のうちに、残り二人の退職者にも会っておきたい。

「それで、今日はどういうことですか」黒原も背筋を伸ばす。刑事として長年経験を積んできたから、話が本題に入るタイミングは勘で分かるのだろう。

「実は、鎌倉南署管内で殺人事件が起きましてね」

「知ってますよ、もちろん。大変ですな……元々暇な署なのに」

「そうですね。それで、今回の事件の被害者なんですが――」

「石村貴志、ね」黒原が萩原の言葉を断ち切る。

「ずいぶん詳しくチェックしてるんですね」

「退職すると、警官は二つのタイプに分かれるようでね。昔のことをまったく忘れてしまうか、いつまでもこだわり続けるか」

「黒原さんは、こだわるタイプですね」

「ずっと昔の栄光に引きずられてね」黒原がまた耳を掻いた。「大した栄光じゃないけど、まあ……そういうことです」

「分かります。私も退職したらそうなるかもしれない」

「あなたの場合は、そう簡単に暇にはならないでしょう。退職してもすぐに天下りで、新しい仕事を始めるんだから」

「そこまで先のことは分からないですね」いちいち、ちくちくと突き刺さるような皮肉……黒原が単なる皮肉屋なのか、萩原に対して敵意を抱いたのか、判断できなかった。ここは、一気に話を進めてしまった方がいい。もしかしたら黒原は、機会があったら露骨な攻撃を始めるかもしれない。

「実は、今回の事件の被害者……石村貴志さんは、五年前に殺された被害者の兄です」

「え？」黒原が間の抜けた声を上げた。

「五年前の被害者が、石村貴志さんの弟です」

「それは分かる……どういうことですか？」

「意味が分からないから、五年前の事件をひっくり返しているんです。当時、ずっと離れ離れだった兄弟がいた話は、掴《つか》んでいたんですか？」

「いや」黒原が顎を撫で、水を一口飲んだ。「そこまで詳しいことは調べていなかったはずだ。家族関係といっても……本人は妻との二人暮らしで、いい大人だし、親のことまでは調べなかった――いや、父親がもう亡くなっていたことはすぐに分かったんだが、そこから先のことは調べていない。直接関係ないことまで調べるような余裕はないし、捜査には必要ないですよね、萩原署長？」

急に早口に、しかも言い訳めいた口調になった。五年前の捜査が失敗だったと分かっていたのではないだろうか。五年経ってそこに突っこまれ、慌てた……萩原はしばし無言で、黒原の顔を凝視した。真剣な、怒ったような表情。作り物ではなく、本音が滲《にじ》み出ていると判断した。

「捜査に無駄は必要ないですね」本当は「九割は無駄だ」と言われるのだが、萩原は敢《あ》えてその常識を無視した。

「そんな余裕はなかったですよ。何しろあの時はいろいろありまして……」

「殺し以外にですか？」聞いていない――萩原は身を乗り出した。テーブルが少しだけがたがた言う。もしかしたらこれも手作りで、脚の長さが合っていないのかもしれない。

「ああ、まあ……」急に黒原の声がよそよそしくなった。「細かい話がいろいろあるじゃないですか。所轄の刑事課なんて、そんなものですよ」

「そうですけど、殺しの捜査本部に影響が出るほど忙しい事件でもあったんですか？」それほどのことなら、萩原も聞いていておかしくない。

「いや、事件ではないんですが」

「はっきりしませんね」

「お恥ずかしい話でもあるので」黒原が拳の中に咳《せき》をしてから、ミネラルウォーターを一口飲んだ。

「恥ずかしい？　警察の仕事で恥ずかしいことなんかないでしょう」

「いや、ばたばたして勘違いすることもあるでしょう」

どういうことだ？　最初に判断ミスをして、全く別の方向に走ってしまったとか？　それならあり得る話ではあるが。

「そういうのは、確かにありますね」萩原は話を合わせた。「警察というのは、一度動き始めると、なかなか引き戻せない。小さな勘違いが大きなミスにつながることも珍しくありません」

「確かに」

「……で、何があったんですか？」

「何でもない事故が殺しじゃないかって、一日大騒ぎしましてね」

「本部は臨場したんですか？」

「いや、署の地域課と刑事課で対応したんですけど、あれは本部に知らせなくて正解でしたよ」黒原の顔が皮肉に歪《ゆが》む。「結果的に事故死だったのに、本部の臨場を頼んでいたら、大恥をかくところだった」

それも奇妙な話だ。当時、鎌倉南署には捜査本部ができていて、県警本部からも大勢の刑事が応援に入っていたはずである。「殺しかもしれない」という情報に一人の刑事も気づかなかったのは、不自然ではないだろうか。それを指摘すると、黒原は唇を歪めるようにして笑った。

「まあ……最初に地域課で通報を受けたんですが、捜査本部のせいで人手が足りなくなっていたんでしょう。確認までに時間がかかって、その後もバタバタで……しかし、今更そんなことは問題にしないでしょうね？」

探るような黒原の台詞《せりふ》に、萩原は笑いながら首を横に振った——そうしながらも怪しんでいたのだが。何かがおかしい。やはりそういう情報が本部に入ってこなかったのも奇妙だし、所轄の対応も不自然である。もちろん、予想外の出来事で捜査が混乱したり、全員の意識が間違った方向を向いてしまうこともあるのだが、これはそういう突発的な問題とは違う気がした。

それでも萩原は、愛想笑いを浮かべたまま話を続けた。こういうのは得意だと意識している。厳しく追及するのは苦手だが、相手の態度に合わせていつまでも会話を続けていけるのだ。

結局疑問を一つ抱いたまま、萩原は黒原の家を辞去することになった。あと二人——しかし、こういうことなら確認できる相手がいる。

捜査一課長に休みはない。

もちろん土日は休みなのだが、だいたい捜査本部のある署へ督励に行くものだ。土日も働く部下は、課長が顔を見せただけでやる気を蘇《よみがえ》らせるものである。

仲本は特に、土日も積極的に動くタイプだった。あまり家にいたくないのだと萩原は知っている。家族仲が悪いわけではなく、家にまで押しかけてくる新聞記者たちを避けたいのだ。特に捜査本部事件がある時は、普段にも増して夜中のインタフォンはよく鳴る。

「今、どちらにいらっしゃいますか?」

「本部だ」

「ちょっと会えますかね……私は海老名にいるんですが」

「海老名?」電話の向こうで仲本が疑わしげに言った。「どうして管内を離れてるんだ」

萩原は手早く事情を説明した。仲本は例によって、相槌《あいづち》も打たずに聞いていたが、萩原が話し終えると「確かに何かあったな」と認めた。

「殺し……ではないだろうな」

「さすがにそれだったら、俺も覚えてますよ」

「ないな」仲本が断言する。

「課長は、当時……」

「横浜南署の副署長だ」

「じゃあ、一課マターを全部知ってるわけじゃないでしょう」

「阿呆《あほう》、どこにいても、俺は一課マターについてはインプットしてるんだよ」

「というより、なかったことの証明ですが」

実はこの方がはるかに難しい。何かが「あった」ことを証明する手立てはいくらでもあるが、「なかった」と証明するのは極めて困難である。

「ややこしい話だな……」

「ですから、ちょっとお会いして、相談できませんか？」やはりここは、事件捜査のプロにすがりたい。

「会うのは構わんが、これ以上知恵が出てくるとは思えない」仲本は弱気――いや、冷静だった。「少なくとも俺の記憶にはないからな。当時の捜査一課の連中に聞いてみたらどうだ？」

「なかったことを思い出してもらうのは大変――そういうことですよね？」

「ああ」

「捜査一課でなければ鎌倉南署だが……何か嫌な予感がしないか？」

「まさか」仲本の真意を読み取って、萩原は即座に否定した。「まさか、当時から何かトラブルがあったとでも言うんですか？　それじゃ、鎌倉南署には何らかの悪《あ》しき伝統があるということになる」

そして今、鎌倉南署の署長は自分だ。悪のトップとして、何らかの伝統を引き継いでいく……まさか。

「テセウスの船って、知ってるか？」

「はい？」仲本は時々、突拍子もないことを言い出す。

「哲学的な思考実験というか、パラドックスの問題というか……ある船のパーツが古びて、順次取り替えていく。そうするといずれ、元のパーツは一つも残っていないことになる。その時その船は、元の船と同じかという命題だ。どう思う？」

「ちょっと、私には難しいですね」

「俺にも分からん。哲学者なら、何か屁理屈を捻《ひね》り出すかもしれないが……警察というのも、それと似ていないか？　特に所轄なんて、五年も経つと署員はほぼ入れ替わる」

「つまり、署の伝統はどうやって維持されるか、ですね」

「悪い伝統もだ」仲本が低い声で言った。

「それを言えば、あらゆる組織がそうですよね」難しい命題だ。やはり哲学的で、普段形而下《けいじか》の出来事にしか対応していない自分たちには議論する資格もないのでは、と思った。

「ああ……まあ、余計なことを言った」

仲本が、疲れたような笑みを浮かべて首を横に振る姿が想像できた。基本的にはエネルギッシュな人間なのだが、時に暴走が過ぎてエネルギーを使い果たしてしまう。

「結局、鎌倉南署の連中に聴くしかないですかね」

「そうだな。ただし、相当慎重にやらないと、怪しまれる」

「何か……ちょっと予感がするんです」

「というと？」

「五年前に、間違いなく何かあったんですよね。それが現在にも繋《つな》がっている感じがします」

「今回の殺しとか、桜庭署長の件とか？　それはちょっと無理がないかな」仲本がすっと引いた。

「だいたい、推理するのはお前の仕事じゃないだろう」

「刑事としては失格ですね」萩原は自嘲気味に言った。

「そもそも誰も、お前を刑事としては見てないから」仲本が笑いながら言った。「余計な推理をしないのが、お前の美点でもあるんだよ。事実だけ見てればいい」


仲本と自分の微妙な関係……小田急線に揺られながら、萩原はつき合いの長い仲本と自分の違いを改めて意識していた。仲本は昔ながらの、叩《たた》き上げの刑事である。先輩たちから厳しく指導され──彼の年齢だとまだ鉄拳制裁もあったかもしれない──靴が壊れるまで現場を歩き回り、空いた時間には必死で事件の筋を読んできた。自分にはそういうことはなかった。もちろん、刑事部にいる時は必死にそういう風にしようとしてきた。だが、そうではない部署にいた時期も長い。どこでも通用する管理職──県警の上層部が自分に何を求めているかは分かっていたし、その期待に応えるべきだとも考えていたが、こういう時にはやはり悔しい。所轄の内部に問題があった可能性もあるのだが、アプローチの仕方は普通の捜査と同じだろう。そこで、きちんと考えがまとまらない。もしも仲本だったらどう考え、どう捜査を進めていくだろう──考えても答えが出てこない。

電話が鳴った。電車の中なので出るわけにもいかず、誰からの着信かだけを確認する。前島……嫌な予感がした。ほどなく呼び出し音が切れ、次いで留守番電話のメッセージが入ったことが分かる。

席から立ち上がり、扉のところへ移動して、立ったままメッセージを確認する。

『前島です……お休み中、申し訳ありません。報告事項がありまして、ご連絡しました。お電話いただけると幸いです』

やけに他人行儀で丁寧なメッセージだった。もちろん彼は部下だから、こういう口調も当然なのだが、今日の口調は何か気になる。まさか、本当に誰かが尾行しているわけではないだろうな――思わず周囲を見回したが、知った顔はいない。署員の顔はだいたい覚えたから、通常の尾行なら気づかないはずはないのだ。尾行の仕方を知っている人間を尾行するのは難しいものだ。

次の目的地である伊勢原《いせはら》駅で降りてから電話をかけることにする。メッセージが残っているだけで、二度目の電話はかかってこなかったので、用件自体は重要ではないと判断した。

伊勢原には、しばらく通っていたことがある。最初に捜査一課にいた時、強盗殺人事件の捜査本部に詰めていたのだ。ただしあれは二十年近く前……久々に駅前――北口だ――に出てみたが、当時の記憶とさほど変化はない。何といっても大きいのは、駅前にそびえる「大山阿夫利《あふり》神社」の鳥居である。もちろん神社本体は駅からはかなり離れた場所にあり、バスとケーブルカーを乗り継いでいかねばならないのだが、伊勢原はやはり、この神社の最寄り駅なのだ。

駅前には銀行が何軒か、それにバスの待合所があるぐらいで、寂れた地方都市の風情である。スマートフォンの地図を頼りに歩き出す。ああ、本当に記憶は正しかった……オレンジ色の鮮やかな壁面の八百屋、地元の菓子を売る店――その先にあるコンビニエンスストアは記憶にない。何となく、甲府辺りの風景を思い出すのは、正面に山が見えているからだろうか。ここは必ずしも盆地ではないのだが、山が迫っているとそういう錯覚を抱く。厚木市七沢《ななさわ》温泉まで六キロ……そこまではいかないが、これから会うべき相手、稲垣護《いながきまもる》の家は、駅からは結構離れている。

歩きながら、前島の携帯に電話を入れる。

「すみません、連絡いただきましたね」

「お休みのところ、申し訳ありません」丁寧、かつ他人行儀な口調。「今日お話しすべきかどうか、迷ったんですが」

「どうぞ」

どうでもいい話だった。週明けから捜査本部に投入される人数が増やされることになっており、諸々《もろもろ》の予算措置が必要になる。ついては新たに決裁を——こんな話は、月曜日にすればいい。だが萩原は、辛抱強く話を聞いた。

「では、書類を揃《そろ》えておいてくれれば、明日——日曜のうちに処理します」

「保土ヶ谷に戻られているのでは？」探るような口調。

「ええ。しかし、家を掃除しているだけですから。明日の午後にはそちらに戻っています」

「記者連中に追いかけられないのは楽ですか？」

「それはもちろん……そうですね。記者連中も、私の自宅までは割り出していないようですし。官舎にいなければ安全ですよ」

「連中はハイエナみたいなものですよ。知らない間に、情報を掴んでいたりします」

「今の若い記者連中に、そんな根性はないでしょう」

電話を切って、やはり前島はこちらの動向を探っていたのだろうと判断する。もしかしたら、GPS機能を使って追跡しているとか……気にし過ぎても仕方がない、と自分に言い聞かせる。それでも妙に気になり、心に棘《とげ》が刺さったような痛みを感じたが。

結局、十五分ほども歩いた。国道二四六号線を越え、伊勢原高校の近く……かなり古くなった一戸建てを見つけた。稲垣は、五年前の事件が起きた時点で五十九歳。ほとんど捜査に参加することもなく、定年を迎えたはずだ。とはいえ、まだ六十四歳。定年後に一時、兄の仕事を手伝っていたという情報があるが、詳細は分からない。警察と関係のある会社などに天下りしたわけではなく、警察との関係は今では切れているようだ。

インタフォンを鳴らすと、最初に妻が出てきた。「鎌倉南署の者です」と言うと怪訝《けげん》そうな表情を浮かべたが、バッジを見せると納得してくれた。ただし、もちろん「喜んで」という感じではなかったが。

玄関先に出て来た稲垣は、小柄な男だった。百六十五センチ、六十キロと見積もる。残り少なくなった頭髪を整髪料で綺麗《きれい》にオールバックにしていたが、顔には皺《しわ》がない。

「はい」

「鎌倉南署長の萩原と申します」丁寧に頭を下げる。

「署長？　署長が自らどうしたんですか？」稲垣が目を見開く。

「ちょっと人手不足でしてね」

「それにしても、署長が聞き込みなんて、普通はあり得ないでしょう」

「いろいろあるんです」萩原は説明を曖昧にした。一つ、嫌な予感がしている。黒原と稲垣は、同時期に同じ署にいた仲間だ。黒原から既に連絡が回ってきて、用心している可能性もある。

「ええと……外でもいいですかね」

「もちろんです」

うなずき、稲垣がサンダルをつっかけて玄関に降り立つ。ドアを後ろ手に閉めた途端に、「この辺はお茶を飲むところもなくてねえ」と言い訳するように言った。

「歩きながらでも構いません。話はできます」

「ああ……じゃあ」

うなずいて歩き出す。小柄な割に歩幅は広く、スピードは速い。これでは歩きながら話すのも大変では、と萩原は心配になった。

「で、一体何の件ですか」

「五年前の事件です」萩原は前置き抜きで切り出した。できるだけ耳を澄ませないと……と意識する。静かな住宅街の中だが、身長差があるので、向こうの声が耳に届きにくい。

「五年前……」

「隧道《すいどう》で起きた強盗殺人事件ですよ」

「ああ」

「残念ながら、未解決です」

「そのようですね」

「あまり関心なさそうですが」

稲垣がちらりと萩原を見上げる。

「もう辞めてますからね。辞めてしまうと、急に遠い世界になるもんですね」

黒原とはだいぶ気持ちの持ちようが違うようだ。いつまでも警察官でいた事実を引っ張ってしまうのか、定年退職が一つのタイミングになって、それまでの人生に一線を引いてしまうのか。稲垣は明らかに、後者のタイプのようだ。

「お辞めになってから、別の仕事をしていたんですね」

「ええ。兄が父親の会社を継いでいましてね。建設業なんですが、そこでちょっと働いていました」

「今は？」

「辞めました」稲垣が低い声で言った。「体を壊しましてね。大したことはないんですが、六十を過ぎても一生懸命働いているのが馬鹿らしくなったんです」

達観というか、単にいろいろなことに疲れただけなのか……それはそうだろう。四十年間も働いてきて、さらに別の仕事で数年のキャリアを積み重ねていくのは、肉体的にも精神的にも疲れるはずだ。どこかで折れて、残りの人生は楽に過ごそうと考えてもおかしくはない。自分もそうなるかもしれない、と萩原は思った。仕事もなく、家族もいない老後がどれだけ寂しいものかは、敢えて考えないようにした。

「体は大丈夫なんですか？」

「病気は治りましたけどねえ……大きな病気をすると、気持ちが折れますよ。体よりも気持ちのダメージの方が大きいかな」

「そういう大変な時に申し訳ないんですが……五年前の捜査本部事件の最中に、一見殺しに見えるような案件があったと聞いています。覚えておられますか？」

「ああ……どうだったかな……よく覚えていない」

「署ではかなり大騒ぎになったようですが」

「どうだったかな」歩きながら、稲垣が顎を撫でる。「私は捜査本部の仕事に傾注していたので、何とも言えませんな」

「ご存じなかったんですか？」

「いや、何か騒ぎになっているとは思いましたけど、話を聞いているような余裕はなかったので」

「新しい——別件の殺しかもしれなかったんですよ」

「とはいえ、結果的に殺しではなかったわけで……」

「それについてはご存じだったんですね」

ちらりと稲垣の顔を見ると、苦虫を噛《か》み潰したような表情を浮かべていた。隠しておく——あるいは嘘をつき通そうとしたのに失敗したような様子である。このまま矛盾を突《つ》き続けるか、あるいは……少し迷った末に、萩原は今の発言を既成事実として話を続けることにした。

「私もそういう風に聞いています。最初、殺しだと思ってあたふたしたのが、実は違ったと。ただし、署でそういう記録を見た覚えがないんですよ」

「どこかに埋もれているんじゃないんですか？　単なる事故死ですよ」

「事故死？」

「……そういう風に聞いています。私が処理したわけではないですが」あくまで「自分は関係ない」と距離を置こうとしている。

「事故死では、警察としては積極的に手は出せませんね」

「ええ」

「交通事故ですか？」

「いや、それなら最初から分かっていたと思いますけど……とにかく、事故と聞いています」

「殺しに間違われるような事故だったんですか？」

「その辺は、私は詳しくは知らないので」稲垣が逃げにかかった。

何となく話をはぐらかされているような気がしたが、それでも少しずつ事情が明らかになっているのは間違いない。最初は事件——殺し、それが二十四時間経たないうちに事故として処理された。その記録は署に残っているだろうか。警察が関与しない事故というのは、どういうものだろう。まだ謎は解けない。しかもこの謎が、どこかに繋がっていくかどうかが分からない。それでも調べようという気持ちは萎えなかった。自分にも、わずかだが刑事の血が流れているということか。


三人の退職者の最後の一人、植田福男《うえだふくお》はこの日、掴まらなかった。川崎市内にある一戸建ての自宅を訪ねてみたのだが、不在。携帯電話にかけても反応はなかった。どうも旅行中のようで、家に人の気配がない。早々に諦め、萩原は署に戻ることにした。前島が書類を用意しているなら、さっさと判子《はんこ》をついてやろう。

だが、署長室に入っても書類の用意はなかった。前島の姿もない。確認したところ、前島は今日、署に顔を出さなかったようだ。結局、自分の動向を探るためだけに電話を入れてきたのだろう。下手なやり方だ。

刑事課長の徳本の動きが気になる。さすがに、殺しの捜査の直接の責任者だから、今日も出勤している。上の捜査本部に上がれば話はできるはずだが、そうすべきかどうか、判断がつかなかった。

署長室に籠り、北川に電話を入れてみる。

「今、話していて大丈夫か?」

「移動中です」背後の雑音を聞く限り、車に乗っている様子だった。

「話せるか？」

「そちらで話していただく分には」口調は素っ気ない。当然、横には誰かがいるのだろう。

「三人中、二人には会えた。五年前に、一見殺しのような事故があったそうだが、覚えてないか？」当時も、北川は捜査一課にいたはずだ。

「いや」

「記憶にない？」

「事故だったら聞いてないと思います」

「事故があって、人が死んでいるのは間違いないんだ」

黒原と稲垣に対する事情聴取で、死んだのは四十二歳の無職の男だということは分かっている。家族とは疎遠になっており、静岡で暮らす弟に遺体を引き取ってもらうまで大変だった——という話までは聞き出せた。ただし二人の記憶は頼りなく——あるいは嘘をついているのかもしれない——名前が「富田《とみた》」と「富山《とやま》」に分かれた。それぐらい覚えていられないものかと思ったが、事故死で処理したとなったらそんなものかもしれない。何しろ当時、鎌倉南署は重大な事件の捜査本部を抱えていたのだから。

「書類は残ってないだろうな」

「でしょうねえ」

「ひっくり返してみようと思う。今、署にいるんだ」

「俺がやった方がいいんじゃないですか？　埃まみれになりますよ」

「そんな暇、ないだろう」

「ああ、まあ……そうですね」

「気にするな。署内のどこへでも出入りできるのが署長の権限のはずだよな」

「お任せします」

北川が素っ気なく言った。この男と額を突き合わせて、この件について相談したいと思ったが、しばらくは適《かな》わないだろう。取り敢えず、一人で何とかするしかない。

電話を切り、一つ深呼吸した。何となく、極秘で家宅捜索するような気分になっている。署内でごそごそ資料をひっくり返しているのを見つかったら、どう言い訳するか。もちろん「署長として、署の歴史を知ることは重要だ」という言い分は成り立つだろうが、何もこんな時にやらなくてもいいと思われるのがオチだ。

とはいえ、時間がない……疑問に思ったらすぐに手をつけるのが筋だ。仕事ができないのを時間のせいにしてはいけないというのは、どこでも共通したことである。警察に限った話ではない。

萩原は、夜の捜査会議に顔を出した。石屋が目を見開いたが、無視して彼の横に座り、刑事たちの報告に耳を傾ける。石村貴志と弟の関係が、次第に明らかになってきていた。二人は頻繁ではないものの、数年に一度は会うような間柄だったらしい。また、石村の銀行口座をずっと遡って調べたところ、弟に金を送った記録が残っていたのが分かった。援助ということか……石村の元妻は、その事実をまったく知らなかったという。二人とも働いていて、家族で必要な金は協力して出し合っていたものの、それぞれの口座の管理は個人で行っていたから、出金に気づかないのも当然だが……確認できただけで、石村は弟に五回、合計百万円近い金を送っていた。

「要するに、援助か？」石屋が指摘する。

「そのようです。被害者――弟の方は常に仕事が長続きしなかったようですから、金には困っていたものと思われます」この件を担当していた刑事が報告する。

「当時の記録で、金の関係については何かないか？　銀行の口座は洗っていなかったのか」

「当時の捜査本部が洗い出した銀行口座以外に、別の口座があったようです。どうしてそこに辿《たど》り着けなかったかは、現段階では分かりません」

石屋が舌打ちして、「これは査問だな」とつぶやいた。独り言のつもりだったかもしれないが、萩原ははっきりと聞いた。厳しい石屋のことだから、現在も五年前の事件を捜査している刑事から、本気で事情聴取するかもしれない。それはそれで、何かを掴むきっかけになりそうだが。

「もっと濃い関係は出てこないのか？」

「いえ、今のところは」短く否定して、刑事が腰を下ろす。

石屋が前屈みになって、ボールペンを振り回しながら言った。

「兄弟二人が殺されて、二つの事件に何にも関係がないとは考えられない。もっと濃い関係を捜せ。世間にあまり知られていなかった兄弟の関係が、事件に繋がっているのは間違いないんだ」

それは少し、極端に走り過ぎている。一度コーナーを曲がり間違えると、正しい方向に戻るのが難しくなる……しかし今の萩原には、自分たちが曲がりつつあるコーナーが正しいのか間違っているのかも分からなかった。

捜査会議を終え、署長室に戻る。いつの間にか前島が出て来ていたのに気づいた。捜査会議に合わせたのだろう。あるいは記者たちの対応のため。実際、副署長席の周辺には、数人の記者がたむろしている。萩原に気づいて声をかけてきた記者もいたが、萩原は「特にお話しすることはありません」とだけ言って署長室に入った。その直後、携帯電話が鳴る。仲本だった。

「どうだった?」

前置き抜きで切り出す。忙《せわ》しないのはいつものことだと思いながら、萩原は今日の聞き込みの成果を説明した。

「俺の方でもちょっと調べてみたんだが、記録は特に見つからない」

「事故死なら、本部にまでは正式に情報が上がらないかもしれませんね」

「そうだが、それ以前の段階——事件か事故か分からないなら、報告があって然《しか》るべきだ。着手が遅れたら、意味がないからな。大騒ぎするぐらいでちょうどいい」

「報告はなくとも、情報を受けていた刑事はいるかもしれませんよ」

「そうだな……それもちょっと調べてみよう。ただし、時間がかかるかもしれない」

「お触れを出すわけにもいきませんしね」

「まったく面倒なことだ……ただ、鎌倉南署には、やはり何かあるんだよ。五年も前から。ただ、桜庭署長とは関係ないだろうが。だから、あまり引きずられるなよ。肝心の調査に関係あるのかないのか、早い段階で見極めなければいけない」

「一つ、考えていることがあるんですが」

「何だ?」

「桜庭署長も、五年前の事件に関心を持っていたとは考えられませんか? ちょっと聞けば、出てくる情報です」

「それはどうかな……お前は、署員からは聞いてないんだろう」

「ええ」

「だったら、桜庭さんの方がお前よりも刑事として優秀だったのかもしれないな」仲本が皮肉っぽく言った。

「それは否定できませんけどね」ノックの音が聞こえて、萩原は慌てて言った。「ちょっと待ってもらえますか？」

電話を持ったまま「どうぞ」と声をかけると、勢いよくドアが開く。前島が蒼《あお》い顔を突き出した。

「殺しです」

「何ですって？」

「たった今、通報がありました」

「分かった」

かすれた声で答える。いったい何なんだ？　鎌倉が突然、神奈川県内で最も危険な街になってしまったのか？　深呼吸して、電話に戻る。

「どうした」ただならぬ気配に気づいたのか、仲本が不安そうに訊《たず》ねる。

「また殺しだそうです。今、一報が入りました」

「そうか」仲本は落ち着いたままだった。それどころか、皮肉をかます余裕すらあった。「お前が事件を持って行ったんじゃないか？」

まったく否定できない。

何ということだ……こんな奇妙な殺人事件など、何十年警察官をやっていても遭遇するものではない。

2

今回の事件の被害者、丸井誠治《まるいせいじ》は、石村貴志を殺した犯人と推理された。

刑事たちや鑑識課員が慌ただしく動き回る現場で、萩原はできるだけ邪魔にならないよう、部屋の隅に立っていた。とはいえ、八畳ほどのワンルームなので、部屋にいるだけでも邪魔になる。どんどん人が増えてきたので、現場は専門家に任せて、仕方なく外に出た。

外に出ると、室内は血の臭い、そして人いきれでむっとするような空気に満ちていたことを意識する。マンションの外廊下には爽やかな風が流れ、それに触れただけで気持ちが楽になった。

目を瞑《つぶ》ると、死体の様子がありありと脳裏に蘇った。明らかに一人暮らしの部屋で、中はごちゃごちゃしている。床が見えないほど物で溢れている中、丸井はベッドの上でうつぶせに倒れていた。後頭部を激しく殴打された上、背中にも刺し傷がある。どちらが致命傷であってもおかしくない傷のようだった。遺体はまだ新しく、死後一、二時間ほどしか経っていない——そもそも通報は「人の悲鳴を聞いた」だった。この一一〇番通報を受けて出動した鎌倉南署の地域課員が、ドアに鍵がかかっていないのを確かめて部屋に踏みこみ、死体を発見したのだった。

ブルーシートが運びこまれ、二階の外廊下を覆う作業が始まる。この覆いが完成すると息苦しくなるので、萩原はさらに後退して、一度マンションから離れた。三階建ての古いマンションの前の道路に、捜査車両が大量に停《と》まっていた。道路自体、封鎖されている。

萩原は署長車に乗りこみ、ウィンドウを開けて外の様子を見守った。ざわざわとした雰囲気は、部屋からはみ出してマンション全体を覆いつつあるようだった。住んでいる人は、気が気ではないだろう。自分のマンションで殺人事件——部屋は違うとはいえ、縁起が悪いと引っ越しを考える人が出てきてもおかしくない。

刑事課の係長、浮田が通りかかる。走るようなスピードで、急いでいるのは明らかだったが、萩原は敢えて声をかけた。まだ状況がまったく分かっていない。

「浮田係長」

「あ、署長」浮田が足を止める。顔には焦りの表情が浮かんでいたが、署長に呼び止められて無視するわけにもいかないということか。

萩原は浮田を手招きした。浮田が車の横で体を屈める。本当は車の中で話し合いたいのだが、そこまでの余裕はないだろう。

「状況はどうだ？」

「犯人らしき人間を目撃した人がいます」浮田の声は弾んでいた。「マンションの住人なんですが、悲鳴が聞こえた後、窓から外を見たら、慌てて逃げる人間を目撃したということです」

「顔は見ているのか？」

「それは、残念ながら……しかし、相当大柄な若い男のようでした。近くに停めておいた自転車で逃走を図ったようです」

「その情報は、もう流したか？」

「機捜に連絡済みです」

「よし」

現場近くで犯人の捜索に当たるのは、まずは地域課の制服警官と機動捜査隊員だ。犯人が自転車で逃げていることは、警察にとってはプラスとマイナスがある……相手の行動範囲が狭いから、車で逃走している人間を追うよりは楽だ。ただし、狭い路地にも簡単に入りこめるので、捜索はより細かくならざるを得ない。

「取り敢えず、犯人確保のために人手を割くべきでしょうね」浮田が提案する。

「その通りだ。それはこっちで指示しておく。ただし、近所の聞き込みも徹底するように。こんな時間に起きた事件だから、他にも絶対に目撃者がいるはずだ」

「了解しました」

通報は、午後八時四十五分。直《ただ》ちに署員が出動し、遺体を確認したのが九時三分だった。土曜の夜、静かな鎌倉の街も、まだ眠りにつくような時間ではない。このマンションだけでなく、近くの家でも犯人を目撃した人がいる可能性が高い。

現場は逗子《ずし》市との市境に近い場所で、マンションやアパートよりも一戸建てが目立つ住宅街である。県道三一一号線から、急な坂を登っていった先だった。どうも、石村貴志の自宅と似たような環境である。ただし向こうは近くに駅があったが、この現場の最寄り駅である鎌倉駅は、三キロほども離れている。むしろ逗子駅の方が近いかもしれない。

浮田を解放して、萩原も外へ出た。ちょうど、本部から捜査一課長の仲本が到着したタイミングだった。

「課長」

呼びかけると、前屈みになって先を急いでいた仲本が、一瞬だけ歩みを緩める。萩原を認めてうなずいたが、立ち止まる気配はない。萩原は急いで仲本の横に並び、マンションに向かって歩き出した。

「棚から牡丹餅《ぼたもち》か？」仲本が皮肉っぽく言った。

「まだ詳細な確認は取れていませんが」

「いや、時間の問題だ。財布が見つかったそうだな」

「ええ」

こんなことがあり得るのか、というのが萩原の率直な感想だった。Aを殺した犯人Bが、別のCという人間に殺される――殺しは連鎖するというのか？

「指紋の照合で確定できるだろう」仲本は楽天的な様子だった。ベテランの捜査官は、わずかな手がかりで一瞬にして結論を見通してしまったのかもしれない。萩原としては、それほど楽天的にはなれなかったが。そう簡単には筋は繋がらないような気がする。

「今回の犯人に関しては、目撃者が相当いそうです」

「こんなところで、こんなに早い時間だから、期待できそうだな。周辺捜査を集中してやる」

「そうですね……それは指示しています」

「何か、気に入らないようだが？」仲本が疑わしげな視線を向けてくる。

「いや……自信がないだけです。筋が読めない」

「今からでも、何度でも現場を踏むんだな。捜査指揮官としてやり直すのに、遅過ぎることはない」

まさか……自分に背負わされた役目は、そういうことではないはずだが。

現場が動いている時には、現場で物事を処理するのが基本である。仲本の課長車、それに一台のワンボックスカーが、臨時の「捜査本部」になった。仲本がそこに陣取り、次々と報告を受けては命令を下す。鎌倉南署に詰めていた係長の石屋も現場に来ていたが、ここの仕切りは課長に任せたようだった。

現場に到着して一時間……萩原は無言で、仲本の仕切りぶりを見ていた。さすがというべきか、淀《よど》みがない。現場には数十人の警察官が散っていて、頻繁に電話連絡が入るのだが、それを極めて短時間で捌《さば》いていく。自分でメモを取っていたが、書きながら、電話で話しながら、そのメモを仕分けしていくのだった。目撃者関係、現場関係、被害者の個人情報——途中からはさすがに、石屋もメモの整理に加わった。

「こういうのは懐かしいな」仲本がぽつりと言った。

「課長が係長の時代以来ですね」石屋が応じた。

そうか……二人の関係は長い。昔から、こんな感じで一緒に捜査を進めていたのだろう。自分にはない絆《きずな》を感じて、萩原は軽い嫉妬を覚えた。そう……自分は何となく、県警の中で一人で遊泳してきたのだ。もしかしたらその原因は、若い時の離婚ではないかと考えたこともある。「そんなことは関係ない」というのが上層部の公式見解だが、警察には本音と建前がある。ただし離婚がマイナスになったなら、これほど早く出世もできなかったわけで……結局全ては、「見えざる手」によるものだろう。要するに、「偉い人」が自分をこういう風に——管理する人間に育てようと決めたということか。

「おい、目撃証言が混乱してないか？」仲本が指摘した。

「そうですね」石屋が眉間に皺を寄せる。「別人じゃないですか？　この辺、自転車がないと移動もできないだろうから」

「ちょっと確認するか……」

仲本がちらりと萩原を見る。ヘルプを求められていると判断し、狭い車内を身を屈めて移動して仲本の隣に座った。

「どういうことですか？」

「自転車で逃げたという話だったな」

「ええ」

「その証言が複数あるぞ。一つは本格的なロードバイク、もう一台はいわゆるママチャリだ」

「だったら別人でしょう」

「ただ、乗っていたのが同じ人間らしい……相当体格のいい若い男のようだから、見間違えはないと思うんだが……」仲本が不機嫌に言って顎を擦《さす》った。

「途中で自転車を乗り換えたとか」

「ハギ、その辺がお前の推理力の限界か？」

「どうも、すみませんね」むっとして萩原は言い返した。「そういうこと、署員の前では言わないで下さいよ」

「俺は気遣いの人間と言われてる」

石屋がうつむき、笑いをこらえているのが見えた。死刑台のユーモアというのは誰の言葉だったか……ぎりぎりの厳しい状況になった時にこそ笑いが出るのは、萩原も何度も経験していた。

「ロードバイクの目撃は、うちの刑事がとってきたんだな……ママチャリはそっちの刑事だ」仲本が萩原に向けて顎をしゃくった。「浮田だな？」

「浮田本人ではなく、別の刑事だと思います」

「ちょっと呼べるか？」仲本が萩原に疑わしげな視線を向けた。

「大丈夫ですよ」携帯を取り出した後、萩原は一瞬躊躇《ちゅうちょ》した。「課長……」

「別々に話を聴こう」

疑っているのだ、とすぐに分かった。鎌倉南署の刑事課が、何か隠し事をしていることは、仲本も了解している。しかしこの疑惑はどうか……殺しの捜査でいい加減なことをするとは思えない。

「とにかく浮田を呼んでくれ。できれば、この目撃者から話を聴いた刑事も」

「分かりました」

一課長の下働きというのもどうかと思いながら、萩原は浮田を呼び出した。

「この情報、誰が取ってきた？」

「小関です」

夏美か……嫌な気分が胸の中で渦巻く。しかし仕事は仕事。しかも殺しの捜査だ。何とかもやもやを押し潰して、萩原は夏美を探して捜査指揮車まで来させるよう、浮田に指示した。もちろん、萩原が自分で電話してもいいのだが、妙な噂が立った後である。あらぬ疑いを向けられたくない。

「小関でした」

「ああ？」萩原が報告すると、仲本が目を細める。捜査指揮車の中に三人しかいないのは分かり切っているのに、不安気に周囲を見回してから、小声で言った。「お前が手をつけた相手じゃないか」

石屋が敏感に反応して顔を上げた。「それは、どういう……」と言いかけて言葉を呑みこむ。この男は、仕事以外では鈍いのだ。人の噂をあまり気にしない。

「いや、誤解ですから」萩原は慌てて否定した。「課長も、変な話を広めないで下さい」

「こいつは、署内で狙われている」仲本が低い声で指摘する。「誰かがはめようとしているんだよ」

「何かやらかした……自業自得じゃないんですか」石屋が冷たく指摘する。

「思い当たる節はありませんけどね」

いちいち反論するのも馬鹿馬鹿しい。しかし、石屋は妙にしつこく絡んできた。

「小関というと、刑事課の唯一の女性刑事じゃなかったか？」

「そうですね」

「男の中に女が一人、か。ややこしい状況になりがちだな」

「特に問題はないと聞いていますけどね」しかし、何か問題は抱えている。それを未《いま》だに聞き出せない自分の能力の低さに、萩原は呆《あき》れていた。

「ちょっと気になってるんだよ、俺は」石屋がボールペンの先で手帳を突いた。「捜査会議でも、いつも何となく元気がない」

「男ども——それに先輩たちに囲まれているんだから、元気一杯というわけにはいかないでしょうね」

「そういう感じとも違う……俺は、あまりよくない環境で仕事している女性刑事も何人も見ている。だいたい緊張して、ストレスを抱えこんでいる——それは見れば分かるんだ。彼女の場合、ちょっと違うと思う」

「論評は差し控えます」

「観察してみるよ」仲本が言った。「いい機会だから、俺も直接話す」

「ええ」嫌な予感がする。自転車の一件を確認するだけのつもりが、話がどんどん広がってしまいそうだった。

五分後、捜査指揮車のドアがノックされた。萩原は身を乗り出してドアを開け、夏美の姿を認めた。軽く笑みを浮かべてうなずきかけてやったが、彼女の表情は硬いままである。考えてみれば、鎌倉駅前の中華料理屋で会って以来、これほど近い距離で顔を合わせるのは初めてだった。

「失礼します」夏美が緊張した低い声で言って、車内に乗りこんできた。ワンボックスカーを改造した車なので車高はそれほど高いわけではなく、夏美も頭を下げている。

「座ってくれ」

急に仕事の顔になって、仲本が夏美に座るよう促した。一課長自ら事情聴取ということで、夏美は異様に緊張している。座った瞬間に背筋を伸ばし、そのまま固まってしまったようだった。

「君が報告を上げてきた目撃証言なんだが、体格のいい若い男性が自転車で逃げ去った、という話だったな」

「はい」

「ママチャリか？」

「目撃者はママチャリという表現は使っていませんでしたが、いわゆる普通の自転車だと思います」

「車じゃないから、車種までは分からないだろうしな」仲本が腕を組み、うなずいた。「目撃者は、マンションの隣の家の主婦だったな……」仲本が、自分が書き散らかしたメモに目を落とし、「福福《ふく》永《なが》早《さ》希《き》さん」と読み上げた。

「はい」

「間違いないか？　どういう状況で目撃している？」

「悲鳴が聞こえたので、慌てて玄関のドアを開けて外を確認したら、自転車で逃げる男の姿が見えた、ということでした」

「逃げたというのは、どうして分かったんだ？」仲本が念押しした。

「態度が――そういう様子だったというだけです……自転車は近くの家のブロック塀に立てかけてあったそうですが、ひどく慌てた感じだったということです」

「この時間に、自転車で急に走り出すのは、確かに怪しい感じだっただろうな」

「本人もそう言ってました」

その後も仲本は、細々と質問をぶつけ続けた。取調官として仲本が優秀なのかどうか、萩原は知らないが、容疑者が嫌がるタイプなのは間違いない。一つの質問に答えが出ないと、次の質問に行かないタイプなのだ。取り敢えず、曖昧にでも全体像を掴んでおこうとは考えないようだ。

「分かった。ご苦労さん」仲本がすっと目線を下げて言った。

「はい……あの、何か問題でもあるんでしょうか」

「いや、単なる確認だ」仲本が顔を上げ、首を横に振った。「目撃証言がちょっと揺らいでいるようだからな。別の人間の目撃証言かもしれないんだが……」

「それは私には分かりません。他の目撃証言は聞いていませんので」

「そうか……引き続き、周辺の聞き込みを頼む」

「了解しました」硬い表情のまま──車に乗ってからまったく変わらなかった──うなずき、立ち上がる。天井に頭をぶつけそうになって、慌てて頭を引っこめた。

仲本が萩原にうなずきかける。萩原はうなずき返し、夏美に続いて車を降りた。様子を探れ──仲本の意図は簡単に読める。外の空気は少し冷たい。萩原は背中を伸ばしてから、夏美に声をかけた。

「ちょっと待ってくれ」

夏美が振り返る。表情は強張《こわば》ったまま──先ほどまでよりも硬い。萩原は、近くに刑事たちがいないのを確認してから彼女に歩み寄った。

「先日のことは──」

「ひどい噂です」夏美がすぐに言った。相当怒っている。落ちこんでいるのではなく怒っているのは、いい傾向かもしれないが。

「確かに、ひどい目に遭ったな」

「大したことはないですけど……何もなくてもいろいろ言われるので」

「セクハラ、パワハラだったらいつでも相談に乗るぞ」

「いちいち相手にしていたら、きりがないですから。そういうのは、適当にやり過ごすのが一番です」

「強いな、君は」心底感心して萩原は言った。

「その分、気持ちはすり減りますけど」夏美がすっと頭を下げる。「失礼していいでしょうか？まだ聞き込みの途中なので」

「ああ……今の自転車に関する証言、間違いないか？」

夏美が「はい」と言うまで、一瞬間が空いた。その短い空白が、萩原の胸に小さな疑問を植えつける。

「間違いないか？」

もう一度訊《き》くと、夏美がまた短く「はい」と答える。

「何か、打ち合わせしたんじゃないか？」

「そういうことは——」反論しかけて、夏美が口を閉ざす。拳を唇に押し当て、自分の言葉を押しこめようとしているようだった。

「ないか」言って、萩原はうなずいた。

「もちろんです」

「だったらいい」

「ええ……署長？」

「何だ？」

「この事件は、続きです」

「続き？」

「昔の事件の続きです」

「それは、五年前の事件のことか？」

「――失礼します」夏美がやけに丁寧に一礼した。身を翻し、萩原が声を発する間もなく早足で去って行く。

ぴんと伸びたその背中を見送りながら、萩原は眉間の皺が深くなってくるのを意識した。彼女が残したメッセージ――その意味は何だ？

疑念を何とか解決しようと考え始めた瞬間、声をかけられた。

「ハギさん――署長」

「ああ」声の主にすぐ気づき、萩原は反応した。「田辺《たなべ》」

「どうもです」

捜査本部では毎日のように顔を見ていたのだが、直接会話を交わす機会はなかった。捜査一課時代の後輩で、あだ名は「忍者」。小柄ですばしこく、どこへでも入りこんで情報を取ってくる。上層部からすると、非常に使いやすい刑事だった。

「どうした」

「課長に直接呼ばれたんですけど、何ですかね」

「ああ」だいたい話の内容は予想できた。「それは課長に聞いてくれ」

「ハギさんの指示じゃないんですか？」

「俺はいちいち指示を出す立場じゃないよ。それは仲本さんの仕事だ」

「了解っす」

軽い調子で言って、田辺が捜査指揮車にはいる。どういう指示か確認しようと、萩原もすぐ後に続いた。仲本が、低い声ですぐに田辺に指示を与える。

「事情聴取だ」

「了解っす」田辺の口調は、相変わらず軽快だった。

「現場マンションの隣の家、福永という家だ。そこの福永早希さんという人に、自転車の件で確認を取ってくれ」

「自転車ですか?」田辺が首を捻る。彼はまだこの情報を知らないのだ。現場であたふたしている時にはよくあることだが、情報の共有が難しい。結局、捜査会議の時に初めて進展状況の全体像を知る、というパターンだ。

「ああ。犯人らしき人間が自転車で逃げたという情報がある。その自転車の種類――それを確認してくれ」

「了解っす」三度目の簡潔な「了解」。物言わぬ兵士が優秀な兵士だとよく言うが、それを信じれば、田辺は超優秀な兵士である。

田辺はそれ以上の説明を求めず、さっさと捜査指揮車を出て行った。捜査本部の仕事で疲れきり、しかも土曜の夜にいきなりの殺し――なかなか気合いが入らないはずだが、田辺はまったく普通の様子だった。気軽に昼飯でも食べに行くか、といった風情である。

萩原は仲本の前に座り、両手を組んでテーブルに乗せた。

「仲本さん、今のは……」

「小関は嘘をついてるんじゃないかな」

「まさか……犯人に直接つながる話ですよ？　そんなことで嘘をつくなんて、考えられない」

「それはすぐに分かる。田辺ならすぐに、今の情報が正しかったかどうか、探り当ててくるよ」

「あいつなら、そうでしょうね……それより、ちょっと気になることがあります」

「何だ」仲本も身を乗り出した。

「さっき、小関にちょっと話を聞いたんですが、この事件が昔の事件の続きだと言ってました」

「五年前のか？」

捜査一課長が自分と同じ反応を示したので、萩原は少しだけほっとした。自分の感覚は、それほどずれているわけではないようだ。

「それについては何も言いませんでしたが」

「過去の、というとすぐにそれが思い浮かぶけどな……小関は何を知ってるんだ？」

「確実に何かを知ってます。でも、完全に告白する気にはなれないようですね」

「何かを怖がってるか……」

「刑事課の中に、何かあるんですよ」

「異動させますか？」突然話に割りこんできた石屋が、とんでもないことを言い出した。「鎌倉南署にいるから、何かのしがらみで言いにくいことがあるのかもしれない。異動すれば喋れるかもしれませんよ」

「そんなことができれば苦労はしない」仲本が否定した。「だいたい、今異動させたらあまりにも露骨だろうが」

「過去の在籍者を揺さぶるのも手かもしれませんよ」萩原は指摘した。

「時間はかかりそうだがな……」仲本が顎を撫でる。顔の下半分は、無精髭《ひげ》で薄《うっす》らと青くなり始めていた。

仲本はまだ何か言いたそうだったが、その時携帯が鳴った。仲本が素早く取り上げ、相手の声に耳を傾ける。報告は短かったが、わずかな時間で眉間の皺が一気に深くなる。

「分かった」電話を切った時には、眉間の皺は十円玉が挟めそうなほどになっていた。萩原の方に身を乗り出し、「偽情報だ」と吐き出すように告げる。

「自転車ですか？」

「ああ。福永早希さんは、自転車はスポーツタイプだったと証言した。腰が高い位置にあって、前傾姿勢――ママチャリじゃないな」

「田辺の奴、こんな短い時間で確認できたんですか？」萩原は驚いて腕時計を見た。彼が車を出てから、五分も経っていない。

「いつも通りだ」仲本がうなずく。「奴のことだから、信用していいだろう。俺も、いつも仕事が早過ぎるから疑ったこともあるが、奴の情報が間違っていたことは一度もない」

「そうですか……」嘘。夏美が嘘をついたことが、萩原には予想以上のショックだった。彼女も、刑事課の陰謀に完全に巻きこまれているのだろうか。

だとしたら、今まで彼女に聞いた話もまったく信用できなくなる。

深夜、この夜二度目の捜査会議が行われた。本当は今夜は、捜査会議を開く意味はない。情報が錯綜《さくそう》しているので、話し合っても混乱するだけだろう。事前の幹部による話し合いの結果、この会議では仲本が一人で喋り、明日以降の捜査の指示を与えることになった。

長い一日だった——しかし刑事たちの前にいるので、欠伸《あくび》することもできない。萩原は唇を噛み締めて欠伸を呑みこみ、全身に力を入れた。壁の時計を見上げると、午前一時。横に座る仲本はまったく平気な表情で、書類にペンを入れている。顔の下半分に無精髭が目立つほかは、昼間に書類仕事をしているのとまったく変わらない様子だった。

「まだ安心させない」ボールペンを書類の上に転がして、仲本が囁《ささや》いた。

「どういうことですか？」

「一応、最初の事件の容疑者は特定されたと言っていい。しかし、その容疑者を殺したのは誰かという問題が残る」

「……そうですね」

「事態はさらに複雑になったということだ」

「残念です」

「何だ、その官僚答弁は」仲本が鼻を鳴らす。

「この場では官僚答弁しかできません」

そう、どうにも信用できない——何か隠し事をしているらしい鎌倉南署員たちの前では、迂闊《うかつ》なことは言えない。この捜査会議が終わったら、仲本と二人だけで話をしようと、署に上がる前に決めていた。

仲本が立ち上がり、「では、始める」と声を張り上げた。萩原は軽く腕組みしたまま、彼の話を聞いた。これまでずっとばらばらのままだった情報が、仲本の口から語られると、非常にシンプルで分かりやすい話に聞こえる。

「今回の被害者、丸井誠治の自宅から、石村貴志の自宅からなくなった財布が見つかっている。現金は発見されなかった。他に、石村貴志の自宅で採取された指紋の一部が、丸井誠治のものと一致した」

ほう、と声が漏れる。萩原にはやはり、安堵《あんど》の声に聞こえた。当然仲本もそれは意識しており、さらに声を張り上げる。ほとんど怒声になっていた。

「これは新たな事態だ。そう簡単に事件が全面解決するわけじゃない。丸井誠治を殺したのは誰だ？」

会議室の中がしんと静まり返った。さすがに事件慣れした刑事たちは、この一言だけで事態を把握したようだ。

今のところ、丸井が石村を殺したのは間違いなさそうだ。少なくとも、丸井が石村の家に行ったのは間違いない。盗んだ財布を自宅に保管してあったのはやや不自然な行動だが——普通は証拠隠滅のために金を抜いたら捨てる——石村の家から丸井の指紋が出ているのは強力な証拠だ。おそらく他にも、容疑を裏づける材料は出てくるだろう。

仲本がどんどん話を進める。事件は「二重構造」になったが、まず大事なのは、丸井の容疑を固めること。これには、丸井と石村の関係を調べることも含まれる。さらに、まだほとんど手つかずの丸井殺しについては、一からスタートだ。もちろん、犯人らしき不審者についての目撃証言はあるが、これも怪しい——捜査会議では、仲本は自転車の種類は伏せていた。複数の人間が目撃されたのか、あるいはやはり鎌倉南署の嘘なのか……判断できない以上、曖昧にするしかない。大きな一歩を踏み出せるはずが、曖昧な証拠にしかならないことを萩原も意識していた。例えば高級なスポーツタイプの自転車なら、台数もそれほど出ていないはずで、販売店を辿って所有者を割り出すのも不可能ではないだろう。自転車の行動範囲を考えると、神奈川県内を調べるだけで済むのではないか。

捜査会議は三十分ほどで終わった。ほぼ一方的に仲本が話すだけで、質問も出ない。何となく、険悪というか不穏な雰囲気が漂っているのを萩原は感じ取っていた。一応、署長として一声かけておくべきだろうかと思ったが、やめておいた。自分にとって、署員が味方なのか敵なのかも分からないのだから……。

刑事たちがぞろぞろと出て行くのを見送って、仲本がぽつりと言った。

「車の中で話すしかないだろうな」

「そうですね」

「ここにも、監視カメラがついてるかもしれん」

「そう考えておいた方がいいかもしれません」

「いったい、鎌倉南署で何が起きてるんだ?」

萩原は肩をすくめるしかなかった。そんなことが分かっていれば、とうに報告している。

一課長の専用車の中で二人……運転手は、捜査一課の若手の中でも口が固い人間を選んでいるから、ここで話した内容が表に漏れる心配はまずない。

仲本が運転手役の刑事に命じて、車を出させた。いつまでも署の駐車場に停まっていると、また疑われる。

「徳本だな」車が走り出すなり、仲本が言った。「奴が、全体をコントロールしているのは間違いない」

「そうですね」

「しかし、何を隠す必要がある？」

「それが分からないんですよ」萩原は首を傾げた。「捜査の妨害をする意味が分からない」

「隠しておかなければならないことがあるとしたら……桜庭さんのことだろうな」

「確かに、近々だとそれぐらいですね。でも、それがこの事件と結びつく筋が見えない」

「その通りだな」仲本も認める。

「となると、五年前の筋も考えないといけないかもしれませんね」

「しかし、徳本は五年前は、ここにいなかった」

「当時は……」

「機動捜査隊の副隊長」

「それは、もしかしたら……殺しの捜査だったら、初動で機捜が投入されるのは普通ですよね」

「ちょっと調べてみよう。確かに、鎌倉南署の事件には投入されていた可能性がある」仲本が請け負った。

「その時に何かがおきて、それを今まで引きずっている可能性もありますね」

「まあ、可能性としては、だな」仲本が顎を撫でる。あまり乗り気な口調ではなかった。

萩原は窓の外に視線を向けた。車は県道三一一号線を逗子方面に向けて走っている。横須賀線の踏切を越えたところで、仲本がまた口を開いた。

「どうも、俺たちが考えているよりも根っこは深そうだな」

「そうですね……」その時、ふとあることに気づいた。「五年前ですよね？」

「ああ」

「その時、桜庭署長の息子――英智が鎌倉南署で捜査に参加していたはずです。それが何か関係しているということは考えられませんか？」

「机上の空論だな」仲本がぴしりと言った。「具体的なつながりはないだろう」

「そうなんですけどね……」諦めきれない。萩原はその可能性にすがりたかったが、具体的につかめる線が何もないのだ。

「頭の片隅には入れておこう。ただし、そこに拘泥し過ぎるのはよくない」

「ええ」

「しかし、この二つの事件は気になるな」急に気を取り直したように、仲本が言った。「偶然とは思えない」

「例えばですけど」萩原は組み合わせた自分の手を見ながら言った。「石村に、我々が知らない家族や友人がいたという可能性はないですかね？　その人間が、丸井が犯人だということを警察よりも早く割り出して、報復したとか」

「それじゃ、警察の面子が丸潰れだな」

冗談めかして言ったが、萩原が顔を見た限り、仲本は真剣な様子だった。確かに、素人に先を越され、しかも新たな事件を起こされたらどうしようもない。

「あくまで可能性ですけどね」

「そこも洗い直す必要があるな。しかし、半ば世捨て人のような生活をしていた石村に、そんな濃い知り合いがいたとは考えにくい」

「弟がそうだったかもしれません」

「五年前に死んでるよ」白けた調子で仲本が言った。

「そうでした……ちょっと机上の空論でしたね」

「お前のように現場慣れしていない人間は、空想しがちだな」

「申し訳ないです」

車は、逗子市と鎌倉市の境にある隧道に入った。ここで三一一号線は、上りと下りが別車線に分かれる。隧道を抜け切った後で、再び片側一車線の道路に戻る。しばらくは、横須賀線沿いに走ることになるが、民家が建ち並んでいるので直接線路を見ることはできない。当然、電車は走っていない時間でもある。

「身の回りには十分気をつけた方がいいな」仲本が忠告した。

「まさか……殺されるようなことはないと思いますが」

「ああ。ただ、隠し事が気になる。警察というのは、人が隠したことを探り出すのが仕事だ。逆に言えば、隠すのは得意だろう」

「そうですね」

「だから、これからも事情を探り出すには苦労すると思う。ただ、頑張ってくれ。踏ん張りどころ

イントなんじゃないか？」

「実際、これがポイントになりそうな気がしているんだ。最初の最初——桜庭署長の死が重要なポだ」

「督励は得意ですよね」萩原は苦笑した。


日曜日も捜査本部は休みなく動き、萩原も朝から出勤した。やり残したこともある——五年前の捜査本部の退職者で、植田福男にだけは話が聞けていなかったが、既に勝手に署を抜け出せる雰囲気ではなくなっていた。

「家の片づけは済みましたか」やはり朝から出て来ていた前島が、書類を持って署長室に入って来るなり訊ねた。

「狭い家ですからね……一人暮らしだと、物も増えませんから。そろそろ夏服と冬服を入れ替えしなければならないので、その手間ぐらいですよ」余計なことまで喋っているな、と意識する。

「そうですか。一人暮らしもいろいろ大変ですな。私なんか、タンスのどこに何が入っているかも分からんですよ」

少し皮肉な調子で言って、前島が部屋を出て行った。萩原は書類を素早く確認し、判を押した。昨日言っていた、捜査本部にかかわる費用の関係だが、今日はもう事情が変わってしまっている。もう一件の殺しを抱えて、予算は膨らむ一方だ。まだ年度が始まったばかりだが、年度末に調整するのは大変だろう。何もなければ、それを最終的にチェックするのは自分だ。

ただし、いつまで鎌倉南署長でいられるかは分からない。署員たちと本格的に対決することになったら、萩原にもダメージは残るだろう。自分には直接関係ないことでも、公式には責任を負わされる可能性がある。理不尽といえば理不尽だが、警察というのはそういうものだ。四角四面で、基本的には公式見解しかない。ただしその裏で、曖昧な処理がなされることも少なくはない。

桜庭署長の死とか……。

携帯が鳴った。取り上げると、見慣れぬ電話番号が浮かんでいる。誰だろうと思いながら電話に出ると、桜庭前署長の娘、菜穂子だった。最初、言われても分からなかったのだが、結婚して苗字《みょうじ》が変わっているのだとすぐに思い出した。声にも聞き覚えがあった。

「お休みのところすみません」菜穂子は申し訳なさそうだった。

「いや、いいんです。今日も仕事ですので」

「日曜日なのに？」

「警察官に土日がないのは、あなたもよくご存じかと思いますが」

「あ、すみません……お忙しいですよね」

「いや、大丈夫ですよ。署長なんて、そんなに忙しいわけじゃないですから」萩原はできるだけ気軽な調子で答えた。「その場に座っているのが大事なんです」

「母もそう言ってました」

「そんなことを？」

「ええ」

もう母親のことを話していても大丈夫なのだろうか。娘が母親を亡くすと、結構ダメージが残るというのだが。

「どうですか？　少しは落ち着きましたか？」

「まだざわざわした感じですけど、一応は……毎日、できるだけ忙しくするようにしています」

「その方がいいと思いますよ。忙しいのが一番ですから」

「ええ」急に菜穂子が言葉を濁した。言いにくそうに「お電話してしまって申し訳ないんですけど、ちょっとご相談がありまして」と切り出す。

「ああ、もちろんいいですよ。いつでも電話して下さいと言いましたよね」あれはもちろん、落ちこむ菜穂子を励ますための方便だったのだが。大阪に住んでいる菜穂子に相談を持ちかけられても、簡単には解決できないだろう。

「実は、兄のことなんです」

「英智……君？」「さん」づけもおかしいと思いながら、萩原は「君」をつけた。神奈川県警の後輩という意味では「英智君」でもおかしくはない……萩原は一つ咳払いをした。自分は少しばかり、神経質になり過ぎているのではないだろうか。

「大丈夫ですか？」菜穂子が心配そうに訊ねた。

「……ええ、大丈夫です。それで、英智君がどうしたんですか？」

「先日、電話で話したんですけど、ちょっと様子がおかしくて」

「具体的にどんな具合ですか？」

「黙りこむんです。向こうから電話をかけてきたのに、用件も言わなくて」

「それで、用件は何だったんですか？」

「最後まで言いませんでした。それもおかしいんです。もともと体育会系なので、普段はそんな風じゃないんです。ちょっと馬鹿ですけど、言うことはきちんと言う人です。膝を怪我《けが》したって言ってましたけど、怪我は昔からよくあるし……」

「なるほど」

「最近、メールの返事も遅いし……仕事でも忙しいんでしょうか」

「確かにいろいろありまして、忙しいのは間違いないです」ただし、英智は現場に出てはいないはずだ。特に意図があったわけではなく、勤務スケジュールのせいである。機動捜査隊員は、二十四時間体制で動くが、勤務に入っていない時にまで呼び出されることはまずない。今回も非常事態とはいえ、マックスを五とすれば四のレベルだ。

「そうですか……」菜穂子は納得していない様子だった。

「今まで、こういうことはなかったんですか？」

「ないです。母が亡くなった時も、毅然《きぜん》としていましたから」

「後からショックがくることもありますよ」

「そうかもしれませんけど、兄に限ってはそういうことはないと思います。今までと様子が違うから心配なんですよ」

「そうですか……」萩原は顎を撫でた。

「ですから、警察の仕事の方で何かあったのかと心配になって」

「特にはないはずです。ちょっと調べてみますが」これで逆に、英智の様子を探る理由ができた。もちろん、英智に何か疑いがかかっているわけではないのだが。「実は、ちょっと前に会ったんですけどね」

「そうなんですか？」菜穂子が声を張り上げる。「何か、問題でも……」

「そういうわけじゃないです」萩原は慌てて否定した。「実は、昔の事件を調べる必要がありましてね。彼が担当していたもので」

「そうですか……何か、おかしな様子はなかったですか？」

「ないですよ」あった。人間観察の能力に優れた北川が気づいた違和感。ただそれは、菜穂子が感じたような危険なものではなかった。実際萩原自身は、異様な雰囲気は感じなかったのだし。「体育会系ですか……確かに、見た目からそんな感じですよね。何をやってたんですか？」菜穂子を少しリラックスさせようと、萩原は気楽な口調で言った。

「陸上です。陸上でも投擲《とうてき》で」

「ああ、ハンマー投げとか、砲丸投げとか？」

「ハンマー投げです」

「だったら、あれだけの体も分かりますね。室伏《むろふし》選手とか、本当にごつい」

「会ったこと、あるんですか？」

「テレビで見ただけでも分かりますよ」

菜穂子が小さく笑った。少しはリラックスしてもらえたようだとほっとする。だが萩原自身は、ほっとするどころではない。菜穂子の悩みが乗り移ってしまったようだった。

「彼も昔、私と同じ署にいたことがあるんですよ」

「ああ、そうですね」すぐにピンときた様子だった。これは家族だからというわけではなく、菜穂子自身、警視庁に勤めていた経験があるからだろう。「もう、五年ぐらい前ですか？」

「あなたも警視庁にいた頃ですね」

「ええ。短大を出て入ったので……二年目ぐらいの時ですかね」

「所属は？」

「あ、私は事務なので。給与課でした」

「じゃあ、あなたに睨まれたら怖かったわけですね」

今度は菜穂子は、はっきり声を上げて笑った。普通の人は、警察に勤務しているといえば「警察官」だと思うだろうが、実際には彼女のような事務職員が仕事を支えている。

「そんなこともないですけどね……ああ、五年前って、そちらで殺人事件があった時ですか？」

「知ってるんですか？」

「うちは、夕食の席で、その日の事件が話題に上るような家でしたから」

「警察官一家ですからね」そういう家はいくらでもあるのだが——警察官は二世、三世が多い——あまり気持ちのいい夕餉《ゆうげ》ではないだろう。

「あの事件って、解決してないんじゃないですか？」

「面目ない」自分の責任ではないと思いながら、萩原はつい反応してしまった。

「それを言うなら、母もそうですよね……」菜穂子が寂しそうに言った。「でも、署長さんが自分で捜査するわけでもないですし」

「実際はね。でも、一応責任者ですから」

「そうですね……でも、母も五年前の事件では一生懸命だったんですよ」

「そうなんですか？」初耳だった。そもそも、鎌倉南署の連中からそういう情報が出てこなかったのがおかしい。

「話を聞いたことがあります。もちろん、仕事のことだから、詳しくは言いませんでしたけど」

「そうですか……」また微妙なつながり。一体何がどうなっているのか、もどかしい思いだった。

「兄も、あの件では結構悩んでいたみたいですよ。駆け出しの頃ですけど、訳が分からないって言ってました」

「確かに、犯人が見つからなければ、悩みますよ」しかし、一介の刑事が悩むのは筋違いだ。現場の刑事は、目の前の、命じられた仕事に全力投球すればいい。犯人が見つからないのは、刑事個人の責任に帰せられるべきではないのだ。「もしかしたら、人一番責任感が強い人なんですか？　あるいはすぐに真剣に悩むタイプとか？」

「全然違いますよ。本当に体育会系で、悩むところなんて全然見たことがないんです……その時と今回と、生まれてから二回ぐらいです」

しかし、妹とはいえ、兄の全人生を見ているわけではない。もっとも、人間の性格がそんなに変わるわけではないから、昔からの印象でそう言っているのだろう。それで今回も心配して、わざわざ電話してきたぐらいだし。

「五年前も、結構悩んでいた感じですか？」

「そうですね。声をかけにくいぐらいの雰囲気でした」

「その時彼は、自宅にいたんですか」

「いえ。鎌倉南署の近くでマンションを借りてました」

ということは、そう頻繁に会っていたわけではあるまい。五年前の記憶もあてになるとは思えない。だが萩原の胸に、彼女の話は妙にくっきりと傷を残した。

署長室のドアが閉まっているのを確認してから、萩原は話すべき相手を掴まえようと電話をかけ始めた。機動捜査隊長の陣内《じんない》。今回の捜査本部でも応援を貰《もら》っているから、日曜日の今日も本部に出ているかもしれない。

予想通り、陣内は本部にいた。ちょっとした顔見知り――ここに来る前、捜査一課にいた時、何度か仕事をしたことがある――のだが、ここはあくまで丁寧にいくことにした。次期一課長候補でもあるし、できるだけ下手に出て、機嫌を損ねないようにしないと。

「これはこれは、萩原署長」少しだけ皮肉っぽい口調。「署長自ら電話してくるとは、一大事ですか」

「いや、そういうわけじゃありません。ちょっとそちらの隊員のことでお伺いしたいことが」

「何かヘマでもやらかしたかな?」急に警戒する口調になった。

「いや、そういうわけじゃありません。桜庭前署長の息子さん――英智君の様子はどうですか?」

「どうって……普通に仕事をしてるよ。そっちの捜査には一度も入ってないけど。どうかしたのか?」

「仕事のことではないんです」慌てた様子に聞こえないよう、萩原はできるだけ静かにゆっくりと話した。「実は、妹さんから電話がかかってきましてね」

「ああ、大阪に嫁に行った?」正確には「夫の転勤で大阪に行った」だが、修正せずにおいた。

「ええ。英智君と連絡を取っていて、どうにも元気がない様子だったというんです。気になって、

よ」

「まあ、そういうことなら……」電話の向こうで陣内が咳払いした。「桜庭の様子は、ごく普通だ

「しかし、誰かがケアしないといけないんですから……やるなら私でしょう」

「それは、署長の仕事じゃないと思うけどなあ」

私のところにまで電話してきたんですよ」

「そうですか?」

「少なくとも、仕事の点では何の問題もない。普通に勤務している」

「間違いないですか? 隊員の動きは確実に掴めているんですか?」

「あのね、私はその辺については十分気を遣ってる」一気に不機嫌な口調になって陣内が吐き捨てる。「ここの仕事は、捜査一課以上に激務なんだ。体も心もちゃんとケアしてやらないと、後々大変なことになる。隊長の仕事なんて、それぐらいのものだ」

「失礼しました」萩原はすぐに謝った。「なにぶん、難しい問題ですので」

「家族のケアは大事なことかもしれないけど、やり過ぎるのはどうかと思うね。だいたい、桜庭はそちらの部下でもないんだし」

「そちら」という言い方に、萩原は距離を感じていた。最初に挨拶を交わした時よりも、ずっと他人行儀になっている。

「失礼しました。気になると、調べずにいられない性格なので」

「まあ、大変なことがあったわけだけどな」陣内が矛先を収めた。「いい年になっても、親が死ぬのは大変なことだ。それに、短い間に両親とも亡くしているわけだし。大した精神力だと思うよ」

「仕事は普通にしてるんですよね？」

「ああ。ただ、現場に出ていない時にはやはりぼうっとしている」

「普段とは違うわけですね」

「だから、ちゃんとケアしているよ」

しかし、菜穂子の心配は正しかったわけだ……滅多に落ちこまない体育会系の人間が落ちこんだタイミングは、今回と五年前。やはり五年前の事件が何かポイントになっているのだろうか。

資料をひっくり返してみよう。萩原は腰を上げた。

3

署長室を出た瞬間、スマートフォンが鳴った。捜査一課長の仲本……萩原は慌てて署長室に戻り、ドアを閉めた。

「ハギ、今どこにいる？」仲本の声は暗かった。

「署長室ですが……」

「ちょっと話がしたい。一階はどんな具合になってる？」

萩原は、つい先ほどちらりと見た様子を思い出した。捜査本部が動いているので、日曜日でも副署長の前島は出勤している。情報を求めて、新聞記者が数人、副署長席の前に固まっていた。

「記者連中がいますね」

「まずいな……」仲本が舌打ちした。

「何か重要な話があるんですか？」

「ある。記者連中がいる近くでは、話したくない」

「だったら、このまま電話ではどうでしょう」

「俺は携帯を信用してないんだ」

盗聴を警戒しているのかもしれない――そう考えると、こちらも急に不安になってくる。

「課長は今、どちらに？」

「上だ」

捜査本部の部屋か。萩原は「私がそっちに行くのはどうですか」と提案した。

「いや、それもまずい。ここには署の連中がいる」

仲本が声を潜める。だったら彼は、どこから電話しているのだろう、と不思議に思った。廊下に出て、声を潜めながら話しているのだろうか。

「昼飯には早いですか？」どう考えても、署から出た方がよさそうだ。

「そうだな……よし、とにかく脱出しよう。俺は車を使うから、お前をどこかで拾う。車の中が一番安全だろう」

萩原は、頭の中で署の周辺の地図を思い浮かべた。逗子方面へ向かうと、殺しの現場に近くなる。刑事たちがうろうろしているから、見られる恐れも強い。北鎌倉方面へ向かった方がいいだろう。

「鎌倉駅の方へ歩いていきますから、十分後に、駅の近くで拾って下さい」

「分かった」緊張した口調で言って、仲本が電話を切った。

仲本は自由に動けるだろう。本部に用事があると言えば、所轄の連中から疑われることはあるまい。自分はどうか……捜査本部を抱えた日曜日、署長が出歩くような用事はないのだが、何とか言い抜けよう。

鏡を見て、背広を整える。日曜出勤なので制服を着ていないのがラッキーだった。着替える手間が省ける。

思い切ってドアを開けると、記者たちの視線が集まってきた。何だか助けを求めるような目つき……前島がこちらを向き、苦笑を浮かべる。

「署長、何か情報をお願いしますよ」一人の記者が、情けない声を上げる。「前島さんが、何も喋ってくれないんです」

「公式に出ている情報以外は何もないよ」萩原は淡々と言った。

「そんなこと言って、どこか現場へ行くんじゃないんですか?」記者が食い下がる。

「いや、ちょっと官舎へ戻るだけだ——洗濯物を取りこまないとね。今日は、一雨きそうじゃないか」

記者たちが、一斉に怪訝そうな表情を浮かべる。そんな、生活感たっぷりの事情を明かされても、とでも思っているのだろう。

「前島さん、ちょっと出ますから、後をお願いします」萩原は、副署長に向かって頭を下げた。

「了解です」前島がそつなく答える。「お戻りは?」

「私は、洗濯物を丁寧に畳むタイプなんですよ」

前島がうつむき、笑いを噛み殺した。二人で一緒に記者を煙に巻いた——とでも思っているかもしれないが、冗談じゃない。俺はあんたのことを、一ミリも信じていないからな。タヌキめ。

横須賀線のガード下を潜《くぐ》り抜けた時、背後でクラクションが鳴った。萩原は素早く振り向き、一課長の専用車が近づいてきているのを確かめた。次の信号のところまでは歩道が高くなっており、車に乗れない——萩原は短い距離をダッシュした。

車は信号を過ぎてから左に寄り、ハザードランプをつけて停まる。萩原は後部左のドアを開けて、急いで車内に滑りこんだ。萩原が乗りこみやすいようにと、仲本は既に運転席の後ろの座席に移っている。荒っぽいが、こういう気遣いはできる人なのだ。

「田辺が動いたんだ」仲本が切り出す。

「と言いますと？」

「あいつは時々、言われた以上の仕事をやるからな。気まぐれで困るが……近所の聞き込みを徹底してやったらしい」

「ええ」

「それで、自転車の件なんだが」仲本は、どこか喋りにくそうだった。彼にしては珍しい。

「例の、犯人らしき人間が乗った自転車ですか？」

「ああ。実は、犯人が自転車に乗る前に、マンションから出て行くところを見た人がいる」

「新しい目撃者ですか」萩原は、思わず仲本の方に体を捻った。

「ああ。それで、だ」仲本が言葉を切る。唇をきつく引き結び、両手を拳に握っていた。「田辺がしつこいのは知ってるな？」

「ええ」

「徹底して調べる気になったら、本当にとことんやる」

「課長」焦《じ》れてきて、萩原は先を急《せ》かした。「いったい何が仰《おっしゃ》りたいんですか？　そんなにヤバい話でも出たんですか」

「その人間——犯人らしき人間の姿形なんだが、より具体的な話が出てきた」

「どんな男ですか？」

「かなり大きい男——その話は昨日から出ていたが、もう少し具体的になった。身長百八十センチ強、上半身ががっしりした逆三角形で、スポーツ選手のような体形だったらしい。それに、顔つきが……俺にはすぐピンときた」

「ええ」

「足を引きずっていたそうだ」

「何ですって？」

それで萩原にも分かった。まじまじと仲本の顔を見ると、険しい表情を浮かべ、無言でうなずく。ほどなく目を閉じ、さらに苦しそうな表情に変わった。まるで体の中にきつい痛みを抱えているように。

「どうだ、ハギ？　何か心当たりはあるか？」

「……ええ」強い口調では言えない。この時点で、事件が自分の手を離れるかもしれないことを、萩原は覚悟した。

「すべてが繋がっているかもしれない。想像するのも怖いが、罪は罪だ。全て明るみに出す必要がある」

「私は、何の役にも立たなかったですね」

「いや。お前が引っ掻き回したから、破たんが生じたんだ。それでボロが出た……お前の動きが刺激になったんだよ」

「そうでしょうか」

「署長の座を甘く見るな」仲本が厳しく言った。「署長というのは、署員にとっては絶対的な存在だ。重石《おもし》として、これ以上のものはない。署長に睨まれたら、署員はどうなる？　萎縮して全てを白状するか、絶対にばれないように隠蔽工作に走るか、どちらかだ。今回、鎌倉南署の連中はどうだった？」


署に戻る前に、萩原は鎌倉駅の近くで車を停めさせた。仲本が隣にいると、電話では話がしにくい。駅前のロータリーに足を踏み入れ、交番とは反対側に行ってスマートフォンを取り出す。電話をかけた相手は菜穂子。

「どうかしたんですか？」つい先ほど電話で話したばかりのせいか、菜穂子が怪訝そうな声で応じた。

「英智君のことなんですけどね」萩原は、できるだけ快活な口調を装って言った。ここで菜穂子をさらに心配させるのは本意ではない――将来はどうなるか分からないが。「膝を怪我した、という話でしたね」

「ええ。柔道の練習中に」

「もしかしたら、彼の様子がおかしいのは、その怪我のせいじゃないかと思ったんですよ」

「はあ」菜穂子は釈然としない様子だった。

「実は、先ほどあなたと電話で話した後、機動捜査隊長と連絡を取ったんです」ここまでは本当のこと。この後は嘘だ。「確かに英智君は、柔道の練習中に怪我をしました。それが結構、重傷のようなんですよ。たぶん、あなたが知っている以上に」

「そうなんですか？」ようやく菜穂子の声に元気が戻った。怪我が原因だと知って元気になるのもおかしな話だが、精神的に重大な問題があるわけではないと分かってほっとしたのかもしれない。

「ええ。仕事には出てきていますけど、自由には動けないようなんですよ。彼は体力自慢なので、そういうのは精神衛生上、よくないんじゃないかな」

「そう、だと思います」

「それにこの件で、機動捜査隊長と喧嘩《けんか》になったそうです」

「喧嘩ですか？」菜穂子が声を張り上げた。「大丈夫なんですか？　そんな、上司の人と喧嘩するなんて……警察ではあり得ない話ですよね」

「いやいや、元気な証拠でしょう」萩原は彼女を安心させようと、わざと明るい声を出した。そもそもの前提が嘘なのだが……。「警察ではよくありますよ。上に文句の一つも言えないような警察官は、出世もできません」

「そうですか？」

「要するに、機動捜査隊長は、仕事を休むように強く言ったんです。でも英智君は、絶対に休まないと……上司としては無理はさせられないわけですが、現場の人間の立場では、自分の席はキープしておきたいものなんですよ」

「それは私も分かりますけど……」

「怪我のことや、隊長と衝突したことで、多少落ちこんでいるんでしょう。あまり気にすることはありませんよ」

「そうなんですか……すみません、わざわざお知らせいただいて」

「いいえ」

恐縮する菜穂子に対して、嘘をついて申し訳ない、という気持ちで一杯になった。しかしこれも、真実を知るためである。

電話を切り、待たせておいた仲本の車に戻る。ドアを閉めるなり、仲本が「どうだった」と切り出してきた。

「膝を怪我しているのは間違いありません。柔道の練習中に痛めたそうです」

「だとしたら、えらくタフな男だな」仲本が感心したように言った。「それで人を殺して、しかも自転車で逃げる——俺には無理だな」

「タフな男なのは間違いありません。しかし、動機が分からない」

「そうだな……実は今、俺も電話をかけていた」

「相手は？」萩原は唾を呑んだ。想像はついていたのだが……。

「最初にこの件に首を突っこんだ面子だ」

「警務課長と監察官室長ですね」

「ああ。明日、時間を空けてくれ。本部で午後一時。作戦会議を練る」

「どういう方向へ――」

「奴を引っ張るんだ。それで吐かせる。これは、一課の人間に直接担当させる。所轄は絡ませない」

「課長」

「ああ？」仲本が、ゆっくりと萩原の方へ顔を向けた。

「それは、私にやらせてくれませんか」

「お前が直接やるべきことじゃない」ぴしりと言ったが、仲本の目は泳いでいた。「お前は、これまでの調査を報告するだけにしろ」

「分かりました……しかし、まだ早いと思います」

「と言うと？」

「五年前の事件で何があったか、それを知っておくのも大事だと思います」

「その件についても、お前一人には任せない」仲本の口調はしっかりしていた。「これはもう、鎌倉南署長が全て背負えることではないんだ。それに、五年前の事件については、俺たちの方でも調べ直している。あの件は未解決で、まだ捜査本部も動いてるんだぞ？」

「ええ」開店休業状態ではあるが、本部の捜査一課からも刑事は出ている。

「俺たちが、今まで何も掴んでいないと思うか？」

「分かっているなら言って下さい」萩原は思わず語気を強めた。まるで自分はただの囮《おとり》で、裏では仲本たちが事実関係を嗅ぎ回っていたようではないか。

「それも明日、だ」仲本が急に相好《そうごう》を崩した。「偉そうなことを言ったがな、俺たちもまだ確証を掴んだわけじゃないんだ。明日まで待ってくれ。明日の午後一時までには、もう少し事実関係をはっきりさせる。だから、お前は動くな。今、余計なことをすると、所轄の連中に怪しまれる」

「今も十分、怪しいと思われているでしょう」

「だから、これ以上怪しまれないように、だ」仲本が釘を刺した。「とにかく、明日までは大人しくしていてくれ」

「明日になれば……」

「大嵐がくるかもしれないな」


夜遅く官舎に戻った萩原は、これまで経験したことのない不安に襲われていた。署員が信用できない――少なくない部下が、自分を敵と見ているかもしれないのだ。

つい、何度も戸締りを確認してしまう。これも無駄だが……いざという時のために、副署長の前島はこの官舎の鍵を持っている。

午後十一時、冷蔵庫からビールを取り出してみたものの、何となく喉を通りにくい。何とか呑みこんだビールは、胃を凍らせるようだった。

このまま寝たくない。寝られるとも思えなかった。不安と時間を持て余し、萩原はつい、気軽に愚痴を零《こぼ》せる相手に電話をかけた。松坂。

「何だよ、日曜のこんな時間に」電話に出るなり、松坂はぶつぶつ文句を言った。「公安一課は仕事してないとでも思ってるのか？」

「日曜は休んでるだろう？」

「明日以降の仕事に差し障るんだよ。休むのも仕事のうちだ——それで、どうした？」文句はすぐに引っこみ、松坂が心配そうな声を出した。

「いや、特に何かあったわけじゃないんだが」

「嘘だな」松坂がずばりと指摘した。「何もなくて、お前が電話してくるわけがない。それで？オジさんに何でも話してみな？」

軽い笑い声が上がる。それで萩原は、かえって話しにくくなってしまった。松坂は同期で、一番話しやすい相手とはいえ、少し軽過ぎるのが難点だ。おそらく自分と彼では「真剣さ」の水準が一段階違う。まあ、ろくに事情も話していない段階で真面目になれと言われても、松坂も困るだろうが。

「署長が孤立すると、えらいことになるよな」

「何だ、鎌倉南署で仲間外れにされてるのか？」松坂はまだ真剣にならない。

「いや、そういうわけじゃないけど……」

「署長が孤立することはないよ」松坂が急に真面目な口調になった。「考えてみろよ、署長っていうのは一国一城の主《あるじ》だぜ？　江戸時代なら大名だ。領民のことを考えてちゃんと国を治めていれば、尊敬こそされ、孤立することはない。それともお前、署員をないがしろにしてるのか？」

「結果的にそうなっているかもしれないな」

「なるほど……かなり厄介な問題だな。感づかれたか？」

「そうかもしれない」

「だとしても、問題は刑事課だけだな」松坂が断じた。

「どうして分かる？　何か知ってるのか？」萩原は思わず、スマートフォンを耳に強く押し当てた。

「俺も、鎌倉南署の警備課にいろいろ探りを入れてみたんだ。結局何も分からない——少なくとも警備課の方では、桜庭署長の死について何も知らない。仮に何かあったとしても、刑事課が極秘に処分したんだろう」

「ああ」

「病院はどうなんだ？　病院というか、検視した医者がいるだろう」

「まだ当たれていない。そこにトラップがあるかもしれないから」

「ああ、そうだな……警察に頭を下げられれば、適当な検視調書を書くかもしれない。何でも『心不全』で済むからな。そこへ突っこむか——突っこめるかは微妙なところだろう」

「確かにデリケートな問題だ」萩原も認めた。「それに加えて、今は殺しを二件も抱えている。正直、頭が痛いよ」

「じゃあ、飯でも食うか」松坂が唐突に切り出した。「困った時は飯を食う。そして普段より重いウェイトを持ち上げる。それで大抵のことは解決するよ」

「俺はお前とは違うよ」萩原は思わず苦笑した。松坂の体重は標準をかなり上回っているが、その大部分は筋肉だ。

「まあまあ……近々、どうだ？」

「一番近いタイミングは、明日だな。一時に本部へ行くことになってる」

「いいじゃないか。その前、十二時——いや、十一時半でどうだ？　『関内庵《かんないあん》』の個室を取っておくけど」

「あそこで大丈夫かな？　人に見られたくない」少しだけ心配になる。県警本部から近い蕎麦屋《そばや》で、昼飯時は溜まり場になるのだ。

「個室なら平気だろう」松坂が気楽に言った。「それに、同期が一緒に飯を食ってても、別におかしくない」

「……そうだな」萩原は結局同意した。明日は月曜——月曜の午前中は会議で潰れることが多いのだが、少し早めに切り上げて横浜方面へ向かってもいいだろう。言い訳は何とでもなる。

直接松坂と会って話をすれば、多少は気が楽になるかもしれない、と萩原は自分に言い聞かせた。


関内庵の天せいろは、相変わらず美味《うま》かった。蕎麦が細く、きりりと固めに仕上がっているのも萩原好みだし、何より天婦羅が豪華なのだ。千二百円でこれでは元が取れないのではといつも思うのだが、とにかくサービスがいい。店主は新潟出身で、向こうでは豪華に天婦羅をつけるのが普通だそうだ。以前、本人から直接聞いたことがある。

しかし話は盛り上がらず、新しい情報も入手できなかった。食べる前より精神状態が悪化したのを感じながら店を出た瞬間、萩原は知った顔をちらりと見かけた。左手、小さな路地から顔を出して関内庵の方を窺《うかが》っていたのは、鎌倉南署刑事課の係長・浮田だった。馬鹿野郎、と萩原は心の中で悪態をついた。ここまで追いかけてきて俺を監視か？　そんな時間があったら、捜査本部の仕事に集中すべきである。

萩原は松坂の腕を引き、一度店の中に引っこんだ。

「うちの刑事課の、浮田という男を知ってるか？」

「ああ……係長だろう？　顔は分かるよ」

「ここを見張ってた」

「何だ、そのふざけた話は」松坂の顔が上気する。太い首の筋肉が、ぴくぴくと動いた。

「俺は監視対象なんだろう」

「どうする？」

「少し絞り上げてやるか。もう逃げたかもしれないけど」

「分かった。俺に任せろ——いや、挟み撃ちにしよう」

「よし」

厳しい叱責が必要だ——しかしそれ以上に、今は捕まえて話を聴きたい。何だったらこの後、本部の幹部連中と一緒に取り囲んで、徹底的に叩くのも手だ。

無言でうなずき合い、改めて店を出る。浮田は既に姿を消していた。萩原は店の前の道路を左へ、松坂は右へ向かう。松坂はすぐに細い路地に入った。裏側をぐるりと行けば、浮田がいた方へ回りこめる。

萩原は途中から走り出し、先ほど浮田が潜んでいた路地の角を曲がった。浮田の背中が見える。それほど焦った様子ではなく、淡々と歩いていたが——すぐに、ぎょっとした様子で立ち止まった。前方の路地から飛び出して来た松坂が、両手を広げて立ちはだかっている。慌てて引き返そうと振り向いた瞬間、すぐ直後まで迫っていた萩原と顔が合った。

「浮田……」萩原は渋い表情を作って見せた。「捜査本部の仕事があるのに、こんなところで何をしてるんだ？」

「いや、それは……」浮田がしどろもどろになる。刑事はだいたい、攻めるに強いが守るに弱い。

「往生際が悪いぜ」松坂が脅しをかける。「署長を監視してたんだろう？　何の目的だ？」

「いや、そういうわけでは……」浮田の言葉は実を結ばない。

「とにかく、一緒に来てもらおうか」

「どこへですか？」浮田の眉が、一本にくっつきそうになった。

「県警本部。これから、お前に対する事情聴取を始める」

「おっと」

松坂が、すかさず浮田の右腕を掴む。握力を全開放したのだろうか、浮田は思わず顔を歪め、体を傾けかけた。

「逃げるのは駄目だぜ。もう、覚悟を決めろよ。あんたら、何を隠してるんだ？」

この件に直接は関係ない松坂が浮田を脅している間に、萩原はタクシーを掴まえた。県警本部までは五百メートルほどなのだが、今は一刻も早く浮田を連れて行きたい。

松坂が、浮田の腕を引いて強引にタクシーに乗りこむ。萩原もすぐに、浮田をさらに中に押しこめるように、シートに滑りこんだ。

無言。ちらりと横を見ると、浮田のこめかみには汗が滲んでいた。これは、蟻《あり》の一穴になるかもしれない……ほんのちょっとした失敗が、ダムを崩壊させる可能性もあるのだ。

萩原は、会合に指定された時間に五分遅れた。集合場所の、警務部の会議室のドアを開けた瞬間、仲本が鋭い視線を突き刺してきた。

「遅いぞ」仲本が低い声で脅すように言った。

室内には既に幹部——仲本の他に、警務課長と監察官室長も揃っている。

「ちょっといいですか」

萩原は仲本にうなずきかけた。仲本が渋々立ち上がり、廊下に出て来る。この場にいるべきではない人間——浮田と松坂を見つけ、目を見開いた。

「仲本課長、どうも」松坂が軽い調子で言って頭を下げる。

「ああ……浮田、どうした」

松坂はまだ、浮田の腕をがっしり掴んでいた。手錠がないだけで、浮田はほとんど連行される容疑者である。

「課長、浮田が全部喋るはずです」萩原は言った。

「何だと」仲本が目を見開く。

「ちょっと話をさせて下さい」

目配せすると、松坂が浮田を伴って会議室に入った。ドアが閉まったタイミングを見計らって、萩原は手短に事情を説明した。見る間に、仲本の顔が赤くなる。

「叩くか」覚悟を決めたように言った。

「ええ。相手のミスにつけこむのは基本かと思います」

「そうだな……この場で決着をつけよう」

仲本がうなずき、ドアを開ける。「松坂」と声をかけると、すぐに出て来た。

「悪かったな、迷惑をかけた」

「いやいや、何でもありませんよ。たまたまハギと飯を食ってただけですから」

「愚痴でも聞いてたのか」

「ハギのストレスはマックスですからね」

「署長の仕事はそういうものだ……とにかく、礼を言う」

「とんでもない」松坂が顔の前で手を振った。「一回奢《おご》りでいいですか？」

「二回でも三回でもいいぞ」苦笑しながら仲本が言った。松坂は、いい年をして、妙に人懐っこいところがあるのだ。

松坂が去った後、仲本は萩原にうなずきかけて、すぐに会議室に入った。後に続いた萩原は、後ろ手にドアを閉め、会議室の様子を確認した。長テーブルを二つくっつけただけの部屋で、浮田は奥の角に座らされている。浮田を挟むように、警務課長と監察官室長……逃げ場をなくした浮田はうなだれ、テーブルを凝視するだけだった。

仲本が、テーブルを挟む位置で浮田と対峙《たいじ》する。萩原は仲本の横に座った。ここは、なるべく口出ししないようにしよう。取り調べのエキスパートである仲本もいるし、警務課長と監察官室長が無言で圧力をかけている。浮田が気絶するのではないかと萩原は心配になった。

「何でハギを監視していた」仲本が切り出す。

浮田は無言で、うつむくだけだった。頭から重石を載せられたように、顔を上げる気配がない。

「浮田！」

仲本が突然、叫ぶように呼びかける。浮田がびくりと身を震わせ、のろのろと顔を上げた。顔面は蒼白《そうはく》で、唇は震えている。

「お前、何をやってるんだ。一課で何を学んだ？　所轄へ行ったら、大事なことは全部吹っ飛んだか？」

浮田は一時捜査一課に在籍していて、仲本の下で仕事をしていたはずである。仲本にすれば、飼い犬に手を噛まれた感覚かもしれない。

「いいか、鎌倉南署で何か妙な動きがあるのは分かっている。俺はこれから全部ぶちまけるぞ。覚悟して聞け」

「仲本一課長……」

渋い表情で警務課長が警告したが、仲本は聞こうともしない。厳しい目つきで警務課長を見て、首を横に振ってから続ける。

「桜庭署長が亡くなったのがきっかけだ。俺たちは、その死に不審感を抱いている。だから、後任の署長に萩原を送りこんで、お前たちの動きを調べさせた。お前たちも馬鹿じゃないから、当然それに気づいただろう。だから今日も、ハギの後をつけて監視していたんだろうが」

無言。浮田の額に汗が滲み始めた。

「自殺するなよ、浮田」

仲本の一言で、浮田がはっと顔を上げた。

「お前らが何をやったか、俺たちはこれから全部明るみに出す。その結果、お前は責任を感じて自殺したくなるかもしれない。だがそれは許さん。全部喋って、きちんと責任を取れ——生きて、だぞ。自殺は逃げだ。俺はそういうことは許さん。自殺するなら殺してやる」

理不尽だ、と萩原は困惑した。しかし仲本の怒りが間違いなく頂点に達しているのは分かる。間にテーブルを挟んでいなかったら、掴みかかって首を絞めているかもしれない。

「浮田」一転して仲本が声を低くする。「お前がどこまで悪いことをしていたか、今の段階では分からない。だが俺には、どんなに悪いことであっても覚悟がある。最悪、俺自身が責任を取ることになっても構わない。だから、ここで全部喋れ。喋れば、助けてやらないこともない」

司法取引のようなものか……もちろんこれが刑事事件になるかどうかは分からないが、仲本は最初に喋った人間に対しては、情状酌量を考えているのかもしれない。

「俺は……」浮田が消え入りそうな声で言った。

「お前が、何だ」仲本がすかさず突っこむ。「報告は大きい声で、てきぱきやれ！　そんなことは警察学校で教わることだろうが！」

「俺は……言われた通りにやっただけです！」


浮田を逮捕する理由はない。いつまでも拘束して県警本部内に留め置くことはできないので、結局仲本は浮田を放すことにした。ただし余計なことは言わないように、徹底して念を押す。さらに仲本は「いつでも連絡が取れるようにしておけ」と脅迫した。状況が変わった、今後は本部のスパイとして動け、という命令である。

浮田が無事に鎌倉南署へ帰れる保証はなかった。顔面は蒼白なままで、足元もふらついている。しかし廊下で浮田を見送る仲本は、依然として冷静——冷たいままだった。

「奴、体調も悪いようですね」

萩原が言うと、仲本は、「どうせなら、ふらふらして横須賀線のホームから転落すればいい」と残酷に言い放った。

「それじゃ、今後は証言が取れませんよ」

「奴はもう、出し殻だろう。もう喋ることもないはずだ」

「いや、まだ利用できるかもしれません」

「お前は……署長の立場で浮田を見てるのか？」

「俺が一番、中途半端かもしれませんね」萩原は認めた。「鎌倉南署へ行ったのは、特命だからです。その意味では、本部の仕事の続きみたいなものですよね。でも、一応は署長でもあります。今後、どうやって署員と折り合いをつけるか、難しいですよ」

「できるだけ早く、本部に戻ってもらう。窮屈な中で仕事をする必要はないから。まあ、その前に、大量処分で鎌倉南署の刑事課は総とっかえになるかもしれないがな。まったく……人手不足の折に、こういうのはたまらん」

仲本が正義を追いかけているのか、人の手当てを心配しているのか、分からなくなってきた。

「しかし、悪意のない刑事課員もいるはずです」

「もちろん、後から異動した北川はセーフだろう。あいつは何も事情を知らないはずだ」

「ええ。それに小関夏美――彼女は、自分にできるぎりぎりの限界で、協力しようとしてくれました」

「何だ、本気で惚《ほ》れたのか」からかうように仲本が言った。「別に俺は、反対しないぞ。お前もいい加減、再婚してもいい頃だ。小関も、こんなことがあった後じゃ警察にも居づらいだろう。結婚して専業主婦になるのも、悪くない選択肢じゃないか」

「年が離れ過ぎてますよ」萩原は苦笑した。それに彼女は、この一件で警察の暗部を知ってしまい、心に傷を負ったはずである。警察関係者と結婚すれば、一生その傷を背負っていくことになる……そんな話はどうでもいい。「ちょっと、小関に電話します」

「何だ、署長としてのフォローか？　それとも男としてか？」

「違います。今の浮田の証言……それを裏づけるためです。彼女は話したがっていた。それで苦しんでいた。浮田が自白したことを言えば、喋るかもしれません」

「そうだな……電話で大丈夫か？」

「本当の会議はこれからでしょう？　時間がありません。その前に何とかします」

「分かった。俺たちは中で、誰の首を切るか、話し合ってるからな」

仲本が会議室に消えたのを見届けてから、萩原はスマートフォンを取り出した。人気のない階段の踊り場に移動し、夏美を呼び出す。出ないのではないか、と予想していた。あれだけいろいろなことがあった後である。萩原との接触は避けようとするのが普通だ。

しかし夏美は、すぐに電話に出た。

「萩原だ……君に言っておくことがある」

「はい」

「浮田が、全部喋った。桜庭署長が何故《なぜ》死んだのか、五年前に何があったのか、ほぼ分かった。君も、『昔の事件の続きです』と言ってたな」

「はい」夏美の口調に熱はなかった。

「実際、君が言った通りだと思う。どうだ、もう少しはっきり聞かせてくれないか？　この際、膿《うみ》は完全に出したいんだ」

「……分かりました」

「喋ってくれれば、君のことは守る。刑事課全員を処分することはできないんだ」

「私も同罪です」夏美が低い声で言った。「何もできなかった……結局従ってしまったんですから、間違いなく罪はあります」

「それを決めるのは君じゃない」萩原はぴしりと言った。個人的な思いはないでもない……夏美の苦しみは容易に想像できたし、彼女の今後のキャリアを、何とか立ち直らせたいという強い思いもあった。

署長としてなのか、男としてなのかは、萩原自身にも分からなかったが。


萩原が長い通話を終えて会議室に戻ると、幹部連中の方針は既に決まってしまっていた。

「鎌倉南署の捜査本部とは別に、捜査一課に別働隊を作る」

「別働隊？」椅子に腰を下ろしながら萩原は言った。

「これまでこの件の捜査に加わっていなかった班を投入する。できるだけ客観的な目で捜査を担当させるんだ」

「その前に、まず筋をはっきりさせておきたい」逸《はや》る仲本をなだめるように、警務課長が言った。

「この事件——一連の事件には筋が何本かある。一つが桜庭署長の死亡、もう一つが現在捜査本部が動いている二つの殺人事件だ。五年前の事件も、現在の事件に繋がっている可能性もある」

「はい」萩原は背筋を伸ばした。いくつもの事案が複雑に絡み合っているようだが、実際には単純かもしれない、と考え始めていた。

「捜査一課には、現在の殺人事件に関して、容疑者の確保を担当してもらう」

「容疑者というのは……」

警務課長は無言でうなずくだけだった。その名前を口にすると、心が穢《けが》れるとでも思っているのかもしれない。

「監察官室としては」室長が口を開く。「桜庭署長が亡くなった件について、隠蔽だったと判断して追及する。そのために、桜庭署長の検視結果を洗い直す——死因が隠蔽された可能性があるからな」

「死因は心不全でしたよ」萩原は指摘した。

「心不全は、便利な死因だ」うなずきながら監察官室長が言った。「最後はだいたい、心臓が止まって死ぬんだから。本当の死因を隠すのに、一番便利な言葉だ」

「はい」

「検視を担当した医師を調べなければならない」

「大丈夫なんですか?」萩原は目を細めた。「これまでの信頼関係が崩れますよ?」

「構わん。医者はいくらでもいる。この際、思い切っていくしかない」

大激震になる、と萩原は内心密《ひそ》かに恐れた。県警の屋台骨を揺るがしかねない事態だ。

結局自分は、今回のミッションに失敗したのではないかと思う。もっと内密に、素早く事情を調べられれば、隠密に事を運べたかもしれないのに。

だが、そもそも「隠密」は無理だっただろう。事実関係を隠したら、今度は県警そのものが隠蔽に加担したと疑われる。県警としては、この件の責任をできるだけ鎌倉南署の一部署員に押しつけ、小さくまとめたいところだろう。

そこで、自分は責任を取る必要はないのか。

中途半端な自分の立ち位置に不安を感じる。よく言われることだが、「幹部は責任を取るためにそこにいる」。赴任する前の事件で、自分が責任を取る必要はあるのか……萩原は思い切り首を横に振った。今は、自分の立場を考えている場合ではない。


萩原は一度、署に戻った。普段と変わりない——緊張した、慌ただしい様子である。浮田が戻っているかどうか、刑事課で何か話したかは分からない。そこに探りを入れるつもりもなかった。自分が動けば、また不要な刺激を与えてしまう。

ひたすら事務作業に集中する。署長の仕事は、書類を読んで判子を押すこと——決裁がほとんどなのだと改めて意識する。そもそも、警察官の仕事の八割は書類仕事だと言われているが、署長の場合、その割合は九割まで上がるかもしれない。残る一割は会議だ。

午後五時、当直の交代ぎりぎりの時間になって、警務課長から電話がかかってきた。

「検視結果は偽造だった」

「そうですか……」思わず溜息《ためいき》が漏れる。

「桜庭署長の死因は、心不全ではない。鎌倉南署の刑事課に頼まれて、心不全ということにしたそうだ。ただし悪意はない——少なくとも現段階では」

「本人の名誉のために心不全にしたい、と言われたんじゃないですか?」

「ああ」

「気持ちは分かりますけどね。それに、警察に頼まれれば、医者だって無理に真相を明らかにすることはないでしょう」

実際、「自殺では体面が悪い」ということで、「心不全」と公表されるケースは少なくないのだ。ただしその場合も、少なくとも家族は事情を知っている。しかし桜庭里佳子の場合、警察内部でさえ、情報は共有されていなかったことになる。

確かに警察としては、自殺は体面の悪いことだ。特に署長といえば、地域の名士でもある。強く、正しくあって欲しいと願うのは、警察外部の人の自然な気持ちだろう。

しかし桜庭署長の場合は、単なる体面以上の問題がある。

萩原たちは、結局そこに辿り着いてしまった。

「午後八時、本部集合だ」

「私も行きます」

「出られるか？　捜査本部の方は……」

「何とか理屈をつけて抜け出しますよ。それより、仲本さんはどうします？　捜査本部に、一課長も署長もいないとなったら問題でしょう」

「俺は、これから鎌倉南署に詰める。夜の捜査会議に備える……ということにする」

「一課長がダミーですか？」何ということか、と萩原は半ば呆れた。鎌倉南署刑事課を、完全に置き去りにする——誰も異変に気づかないだろうか、と萩原は心配になった。あるいは、事情を知った浮田や夏美が、こちらを裏切りはしないだろうか。

そこは信じるしかない。特に夏美は——彼女は苦しんだ末、最後に真相を打ち明けてくれたのだ。その大変な思いは、真実だったと思いたい。

「現場の指揮をどうしますか？」

「浅井《あさい》に任せる」

捜査一課の管理官の中で、現在一番の若手。だが実績は抜群で、仲本も買っている。萩原と同じように、将来の幹部候補と見られているが、本人にはあまりその気がないようだった。捜査一課長は狙っているかもしれないが、それはあくまで現場の最高指揮官としての興奮を味わえるからだろう。基本的に、現場が好きな男なのだ。

「他には？」

「逮捕に行くだけだから、そんなに人数は必要ない。車二台で四人だな」

「私を入れて五人ですね」

「お前は計算に入っていない」仲本が鼻を鳴らした。「せいぜい足を引っ張らないように、遠くで見ているだけにしろ」

「……分かりました」少しだけ不満を抱えながら萩原は言った。実際、こういう荒事《あらごと》で役に立たないことは自認しているから、本気では怒れないのだ。「それで、肝心の桜庭英智の所在は……」

「確認中だ」仲本の声が強張る。「今日は非番で、機動捜査隊の方には顔を出していない。自宅にいる様子もない」

「自転車はどうなんですか？」一昨日の事件の現場で目撃された、スポーツタイプの自転車。

「それらしい自転車はあるようだ。後で押収して、目撃者に確認してもらう」

さすがに捜査一課は、その気になれば動きが早い。おそらく仲本は、一つの班を投入するのではなく、自分が信頼できる刑事だけを集めて精鋭部隊を作ったのだろう。その他に、英智の身柄を確保する人間も確保した――こちらも、仲本生え抜きのチームであるはずだ。右腕と頼む浅井が指揮を取るのが、何よりの証拠である。

電話を切り、萩原は気合を入れ直した。同時に、署を抜け出る理由を考え始める。昼間は、「本部で警務課長に呼ばれている」という理由を使ったし、それは嘘ではなかったのだが、夜に管内を離れるとなると、さらに上手い言い訳が必要になる。基本的に署長は、公的な会議や出張でもない限り、管内を離れないのが原則だ。

何とかしよう。今まで俺は、この署の連中に散々嘘をつかれてきた。ここで俺が嘘をついても、プラスマイナスではまだ俺の方がマイナスだ。

結局萩原は、「監察官室長に呼ばれている」と嘘をついた。質問も反対もできない相手……監察官室が署長を呼び出すとすれば、何か問題が起きたとしか考えられないが、気楽に質問できるものでもない。副署長の前島も、何も言わずにうなずくだけだった。萩原も、精一杯の演技として深刻な表情を浮かべていたので、何かまずいことが起きたと勝手に察したのだろう。

これでいい。

萩原は一度横浜へ出てみなとみらい線に乗り換え、馬車道駅で降りた。県警本部は馬車道駅と日本大通り駅のほぼ中間地点にあるのだが、日本大通り駅まで行くと、少し戻る感じになる。今は無駄を省きたかった。それに、これからの大勝負を前に、食事を済ませておきたい。馬車道駅の近くには、手早く食事ができる馴染《なじ》みの店が何軒かあった。

関内側の出口から地上に出て、一人でよく行く洋食屋へ向かう。まだ午後六時半、夕食の時間には早いので店内はがらがらだった。一番早く出てくると分かっているハヤシライスを頼み、喉に放りこむように食べた。それほど量はないのだが、どす黒いぐらいに濃いソースは重く、腹に溜まる。普段はその重量感が頼もしいのだが、今夜は少し胃にもたれる感じがした。

食事を終え、時間を調整する。県警本部の前で拾ってもらうことになっているが、あまり早く着き過ぎてうろうろしていると、誰かに見られるかもしれない。こんなことなら急いで食事を終える必要はなかったと苦笑しながら、時間潰しのためにコーヒーを頼んだ。この店でコーヒーを飲んだことはなかったが……予想外に美味いコーヒーだったのでほっとする。

県警本部までは歩いて七、八分というところか。萩原は、七時四十五分に店を出た。できるだけゆっくり歩いて、時間ちょうどに県警本部に行こうと思ったのだが、どうしても気が急いて早歩きになってしまう。結局、約束の時間の十分前には着いてしまった。

この時間の県警本部は、不気味な静けさをたたえている。まだ新しい庁舎は、素っ気ないほどの、単なる直方体の建物である。既に多くの職員は退庁し、今は所々の窓に灯《あか》りが灯《とも》っているだけだった。窓が極めて幾何学的に並んでいるせいか、巨大な暗号のようにも見える。

この辺は官庁街であると同時に住宅街でもあり、大きなマンションが建ち並んでいる。必然的にこの時間ではまだ人通りが多く、わずか十分待つ間にも苛立《いらだ》ちが募る。煙草を吸うわけでもないので、どうにも時間が潰せない……コイン式の駐車場に引っこんで、ただひたすら待っていたのだが、悪いことに、雨が降り出した。それほどひどくなる気配はないが、嫌な予感がした。警察官というのは何かと験担ぎをする人種であり、萩原も例外ではない。何か重要な捜査に着手する時は、好天であって欲しい。そのためにわざわざ、ガサ入れの前日にてるてる坊主を作る刑事もいるほどだ。さすがに萩原は、そこまでやったことはなかったが。

萩原の腕時計で、七時五十七分、一台の覆面パトカーが駐車場の前に停まった。ちらりと中を覗くと、後部座席に浅井が座っているのが見えた。向こうも身を乗り出してこちらを確認し、うなずきかけたので、萩原は素早く助手席の後ろのシートに滑りこんだ。すぐに車が発進する。

「どうも」浅井が低い声でぼそりと言った。

「ああ」萩原もつい、ぶっきらぼうな口調で応じてしまった。浅井は決して無愛想な男ではないのだが、喋り方で誤解されることも多い。萩原は慣れているのだが、それでもつい、浅井のペースに合わせてしまった。

「何か、状況に変化は？　新しい情報は入ってないのか」

「ないですね」答えはやはり素っ気ない。

「家には？」

「いないようです」

「じゃあ、現在は所在不明か」

「そうなりますね」

やる気があるのかないのか……浅井の口調は淡々としている。気が焦れて、萩原はちらりと横を向いて浅井の顔を確認した。萩原より三歳若いのだが、既に髪は大部分が白くなっていた。しかし顔には皺一つなく、童顔と言ってもいいので、何だかアンバランスな感じである。

「作戦は？」

「とにかく家で張り込んで、現れたら即確保でいきます」

「単純な作戦だな」

「こういう作戦は、単純なほど効果的ですよ。ちなみに桜庭は、膝の怪我で医者に通っています。今日も、そっちに行っているかもしれません」

「そんなに長いこと、医者に行っているとは思えないけどな」

独身の若い警察官、それも当直勤務のあるローテーション職場の警察官は、次第に警察外部の友人をなくしていく。普通の勤め人は土日が休みだから、会うのもままならなくなるのだ。その結果、休みの日はひたすら部屋の掃除と洗濯に追われるか、グズグズと家呑みで終わってしまう。

取り敢えず桜庭は家を出てはいるようだが、果たして膝の治療に行っているだけか……外で酒を呑んでいるとは考えにくい。怪我している時にはアルコールは禁物だし、桜庭は、その辺はきちんと自分を律しているタイプではないかと思えた。

桜庭のマンションは、山手地区の小高い丘の上にあった。萩原たち神奈川県生まれの人間の感覚としては、超高級住宅地であり、古い一戸建ての家では数億円の値段がつくこともあるそうだが、小さな賃貸マンションなら家賃はそれほど高くはない。駅からはかなり距離がある上に、高低差が大きいので、通勤や通学には意外に不便な場所なのだ。「山手」の名前の通り、横浜のごみごみした市街地を見下ろしながら暮らすのは、やはり気分がいいのかもしれないが……タワーマンションとは違う、自然に生じる「視線の高さ」。

桜庭が勤務先の機動捜査隊へ通うには、そんなに不便な場所ではない。それこそ家から出勤する時は、ペダルを漕《こ》がずとも自転車で一気に降りていける感じだろう。しかし帰りは大変だ。桜庭にすれば、強烈な上り坂も「鍛えている」感覚かもしれないが。

「始めますよ」車から降りると、浅井がすぐに言った。「まず、家にいるかどうかを確認します」

「いないように見えるけどな」萩原は、三階にある桜庭の部屋を見上げた。ドア脇の窓は暗いままである。それほど広い部屋ではないはずで、家のどこかで照明がついていれば、灯りが漏れ出てくるだろう。

「ノックします。それで反応がなければ、待ちです。ハギさんは待機で……パトの中にいて下さい」

「足を引っ張らないように気をつけるよ」萩原は苦笑して、覆面パトカーのドアを開けた。シートに滑りこんでドアを閉めると、窓を下ろす。降り続く雨が車内に入りこんできたが、無視することにした。

四人の刑事たちは、散会した。浅井ともう一人の刑事がマンションの中に入り、残る二人はロビーの外で待機する。これで、どういう動きがあっても対応できるだろう。

外廊下なので、三階へ行った浅井たちの動きはよく見える。浅井がドアの前に立ち、素早くノックする。一度引いてから少し待ち、またノック……腕時計に視線を落としている。時間を計っているようだった。ほどなく、一緒にいた部下の刑事に向かって、首を横に振る。さらに、無線に向かって何か指示をした。何を言っているのか分からないのが痛いが、おそらく「待機」だろう。家にいない状態では、それ以外にやりようがない。

萩原は、ドアを押し開けた。このまま覆面パトカーの中にこもって待ち続けるのは馬鹿らしい……取り敢えず、現場で張り込みを始める刑事たちを励まさないと。

その時、アスファルトを擦るような音がした。かすかな音が気になって振り返ると、緩い坂を、自転車が登ってくるところだった。

桜庭。

萩原は、大声を上げようとしたが、瞬時に声を呑みこんだ。桜庭に気づかれたらまずい。

しかし幸い、ロビーの外で待機していた二人の刑事が気づいた。無線に向かって話しかけてから動き出す。

桜庭も、その動きに気づいた。

4

桜庭が自転車に急ブレーキをかけた。前につんのめるように停まった後は、自転車故に、簡単には方向転換できない。人力——左足をついて、腕力で強引に向きを変えようとしたが、膝を痛めているせいか、動きがぎこちない。

二人の刑事が、同時に桜庭の肩に手をかけた。さすがに二人がかりなら……と思ったが、桜庭が思い切り体をふると、二人は吹っ飛ばされてしまう。化け物か——萩原は顔が蒼くなるのを意識したが、自分で何とかするしかない。マンションの三階にいた浅井たちは、まだ下へ降りてきていないのだ。

萩原はダッシュして、桜庭の前に回りこんだ。自転車のハンドルに両手をかけ、前進を阻止する。桜庭はペダルに足をかけ、顔を真っ赤にして力を入れていた。猛烈な脚力――萩原は、押されて靴底が滑るのを感じた。このままでは自転車に轢《ひ》き殺される。そんな間抜けな死に方をした警察官など、一人もいないだろう。

「英智君！」

萩原は叫んだが、こちらを認識している様子はなかった。その目に宿るのは……一種の狂気。目がぎらぎらと輝き、強烈な光を放っているようでもあった。

弾《はじ》き飛ばされた二人の刑事が、雄叫《おたけ》びを上げながら再度襲いかかった。左右から桜庭の腕を引っ張り、思い切り後ろに体重をかける。ハンドルを押さえた両手にかかる圧力が弱まったので、萩原は思い切りよく自転車を押した。

バランスを崩した桜庭が、左向きに倒れる。二人の刑事が桜庭にのしかかって動きを封じた。桜庭が獣じみた叫びを上げたが、この状態ではどうしようもない。さらに、ようやく到着した浅井たちが加勢して、桜庭は完全に抵抗できなくなった。

浅井が、桜庭に手錠をかける。

「おい――」萩原は不安になって思わず声をかけた。

「容疑は公務執行妨害です」浅井が平然と答え、他の刑事たちに声をかけて桜庭を強引に立たせる。

「よし、行くぞ」

「公妨は無理がないか」萩原は素早く浅井に近づき、不安を口にした。

「大丈夫です。取り敢えずは何でもいいんです」

浅井は少し焦り過ぎている感じがしたが、現場を仕切っている人間の判断だからどうしようもない。

「県警本部に連行します」

浅井たちは、片方の覆面パトカーに桜庭を押しこめた。運転手役が一人、残る二人が、後部座席で桜庭を挟みこんで座る。大柄な桜庭は、なおも体を揺らして暴れていたが、両手の自由を奪われているうえに、自由に動き回るだけのスペースがないのでどうしようもない。

先に覆面パトカーが走り出したのを見て、浅井が溜息をついた。自信がないのだな、と萩原は見て取った。

「公妨は、容疑としては弱いぞ」萩原はまた忠告した。

「大丈夫です。取り敢えずのきっかけですから。とにかく行きましょう」

浅井が、残った覆面パトカーの運転席に座った。萩原は慌てて助手席に滑りこむ。ドアが閉まり切らないうちに、浅井は思い切りアクセルを踏みこんだ。

「一課長に連絡していただけますか?」遠慮する様子もなく、浅井が切り出す。

「いや、それは君がやった方がいい。捜査一課の特命事項なんだから」

「俺は運転中なので」浅井が左手だけをハンドルから外し、ひらひらと振って見せた。

「じゃあ、本部に到着してから直接話した方がいい」ここは譲れない。自分はあくまでオブザーバーだという意識が強かった。

「分かりました」不満な声色を残しながら、浅井が受け入れる。

県警本部までは、車で十五分もかからない。パトランプこそ鳴らしていないが、かなりのスピードが出ているので、十分を切るかもしれない――浅井は、前を行く覆面パトカーに近づき、ぎりぎりの位置をキープした。向こうが急ブレーキを踏んだら追突してしまうような距離だが、中で何か異変が起きていないか、監視するつもりだろう。萩原も目を凝らしたが、取り敢えず桜庭が暴れ出す様子はない。とうとう諦めたのか、両脇の二人が頑張って押さえつけているのか。

「桜庭は……まずいですね」前方に視線を集中させたまま、浅井が言った。

「ああ」萩原も同調した。「まともに話が聞けるといいんだが」

「何というか、あれは、いっちゃってますよ。目がおかしい」

「それは俺も感じた」

「普段仕事をしていて、誰もそれを感じなかったんですかね」浅井が首を傾げる。

「おそらく。機動捜査隊長にも話を聞いたけど、特に異常はなかったらしい」

しかし、菜穂子には異常に感じられた。普段一緒に仕事をしている仲間より、離れて暮らしてはいても家族の方が、異変に気づきやすいのかもしれない。

「ちょっと手こずるかもしれませんよ」

「あるいは、いきなり話し出すかもしれない――二つに一つという感じがする。もしかしたら、これまでずっと隠してきて、耐えきれなくなったかもしれないからな」

「しかし、今回の件もありますよ」

「ああ。まだ筋は繋がらないんだよな……」萩原は顎を撫でた。もう髭が伸び始めており、鬱陶しい。

「とにかく、やってみましょう。ハギさんも立ち会うんですか？」

「状況が許せば、な」

取調室は狭い。普通は容疑者と取り調べ担当、それに記録係の三人が入れば、一杯になってしまうが、何としても直接話を聴いてみたかった。

「今夜中に何とかしたいんだ」

「それは……どうですかね」浅井が疑わしげに言った。

「何とか頑張らないと。鎌倉南署の方へ、こっちの動きが漏れないとも限らない。向こうが何も気づかないうちに、一気に勝負をかけたいんだ」

「自分たちの恥をほじくり出すのは、きついですね」

「そうであっても、だ」病気は早めに治療を始めないといけない。完治させるためには、スピードも大事なのだ。

県警本部へ戻って、午後八時四十五分。鎌倉南署では、まだ夜の捜査会議も始まっていないだろう。そこは仲本に任せるとして、取り敢えず萩原は桜庭の取り調べに集中することにした。

「内容は逐一知らせますけど」

浅井が言ったが、萩原は首を横に振った。

「やっぱり立ち会うよ。直接話を聴きたいし、様子も見てみたい。それに、桜庭が暴れ始めたら、二人じゃ押さえられないだろう」

「まあ……もちろん、すぐ外にも人を配しますけど」

「これは、鎌倉南署にも深く関わることだから。署長としての責任もある。頼む」

萩原は、思い切り頭を下げた。浅井はしばらく沈黙していたが、やがて「しょうがないですね」と小声で言った。

捜査一課の管理官を困らせてはいけないなと思いながら、萩原は取調室に入った。既に桜庭はテーブルに着いている。Tシャツの上にジャージ、下はジーンズという軽装。むっとした表情を浮かべてはいるが、取り敢えずは冷静そうに見える。これなら、何とか話を進められそうだ。

浅井が、桜庭の前の席に着いた。「始めます」と落ち着いた口調で切り出す。

「桜庭英智巡査部長――」

「俺が殺した」

英智があっさり打ち明けた。

「桜庭部長、順を追って――」慌てて浅井が止めにかかる。

「俺が殺した。三人とも殺した」桜庭が声を振り絞るように言った。

「ちょっと待ってくれ、桜庭部長!」浅井が声を張り上げる。「順を追って話そう。誰を殺したんだ? 三人の名前を挙げてくれ」

「石村貴志、丸井誠治……一番最初が須藤春紀」

「待て、待て」浅井が腰を浮かしかける。仲本が一番買っている管理官とは思えない、慌てふためいた態度だった。

しかしそれは、萩原も同じだった。壁に背中を預けていたのだが、もはやそんな楽な姿勢ではいられない。思わずテーブルに両手をつき、桜庭に迫った。しかし桜庭は、まったく反応しない。どこか遠くを見つめ、この部屋にいる他の人間が視界に入っていない様子だった。

「須藤春紀は、五年前に鎌倉南署管内で殺された被害者だ」萩原は、浅井の助けにと説明した。

「分かってます」浅井が面倒臭そうな口調で言った。県内の未解決事件ぐらい、完全に頭に入っているとでも言いたげだった。ゆっくりと桜庭に視線を戻し、「まず、そこから話してもらおうか」と水を向ける。

「あの男は、人殺しだ」

「ちょっと待て」面喰《めんくら》って、萩原は食ってかかった。「そういう話は初耳だ。須藤春紀は、人を殺していない」

「殺しそうになったんだ。女を」

「女?」過去の記録にはまったくない情報だった。あるいは萩原が見落としているだけかもしれないが……浅井を見ると、桜庭に視線を据えたまま首を横に振る。やはり記憶にないのか。浅井が覚えていないとなると、やはりそういう事実はないのだろう。

あるいは、捜査本部が掴んでいないだけか。

「須藤春紀が女を殺そうとしたというのか?」萩原はさらに追及した。呆然《ぼうぜん》としてしまったのか、浅井も止めに入らない。

「ああ」

「それで、どうして君が須藤春紀を殺した?」

「殺すつもりはなかった。女を守るためだった」

「女を襲った犯人を制圧しようとして、殴りかかったのか?」

萩原は、須藤春紀の死因を思い出した。外傷性ショック――犯人は屈強な男で、殴り殺したのではないかと推測される。そして目の前にいる桜庭は、いかにも屈強そう——生来のスポーツマンで柔道の有段者でもある。大人の男性を殴り殺すこともできそうだった。

「女を守るためだった」桜庭が繰り返す。「目の前で襲われていたら、助けるのは当然だ」

「その女はどこへ行った？」

スウィッチが切れたように、桜庭が黙りこむ。

「本当にその女はいたのか？　作り話じゃないのか」

浅井が追及すると、桜庭が両の拳でテーブルを思い切り叩き、その勢いで立ち上がった。

「俺は嘘はついていない！　女はいた！」

記録係の刑事が慌てて飛びかかり、桜庭の両肩に手をかける。桜庭は体を捻ってその手を振り払おうとしたが、力がない。萩原が腕に手をかけると、荒く呼吸しながらゆっくりと椅子に腰を下ろした。彼の体重を受け止めた椅子ががたん、と音を立てる。そのまま崩れ落ちるように、両手で頭を抱えた。体が震え、嗚咽《おえつ》が漏れ出る。

それを見て、萩原は確信した。

女は本当にいたのだ。

そして桜庭は、その時から壊れていったのだ。

午前零時。

捜査一課の大部屋の灯りは落とされているが、課長室だけは煌々《こうこう》と明るい。中にいるのは、萩原——そして萩原を鎌倉南署に送りこんだ面々だった。今夜監察官室長に会うという嘘は本当になったな、と萩原は考えた。

自席に着いた仲本が、いきなりデスクを殴りつける。顔は真っ赤で、口から火を吐きそうな勢いだ。警務課長と監察官室長は、折り畳み椅子を持ってきて仲本と向き合い、沈黙を守っている。立ったままの萩原は、心底疲れ切っていた。しかし、決着をつける時は迫っている。

「完全自供だな」仲本が低い声で訊ねる。

「ええ」

「裁判で使えそうか？」

「微妙です。証言は全て筋が通っているんですが、本人の様子が明らかにおかしいですから。精神鑑定が必要かもしれませんね」

「だからといって、事実は消えない」仲本が首を横に振った。力ない視線を、警務課長と監察官室長に向け、「どうしますか？」と訊ねる。彼自身、今後の方針を決めかねている様子だった。

「監察官室としての処分については、まだ判断しない」室長が静かに宣言する。「現段階では、鎌倉南署全体の責任は明白ではない」

「いや、明白でしょう」仲本が突っこむ。「署員二人の証言があります。それだけで十分、処分の対象になりますよ」

「前代未聞の人数を事情聴取しないといけないだろうな」室長が溜息をついた。

「それが監察官室の仕事でしょう」仲本が厳しく追及する。「この際、膿は全て出すべきです。中途半端に隠蔽すると、事態はますます悪くなる。とにかく徹底的に調べて、発表する時には重箱の隅まで舐《な》めるように情報を出すべきだ」

「それは分かるが……」室長が腕組みをし、うつむいた。

「名誉の問題にもなるぞ」警務課長が指摘する。「死者に鞭打《むちう》つわけだから」

「それでも、隠すわけにはいきません」

「最終的には、確認が取れないかもしれない。何しろ相手は死んでいる」警務課長は及び腰だった。最初の勢いはどこへやら、だ。

「だったら、徹底的に周辺情報を調べて、固めるだけです。裁判でも使えるレベルに持っていかないと」

「裁判になるようなことではないと思うが」警務課長がやんわりと反論する。

「それぐらい強固に、ということです」仲本の口調は硬かった。

「私がやります」萩原は小声で提案した。

「やる、というのは？」仲本が疑わし気に訊ねる。

「戦意を喪失させます」

「どういうことだ？」

「明日の午前中、署員を集めます。全署員です。その前で、今回何が起きたか――いや、五年前に何があったか、そこから全て説明しましょう」

「ちょっと待て」仲本が椅子の肘かけを掴んで身を乗り出す。「それは異例だ。まだ全容が判明したわけじゃない。その段階で、事情を知らない署員にまで話すのは無謀だ」

「いえ、これは公開取り調べです」萩原は宣言した。

「何だと？」仲本が身を乗り出す。

「全署員の前で、今回の隠蔽工作に関係した人間を追いこみます」

「危険だぞ」

「危険は承知です。そこに、室長も警務課長も同席していただきたい。面倒な事情聴取の手間を省いて、一気に全容を解明しましょう」

「俺はどうする」仲本が身を乗り出す。

「これは、鎌倉南署の問題です。そして、鎌倉南署の責任者は私です」


四人での打ち合わせを終えた後も、萩原は一課長室に居残った。振りむくと、暗闇の中でも、捜査一課の大部屋の様子は手に取るように分かった。数か月前まで自分がいた場所……必ずしも、ここが自分の「母港」というわけではない。今後はあちこちの職場を渡り歩き、出世の階段を上がるだろう。

だが、それでいいのだろうか。

ふと、これまでにない疲れを感じる。警察官であることの辛さ……警察は、身内を守ろうとする余り、時に無茶なことをしてしまう。自分は、今回の件の後始末をすることになるだろうが、それを「手柄」にして次の異動に備えていいのだろうか。

「一杯やるか」

仲本が引き出しを開け、ウィスキーのボトルとグラスを二つ取り出した。シーバスリーガル。それぞれのグラスに指一本分ずつ注ぎ、一つを萩原に向かって押し出す。

「ずいぶんいい酒をキープしてるんですね」おそらく「十八年」だ。

「特別な時しか呑まない。難しい事件が解決した時に、課員がいなくなってから、一人でここで呑むのが好きなんだ」

極めて実務的なこの課長に、ある意味ロマンティックとも言えるこんな側面があるとは……自分は、仲本のことを完全に知っているわけではないな、と思った。

「今日は祝い酒ですか」

「いや」仲本が、デスクに置いたグラスを凝視した。「やけ酒だな。俺は、この県警がつくづく信じられなくなってきたよ」

「やけ酒だったら呑まない方がいいですよ。美味くないし、体にもよくない」

「覆水盆に返らずじゃないが、グラスに注いだウィスキーはボトルに戻せないんだよ」

仲本がグラスを掴み、一気に中身を干した。それを見て、萩原はちびちびと一口だけ舐める。さすがにストレートのシーバスは強烈だ。アルコールの刺激で、まず口中の粘膜が焼かれる。しかしすぐに、意外にまろやかな、フルーティとも言える香りが芳醇《ほうじゅん》に広がった。さすがに高い酒だけのことはある。

仲本が自分のグラスに二杯目を注いだ。一杯目よりも心もち多い。さらに、ワイシャツのポケットから煙草を取り出すと、素早く火を点《つ》けた。またも引き出しから灰皿を取り出してから、忙《せわ》しなく吸う。

「課長自らルール破りはまずいですね」当然、庁舎内は全面禁煙だ。

「見逃せ」むっとした表情を浮かべ、仲本が盛んに煙草をふかし、ウィスキーを呑んだ。二杯目はゆっくり、舐めるように味わっている。

「これから、鎌倉南署は大変だと思います」

「ああ。立て直しには長い時間がかかるかもしれない。監察官室できちんと処分を決めて、その後は警務課が主体になって大規模な異動を実施することになるだろうな」

「ええ」

「お前には、立て直しのリード役をしてもらわないと困る」

「荷が重いですね」

「正直な男だな」仲本が苦笑する。

「俺も覚悟を決めないといけませんね」

「覚悟？」

「この件、誰が責任を取るべきだと思いますか？」

「それはもちろん、悪事に加担した人間に決まってる。何人もいる——」

「世間は、それで納得しますかね」萩原は仲本の言葉を遮り、ウィスキーを一口呑んだ。口中が痺《しび》れる感覚は消え、甘味だけが感じられる。

「何が言いたい？」煙の向こうから、仲本が萩原を睨みつける。

「この件では、本部長以下、減俸処分ぐらいは受けるんですかね」

「それは俺が決めることじゃない。俺も当然、処分の対象になるだろうが」

「ええ……」

萩原は黙りこみ、グラスを両手で包んだ。琥珀《こはく》色の液体に、自分の体温を移そうとする……しかし、ウィスキーの冷たさが体に乗り移ったようだった。

「ハギ、余計なことを考えてるんじゃないだろうな」

「余計なことって、何でしょうね」

この事件は複雑で、多くの人が絡んでいる。それぞれの思惑も違うだろう。そういう人間を一斉に黙らせるには、それなりの準備と覚悟が必要だ。

「早まるなよ。お前は生き残らないとダメだ。五年後、十年後の県警を背負って立つのはお前なんだから。刑事が五十人馘《くび》になるより、お前一人がいなくなった方がダメージが大きい」

「上の人間の仕事は、責任を取ることだと言いますけどね」

仲本が黙りこむ。自分は正論を吐いたのだ、と萩原は思った。決して誰も反論できない正論を。


翌朝、署内の雰囲気に変わりはなかった。捜査本部を抱えている常で、ぴりぴりした緊張感が漂っているが、それは萩原にとっては心地好《よ》いものである。

朝の捜査会議で、刑事たちの様子を観察する。桜庭逮捕の一報は、捜査本部にも伏せられており、いつもとまったく変わりのない雰囲気だった。ある意味、哀れなものである。特に鎌倉南署員は、これから爆弾を落とされるとも知らずに……前の席から、萩原は夏美の姿を探した。目が合った瞬間に、夏美の顔が強張った。しかし怒っているわけでもなく、恐怖を覚えているわけでもなく、すぐに表情が緩まる。もはや覚悟ができているのかもしれない。次いで、浮田。こちらはひたすらテーブルを睨みつけており、顔を上げようとしない。萩原と目が合うのを恐れているようだった。

捜査会議が終わり、刑事たちが一斉に立ち上がるタイミングを狙って、萩原は声をかけた。

「ちょっと待ってくれ」

がたがたと椅子を引く音が、瞬時に止まる。変なところで署長の権力を実感した。

「捜査本部のうち、鎌倉南署員はそれぞれの持ち場で待機」

「署長、それは――」

横に座った刑事課長の徳本が、驚いたように声を上げる。萩原はそれを無視し、さらに声を張り上げた。

「三十分後を目処《めど》に、署員会議を開催する。火急の用件がない者以外は、全員出席すること。詳細はすぐに、警務課から連絡させる――以上だ」

萩原は立ち上がり、出入り口に向かった。ざわざわとした雰囲気が、波のように背中を洗っていく。その波を突き破るように、徳本が迫って来るのが分かった。さすがに萩原の体に手はかけないものの、荒っぽい口調で振り向かせた。

「どういうことですか、署長」

「署員全員に伝えたいことがある、以上です」

「こんなことは異例だ」

「鎌倉南署では、異例――異常なことが起きているんです。あなたがそれをご存知ないはずがないでしょう」

萩原は言葉を切り、徳本の目を真っ直《す》ぐ見据えた。徳本が口を開きかけたが、ゆっくりと閉じてしまう。萩原の視線の強さに気づいたようだった。

徳本に向かってうなずき、萩原は踵《きびす》を返した。

勝負の時。

懐には最後の武器がある。

署員全員が一堂に会する機会は滅多にない。萩原にすれば、自分が赴任してきた時の会合以来である。もちろん、交番勤務の外勤警察官までが揃っているわけではないが、それでも八割の署員が会議室に集まっていた。

隣には誰もおらず、萩原がたった一人で全員に向き合う。しかし、口を開こうとした瞬間、会議室の後ろのドアから仲本が入って来たのに気づいた。仲本が素早くうなずきかけ、空いている椅子に腰を下ろす。それで緊張感が高まってくるのを感じたが、やめるわけにはいかない。一気呵成《かせい》に勝負だ。

「今回、捜査本部では大変な尽力に感謝している。一つ、報告しなければならないことがあるが、昨夜、二人を殺した犯人が逮捕された」

ざわざわとした空気が流れる。最前列に座った徳本の表情が引き攣《つ》った。腕組みをすると、萩原を睨みつける。萩原はすぐに睨み返して、徳本の不満を抑えこんだ。

「犯人は、桜庭英智。五年前には本署員で、現在は機動捜査隊に勤務している。言うまでもないが、桜庭前署長の長男だ」

まさか……あり得ない……小声だがざわめきが広がり、さざ波のように押し寄せてきて、萩原の体を洗った。

「逮捕——それが捜査本部に伝わっていないのはどういうことですか」徳本が声を荒らげる。

「捜査本部には——鎌倉南署には伝えるわけにはいかなかった」

「意味が分からない」徳本が立ち上がる。「これは我が署の事件だ。どうして鎌倉南署が排除される？」

「何故なら――」言葉を切り、萩原はすっと息を呑んだ。「鎌倉南署はずっと、大きな事実を隠蔽してきた。今後は、鎌倉南署全体が、監察官室の監査の対象になる」

ざわめきがさらに高鳴り、怒声が舞い始める。

「説明して下さい！」「俺たちはそんなことはしていない！」「ふざけるな！」

萩原は、黙って全身で怒声を受け止めた。後ろ手を組み、静かに目を閉じ……署員たちの怒りが体に染みこんでくる。それも当然だ、と思った。この件に絡んでいるのは、おそらく刑事課の人間、それと副署長の前島ぐらいである。他の課の人間にすれば、萩原の台詞は単なる言いがかりに過ぎないだろう。

「黙って聞け！」

会議室の最後部で、座ったまま仲本が声を張り上げた。まさに大音声《だいおんじょう》――不満の声を一気に圧《お》し潰すに十分な迫力だった。一気に蓋を閉めたように、会議室の中が静かになる。萩原は仲本に感謝の視線を送り、一つうなずいた。仲本の不機嫌な表情は変わらず、腕組みをしたまま唇を引き結んでいる。

萩原は一つ咳払いをして、話を再開した。これからが本番である。

「まず、五年前の一件から話す。これはあくまで桜庭本人の供述によるもので、一切裏は取れていないことを念頭に置いて聞いてくれ。五年前の事件で、須藤春紀は被害者である前に加害者だった。あの現場で、須藤が女性を暴行しようとして襲いかかった時に、たまたま桜庭が通りかかって女性を助けた。その際、まったく遠慮せずに手を出したために、やり過ぎた。その結果、須藤春紀を殺してしまった」

「その女は」苛ついた口調で徳本が訊ねる。

「分かりません」萩原は嘘をついた。裏の取れていないことはまだ言えない。

「そんな供述が信用できるか」

「分かりません」

「そんなのは、捜査じゃない」

「だったらあなたたちは、どうしてこの女性を見つけ出せなかったんですか？　理由は一つ、捜査本部に殺人犯がいたから——分かるわけがありません。あるいは徳本課長、あなたは気づいていたんですか」

「俺は、五年前の事件の捜査には参加していなかった」徳本が言い訳するように言った。

「いずれにせよ、桜庭本人が喋らなければ、この女性の存在が明るみに出ないのは当然です。名前すら分からない。よくあることですが、性犯罪の被害者は、名乗り出てこないことが多い。それ故、桜庭が口をつぐんでしまえば、捜査が進むはずもありません」

裏が取れていないので、萩原はあくまで「分からない」ことにしたが、実際には桜庭前署長は事実を掴んでいた。平井真美——桜庭前署長が面倒を見ていた高校生だ。語り合ううちに、真美は五年前——小学六年生の頃の暴行未遂事件についても打ち明けていた。助けてくれた人がいたが、物凄い勢いで犯人を殴りつけていたので、怖くなって逃げてしまった。詳しく事情を聴くと、その「助けてくれた人」が息子だと分かった……この件は、真美に話を聴けば確認できるだろう。萩原は、真美に会った時にもう少し突っこんでおかなかったことを後悔していた。

「桜庭が、そんな馬鹿なことをするわけがない！」徳本が断じる。声は大きいが、説得力はなかった。自分を鼓舞するように、声を張り上げているだけのようにしか思えない。

「とにかく、これは全て桜庭の供述によるものです。現在、捜査一課の特別チームが、裏を取るために動いている」署員たちの顔を見渡す。むっつりした表情が並んでいた。「鎌倉南署は、もはや調査対象になっている。それ故、この捜査からは外れる。それを念頭に置いて聞いてくれ」

仲本に目を向ける。先ほどから瞬《まばた》きもしないで、萩原を見ているようだった。

「続いて現在の事件について、だ。諸君らもご存じの通り、今回殺された石村貴志は、五年前に殺された須藤春紀の兄だ。二人に、細い関係があったのは、我々も既に把握している。理由は分からないが、石村は、五年前の事件に桜庭がかかわっていたのを察知したらしい。実際、桜庭を犯人だと名指して、金を要求してきたそうだ。そしてまだ正体がよく分からない男、丸井誠治に関しても、桜庭は恐喝の共犯者だと言っている」

「まさか」

徳本がつぶやく。それをすかさず聞きつけた萩原は、彼を潰しにかかることにした。

「何がまさか、なんですか？　刑事課長は何か事情を知っているんですか？　それなら今ここで喋って下さい。弁明の機会を与えます」

徳本の耳が真っ赤に染まった。しかし反論しようとはせず、腕をきつく組んで黙りこんでしまう。今や、会議室の中は静まり返っていた。萩原は署員たちの顔を見回し、制服の胸のところに触れてから続けた。

「桜庭にすれば、今になって五年前の事件の犯人だと指摘されることは、絶対に避けたかった。しかし所詮公務員の身で、金を払い続けることはできない。結果、二人とも殺すことに決めたと自供している。最初に石村、それから丸井誠治──特に丸井に関しては、石村殺害犯の責任を押しつけるために、現場に財布を置くなどの工作をした。しかしこの工作は稚拙で、しかも丸井殺害の現場では、本人が目撃されています。そこで、刑事課長」

呼ばれて、徳本がのろのろと顔を上げた。

「初動捜査の段階で、確かに目撃証言は取れていた。しかし、うちの署員が上げてきた情報は、ガセだった。何故か……捜査を混乱させ、桜庭に近づけないようにするためだ。しかしこのやり方も稚拙で、本部の刑事は、すぐに嘘だと見抜きました。問題は何故、鎌倉南署の刑事課が、課ぐるみでこんなことをしようとしたか、です。もう一つの問題は、桜庭前署長の件だ」

言葉を切り、萩原は覚悟を固めた。今から言うことで、自分は署員たちの信頼を失ってしまうかもしれない。しかし、自分にとって何が一番大事なのかを考えると、ここで一気に話してしまうしかない。

「小職がこの署に赴任してきたのは、桜庭前署長がどうして亡くなったかを調べるためだった。諸君らにいろいろ話を聴いたのもそのためだったが、目的を告げずに話をしたのは、申し訳なかったと思っている。結局、小職の調査でははっきりしたことは分からなかったが、現在はその真相も分かっている」もう一度、署員たちの顔を見渡す。夏美は真剣な表情。当時の状況を知らないままに異動してきた北川は、困惑の顔つきだった。

「桜庭署長は自殺だった。この件については裏が取れている。問題は、鎌倉南署が一体になって

――少なくとも刑事課は完全に意思を統一して、この事実を隠蔽にかかったことだ。自殺ではなく病死ということで話をまとめていた。何故か」一度言葉を切り、徳本に視線を据える。「桜庭署長は、二年前に赴任してきてから、熱心に業務に取り組んできた。少年事件の捜査という自分の専門を生かすために、勤務時間外も動き回り、時には警察官の職分を超えるようなことまでしていた。女性署長ということで、舐められないようにという強い気持ちがあったかもしれないし、自分の後に続く女性管理職のために、実績を挙げようという熱意もあったはずだ。熱心に仕事に取り組む中で、桜庭署長は過去の事件の再捜査にも着手していた。その代表が、五年前の未解決事件だった」

　この辺は、夏美と浮田から「自供」を得ている。別々に話を聴いて同じ情報が出たのだから、間違いないと判断していいだろう。素直に話したことで、二人に関しては罪一等減じるべきだろうか、と萩原は考えた。自分が判断すべきことではないが……。

「桜庭の証言によると、前署長は、五年前の捜査担当者ということで、息子にも話を聴いたらしい。そこで桜庭は、耐え切れずに自分の犯行を白状してしまった。恐喝を受けていることも……それが、前署長を苦しめ始めた。結果的に、前署長は事実の重圧に耐えかねて、自ら首を吊《つ》って死んだものと思われる。この件は、検視結果の再検討からも確認された。問題は諸君らが――あるいは諸君らの一部が、自殺の事実を隠蔽して病死ということにし、真相を闇に葬ろうとしたことだ。この判断には、二重三重の不法行為がある。まず一つが、自殺を病死として嘘をついたこと。しかも自殺の理由が、息子――警察官の犯行だという事実を隠蔽したこと。警察としては完全に過誤だと言っていい。この責任は、必ず追及しなければならない」

　言葉を切り、萩原はまた徳本を凝視した。徳本は腕を組んでうつむいたまま、何も言おうとしない。説明責任も果たさないつもりかとむっとして、萩原は徳本に声をかけた。

「刑事課長、どういうことか説明してもらえますか。この件――隠蔽工作を主導したのは、あなたではないんですか。ここで言えないにしても、監察官室の調査に対しては、全部喋ってもらう必要がある。逃げ切れない。だったら、ここで喋ってしまう方がいいのでは？　どのレベルで意思決定がなされたのか、どの署員が絡んでいたのか」そして俺の妨害をしたのか。夏美との噂を流したことなど、その最たるものだろう。非常に陰湿なやり方であり、しかも稚拙だった。結局夏美は、最後まで腰が引けたままではおらず、全てを明かしたのだから。

「その件については、私が話します」

前島が突然立ち上がった。予想もしていなかった行動に、萩原は一瞬言葉を失ったが、この際誰が喋っても問題ない。あるいは、この一件を主導したのは徳本ではなく前島だったのだろうか。確かに立場は前島の方が上だし、署長がいなくなった時点で、署の全ての責任を持つのは副署長になるのだが……萩原は無言でうなずき、前島に発言を許した。

前島が後ろ手を組み、少しだけ足を広げた。しっかり重心を意識し、強い風に吹き飛ばされないように……しかし今、風を吹かせるのは萩原ではなく前島の方だ。

「桜庭署長は、大変立派な方でした。我々は最初、女性署長として色眼鏡で見ていた――慎重に対応していたのは事実です。何しろ神奈川県警では、女性署長というのはまだ数少ない存在ですから、どう対応していいか分からないのは事実です。しかし桜庭署長は、女性とか男性とかとは関係ない馬力で仕事をなさっていた。それこそ、我々もついていけないほどの勢いでした。様々な事情があったのでしょうが、仕事をご一緒した一年間で、何度も舌を巻いたのは事実です。いつの間にか、私たちは桜庭署長の応援団になっていたと言っていいでしょう」

萩原はうなずきながら、自分はそこまで立派な署長にはなれまい、と諦めていた。肩書きではなく、仕事のやり方で署員を従わせる——そういうことは、簡単にはできないのだ。

「副署長の仰る通りです」

今度は、夏美が立ち上がる。反抗する気か、と身構える。それに気づいたかどうか、夏美が必死で訴えた。

「桜庭署長は、私たち女性署員にも気を配って下さいました。女性が働きにくい職場では、のびのびと仕事ができない。女性が力を発揮できるように環境を整えるのが、後輩たちに向けた私の仕事だ——そういう話を何度も伺いました。桜庭署長は、私の目標の人でした」

会議室のあちこちで声が上がる。「その通りです」「署長を尊敬していました」「署長は大人物でした」

そういう声を聞きながら、萩原は苦い気分を味わっていた。自分は果たして、署員たちからこんな風に言われることがあるだろうか。今回も、上の命令を果たすために赴任してきただけで、署員のことを考えて仕事をしているとは言えない。将来の幹部候補と持ち上げられ、いつの間にか上を見てしか仕事をしなくなってしまった……こんな人間が、幹部になって県警全体を動かしていくのは間違っている。しかし俺は、もう引き返せないところまで来てしまったのだ。今から気持ちを切り替えて、ひたすら部下のために働く——そんなことはできそうにない。

「静かにしてくれ」萩原が言うとざわめきは消えたが、まるで懇願するような口調だった、と後悔する。まったく、署長失格ではないか。

「よく分かった。前島副署長、あなたたちは、桜庭さんの名誉を守ろうとしたんですね？」

「その通りです」悪びれた様子もなく、前島が答える。「息子さんの件については、よく分かりません……判断停止だったと言われても仕方がない。しかし私たちはまず、自殺という不名誉な最期を隠さなければならないと考えた。その結果、五年前の事件の真相が分からなくなる——目の前に犯人がいるのに迷宮入りになることも覚悟しました」

「息子さんのことは、桜庭署長から聞いていたんですね」

「はい」前島がしっかりうなずく。「それで大変悩んでおられたことも分かっています。ですから、自殺するのは……」突然、前島の声が途切れる。肩が上下し始め、泣き出したのが分かった。

大の大人が……とも思ったが、気持ちは分からないでもない。しかし萩原は、同情を何とか押し潰した。

「あなたたちは」顔を上げ、声を張り上げる。「桜庭署長を誇りに思っていた。それは理解できる。名誉を守るために、自殺を隠蔽した。それも、私にも理解できないでもない。しかしそのせいで、殺されなくてもいい二人の人間が殺された——この事実は看過できない。桜庭署長から、息子が事件に関与していると聞いた時に、きちんと立件しておくべきだった。そうすれば、こんなことにはなっていなかった——故に、この隠蔽は全て間違っていたと断定する」

「署長」

徳本が静かに話しかける。萩原はうなずきかけ、発言を許した。徳本がゆっくり立ち上がり、スーツのボタンを留める。

「我々は、覚悟してやってきました。こういう結果になったのは残念ですが、間違っていたとは思にえません」

「そうやって……最後はどうするつもりだったんですか」萩原は低い声で訊ねた。「私ではないにしても、別の人間がいつか必ず真相を探り出したでしょう。それを待つだけの日は、きつくないですか？　それに、誰かが脱落するかもしれない。桜庭署長が亡くなって何年経っても、当時の署員が同じ気持ちを抱き続ける保証はない。もしかしたら心が壊れて、桜庭のように凶行に走る可能性もあるでしょう。そういう可能性を看過して、ただ目の前の出来事に蓋をしたなら、警察官失格です」

「私は後悔していない」徳本が宣言する。「全て署長のためだった。今までは、桜庭署長の名誉は守られていたと思う。こうなることは……覚悟していたかもしれないが、ここまでは何とかやってきた」

「これで終わりにしましょう。今後の監察官室の調査には、全面的に協力していただく」

萩原はふと、空気が変わったのに気づいた。部屋の後方を見ると、監察官室長と警務課長が、数人の警官を引き連れて中に入って来たところだった。この会議が終わったら、すぐに取り調べを始めるつもりか……これは、事前の打ち合わせにはなかった。萩原は一瞬むっとしたが、今は話を終えてしまうのが自分の義務だと思い直す。

「今後の調査には全面的に協力していただく。それが、警察官としての諸君らの義務だ」「最後の」という形容詞は呑みこんだ。このまま、警察を去らねばならない人間もいるのは間違いないのだが、自分はそれを断じる立場ではないと思った。

萩原は制服の胸を叩いた。軽く叩いただけだが、痛みが胸全体に響くようだった。

「私にも覚悟がある。ここに、辞表を用意してきた。ここまで調査が長引き、真相の解明が遅れたのは私の責任でもある。その覚悟を持って、今後の調査に臨む。諸君らも、覚悟を固めてくれ」

沈黙。誰かが唾を呑んだら、その音まで聞こえそうだった。萩原はもう一度、署員たちの顔を見回した。

自分の役目は果たして何だったのだろう。これでよかったのだろうか——急激に、警察官としての仕事に興味を失いつつあることに気づいた。

その後は、監察官室長に任された。萩原は彼の仕切りにつき合うつもりはなく、会議室を出た。これから自分はどうすればいいのか。一連の隠蔽に関して、責任を問われる恐れはない。むしろ、鎌倉南署の立ち直りのために、しばらくは陣頭指揮を執るよう、命じられるだろう。

だが、自分にそんな力があるのだろうか。

警察署長には、様々な能力が要求される。その中で一番大事なのは、部下への訴求力かもしれない。すなわち、リーダーシップ。市民の安全のために、警察官はしばしば無理を強いられる。そういう時に署員を動かすのは、まさに署長のリーダーシップなのだ。この人のためなら、多少の無理は厭《いと》わない——おそらく、桜庭前署長には、そういう資質が備わっていたのだろう。

自分は、決して修羅場をくぐっていない。鎌倉南署はそれほど大きな署ではないが、まとめ上げられるかどうか、自信はまったくなかった。それはすなわち、今後の仕事も上手くいかないことを意味する。これから先、部下は増えるばかりなのだ。それを御して、きちんと成果を上げられるかどうか。

「煙草につきあえ」

唐突に、仲本に声をかけられる。振り向くと、仲本は立ち止まりもせずに萩原を追い越し、階段の方へ向かった。捜査一課長を無視するわけにもいかず、仕方なく後を追う。

仲本は一度も振り返らず、駐車場に出た。すぐに煙草に火を点け、曇った空に向かって煙を吐き出す。昨日の雨の名残がまだあるようで、空気は重く湿っている。またすぐに、雨が降り出しそうな気配だった。

「辞表」仲本が右手を差し出す。「演技だったら、別に必要ないが」

「ここにありますよ」萩原は胸を叩いた。

「だったら、俺に渡せ」

「いえ」萩原は低い声で拒否した。「これはずっと持っているつもりです」

「まさか、本気で提出するつもりじゃないだろうな」

萩原は黙りこんだ。出すべきか出さざるべきか……残り十数年の警察官人生をどう過ごしたらいいのか、今はまったく分からなかった。

「馬鹿なことを考えるな」仲本が忠告する。

「馬鹿なことでしょうか?」萩原は反論した。「署長はいつも、そういう覚悟を持っているべきじゃないんですか」

「俺が署長だった時は、辞表のことなんか何も考えてなかったぞ」

「仲本さんは、部下に恵まれていたんでしょう」

「今回の件だって、お前の責任じゃない。確かに、部下には恵まれていないだろうが」

「ええ。でも、全員が駄目というわけじゃないでしょう。桜庭署長を庇《かば》って、隠蔽工作をしていたのは、ごく一部の人間です」

「刑事課と副署長だな」

「ええ。他の大部分の署員は、事実関係も知らずに、桜庭署長を葬式で送り出しただけです。そういう連中の責任は問えないし、今後、署を立て直すためには、彼らの力が必要になるでしょうね」

その苦労を考えると気が重い。警察官は、署内にこもっていては仕事にならないわけで、管内のあちこちを動き回る。その結果、署に対する悪評にも晒《さら》されるだろう。容赦なく批判を浴びせてくる人もいるはずだ。それに耐えられるかどうか……。

「そのリーダーになるのはお前だ」仲本が煙草の先を萩原に突き出した。「逃げるな。きちんと署をまとめ上げるのが、お前の仕事じゃないか。その後は上に上がっていけ」

「そもそも、自分が上に行くのが正しいことかどうか、分からなくなってきました」萩原は肩をすくめた。

「馬鹿言うな」仲本が吐き捨てる。「県警の幹部連中は、若い頃からお前を幹部候補として育ててきたんだ。その努力を無駄にするな」

「もしかしたら、見当違いだったかもしれませんよ。俺には、人の上に立つような能力はないんじゃないかな。仲本さんのように、修羅場をくぐっていないのも痛いです」

「確かに俺は何度も修羅場をくぐってきた……修羅場だらけの警察官人生だったと言ってもいい。しかし、それとこれとは関係ないぞ。どんなに修羅場をくぐっていても、リーダーには向かない人間もいるんだから」

「桜庭署長は、理想的な署長だったかもしれませんね」

「改めて考えると、惜しいことをした」うなずき、仲本が煙草を投げ捨てる。灰皿代わりのペンキ缶には水が張ってあり、じゅっという音が意外に大きく響く。「しかし、桜庭署長も完璧じゃなかった。家族が罪を犯した時にどう処理するか……難しい問題ではあるが、な。家族だということを忘れて、警察官として処理すれば、それはそれで傷を負う。そして、警察官ではなく家族として対処すれば、このザマだ。正解なんかないんだよ」

仲本が新しい煙草に火を点けた。それほど美味くないようで、表情は渋いままである。嫌な思いをしてまで吸うなら、思い切って禁煙すればいいのに。

「そうですね……正解はないですね。だから俺も、悩みますよ」

「ああ、悩め。悩むのは勝手だ。ただしお前には責任がある。それほど時間がないのは了解しておけよ」

「そうですね」

「いずれにせよ——お前がどう考えようが、俺はお前を辞めさせないからな。お前には、これからどんどん重い責任を負ってもらわないといけないんだ」

「そういうのは……県警の総意なんですか？」

「俺個人はそう思ってる。それに俺は、辞めるまでにもう少し間があるからな。その間はたっぷり、お前に対して権力を行使させてもらう。署長としての役目を全うするのもそうだし、嫁ももらってもらわないとな」

「それとこれとは関係ないでしょう」萩原は苦笑した。よく言われるので慣れてしまっているが、何もこんなタイミングで言い出さなくても。

「大事な問題だ。だいたいお前は――」

説教を始めようとして、仲本が口をつぐんだ。署から、夏美がダッシュで出て来る。他に、若い刑事数人も一緒だった。何なんだ？　萩原は混乱した。まさか、監察官室の事情聴取から逃げ出してきた？　しかし彼らの顔つきは、萩原には馴染みのものだった。

事件。

「小関」萩原は思わず呼びかけた。

駐車場へ向かう階段を降りかけていた夏美が足を止める。そのタイミングで、他の刑事たちが夏美を追い抜いていった。

「どうした。何かあったのか」

「変死体です」

「何だって？」

「まだ分かりませんが……アパートで遺体が発見されました。取り敢えず現場に向かいます」

まさか、また殺しか？　鎌倉南署では、わずか数か月で何十年分もの事件が立て続けに起きているようではないか。もちろん、孤独死した老人が見つかったのかもしれないが、それでも無視できるわけではない。

「分かった。現場を頼む」

「はい」真剣な表情で夏美がうなずく。駆け出し、先行する他の刑事たちに追いつこうとスピードを上げたが、何か思い出したのか、急ブレーキをかけて戻ってきた。

「どうした？」

「私……私は辞めませんから」

「どういう意味だ？」

「どんな処分が出ても、馘にならない限り辞めるつもりはありません。警察の仕事にしがみつきます」

「ああ」

「それが、桜庭署長の遺志を継ぐことにもなると思うんです……すみませんでした」さっと頭を下げる。「何度も思わせぶりな態度を取ってしまって。打ち明ける勇気が出ませんでした」

「分かってる。人間は、そんなに強くないからな」

「私は──強くなります」

また一礼して、夏美が去って行った。何事もなければ──事件性がなければいいがと祈りながら、萩原は夏美の後ろ姿を見送った。

「大した女だな」仲本が感心したように言った。

「ええ」

「お前、本当にあいつを嫁にもらったらどうだ。この際、年齢差は関係ないだろう。家庭でしっかり支えてもらえ」

「いや、無理でしょう」萩原には確信があった。彼女は警察を辞めない。この仕事に誇りを持っている。家庭に入って自分を支えるなど、あり得ない話だ。

だから自分も辞めない。夏美を──夏美たちを側《そば》で見守ることこそ、自分の義務だと思った。

〈初出〉「STORY BOX」２０１５年６月号−２０１６年５月号

堂場瞬一（どうば・しゅんいち）

1963年生まれ。茨城県出身。青山学院大学国際政治経済学部卒業。新聞社勤務のかたわら小説を執筆。2000年『8年』で第13回すばる新人賞を受賞。警察小説をはじめスポーツ小説など多彩な分野で活躍。主な著書に『二度目のノーサイド』『異境』（ともに小学館文庫）、『夏の雷音』（小学館）、「刑事・一之瀬拓真」シリーズ、「アナザーフェイス」シリーズのほか『メビウス1974』（河出書房新社）、『under the bridge』（早川書房）、『社長室の冬』（集英社）などがある。

編集　齋藤　彰

錯迷

二〇一七年一月三〇日　初版第一刷発行

著者　堂場瞬一
発行者　菅原朝也
発行所　株式会社小学館
〒一〇一-八〇〇一　東京都千代田区一ツ橋二-三-一
編集　〇三-三二三〇-五七二〇　販売　〇三-五二八一-三五五五
DTP　株式会社昭和ブライト
印刷所　凸版印刷株式会社
製本所　株式会社若林製本工場

ISBN 978-4-09-386465-7